W0222332

CHACUN POUR SOI, DIEU S'EN FOUT

DU MÊME AUTEUR

Jean qui dort, Fayard, 2002
Inguélézi, Actes Sud, 2004
Le Grand Soir, Actes Sud, 2006 (réédition Le Livre de Poche, 2009)

www.leoscheer.com

FRANÇOIS DUPEYRON

CHACUN POUR SOI, DIEU S'EN FOUT

roman

Éditions Léo Scheer

1

La vie, c'est pas grand-chose, t'y comprends rien, et puis voilà, et puis c'est tout.
La grande affaire de la vie, tu parles ! Cette phrase me revient en mémoire, un gland a dû la sortir, j'ai dû l'entendre à la radio, ça ne peut être qu'à la radio, ou peut-être à la télé, mais pas chez moi, parce que je ne la regarde jamais. J'en ai une pour ma fille quand elle vient le week-end, et puis c'est tout, mais je ne la regarde pas, pas ma fille, le poste, leurs batifoleries, et d'ailleurs, je lui dis souvent, ils ne te gavent pas trop ces cons ? Il ne faut plus que je le dise parce que ça l'agace, et puis si elle ne regardait pas, qu'est-ce qu'elle ferait avec moi ? Hein, qu'est-ce qu'elle s'emmerderait ici, dans un mobil-home, avec un père qui n'a rien à lui dire ? J'aimerais bien lui dire, moi, mais quoi ?
Bref, tout ça ne change rien. Alors celui qui y comprend quelque chose, je l'attends, entrez, entrez, vous ne me dérangez pas, d'ailleurs, je vous attendais. Non… c'est pas vrai, je n'attends personne… et d'ailleurs personne ne viendra, c'est cousu, ici ou à la télé, personne.
Ce soir, je suis passé voir ma grand-mère à la maison de retraite, elle ne sait plus rien, qui elle est, où elle est.

Elle ferait mieux de mourir, elle n'attend que ça, mais ça ne vient pas.
J'entre, elle ne me reconnaît pas, des fois si, des fois non, on ne sait jamais avec elle, ça va ça vient. J'ai l'habitude. Donc, je suis là, j'essaye de la ramener à la surface, c'est moi, c'est Frédéric, tu me reconnais ? Des clous, elle me regarde, son œil qui voit tout pareil, comment ça va ? Toujours pareil ? Elle hausse les épaules, elle s'emmerde, c'est clair.
Le matin, les infirmières lui allument la télé, le soir elles l'éteignent, et moi, ça m'emmerde la télé. Elle ne demande rien la vieille, alors je lui dis, t'en as pas marre de cette télé, ça ne te fatigue pas ? Elle hausse les épaules, toujours pareil… et là, elle me dit, ils sont là depuis ce matin, je ne sais pas ce qu'ils font, je ne peux tout de même pas leur demander de partir ! T'as raison Mémé, ça ne se fait pas. Ils t'ont apporté des fleurs ou des bonbons ? Je me fous un peu de sa gueule, elle cherche les fleurs. Je vois que ça panique dans l'œil, et ça me fait rire quand je la vois comme ça. Ce doit être les infirmières, elle dit, elles me prennent tout. Surtout ne laisse rien traîner, tu ne le retrouverais pas. Oh, ma queue, je veux bien qu'elles la prennent ! Ta quoi ? Ma queue… Elle me regarde, et là je ne sais plus où elle est partie, elle n'est plus là, c'est sûr. Ce soir, je ne la ramènerai pas à la surface.
C'est peut-être bien là que j'ai entendu cette putain de phrase, dans le poste de Mémé. La grande affaire de la vie… On peut dire n'importe quoi, ça ne tue pas. Tu regardes ma grand-mère, t'as tout compris. Je me dis

que ma fille me regarde peut-être comme je regarde ma grand-mère et le tour est joué, la roue tourne.
Un jour, elle devait avoir dans les onze ans, elle m'a demandé, tu ne t'ennuies pas trop, tout seul ? Non, pas trop. Je n'ai pas osé lui dire la vérité, à quoi bon ? Et si c'était cette vérité que je ne sais pas lire dans le regard de ma grand-mère. Cet à quoi bon, chacun le sien…
Oui, je m'ennuie, et comme tu ne peux pas imaginer, ma petite ! Mais je préfère ce silence, il me fait moins mal.
Avec Martine aussi, la mère de ma fille, je m'ennuyais, pas moins, pas plus, autrement, et c'était pas mieux. C'est elle qui est partie. Elle a bien fait. Ça non plus, je ne l'ai pas dit, à quoi bon ?
Bien sûr, c'est plus difficile tout seul, mais si je regarde mon père maintenant, il est tout seul, et ma grand-mère, toute seule elle aussi, et puis voilà. C'est la seule vérité que je connaisse sur cette terre, on meurt seul.
Oui, mais avant de mourir, on vit. Et j'aimerais vivre…
Voilà, aujourd'hui ça ne va pas fort, mais demain, ça ira mieux.

2

Toute la journée, j'ai fait de la taille, alors ça va mieux. La tronçonneuse à la main j'ai mordu les arbres, j'ai émondé, j'ai éclairci, fallait pas m'en promettre, c'était pas le jour.
Voilà, c'est comme ça, deux résidences dans la journée, et bien fournies, oliviers, poivriers, mimosas, chênes-lièges, un tilleul. Le patron est passé sur les 11 heures, il n'a rien dit, mais je le connais, il n'en revenait pas, dis donc le boulot que j'avais abattu !
Je passais les petites branches dans le broyeur, même ça j'aimais, le bruit, comment ça te bouffe une branche, les molaires en furie, à la sortie c'est plus que des confettis. Ça tombait bien, il fallait ça pour me nettoyer la tête.
J'ai pris une douche, ça va mieux qu'hier, c'est sûr. J'hésite à ressortir, la nuit est déjà en chemin, les jours rallongent en février, mais c'est encore l'hiver. Je sais déjà qui je vais retrouver au Rialto ou au Central.
Je vais frapper à la porte de mon père, c'est le mobil-home d'à côté, le plus ancien du camping, quinze ans qu'il le bichonne. Il s'est planté une haie de thuyas, il est chez lui, personne l'emmerde.
Je le trouve devant la télé. Il sait, tout de suite il l'éteint. Il est tout pareil d'accord avec moi, mais lui ne va pas

au bout de ce qu'il pense, alors il l'allume et là c'est cuit, il se laisse prendre. C'est pas si mal, tu sais… Arrête ! On parle d'autre chose sinon je vais m'énerver, il le sait, il se lève, il éteint. Ça va ? Ça va, je dis, je l'embrasse. Je l'embrasse plus pareil. C'est tout changé depuis que ma mère est morte. C'est pas vieux, ça fera cinq semaines demain.

Putain, elle est morte ! J'arrive là et je me redis ça, je ne peux plus me dire autre chose. Elle est morte, voilà. Je peux revenir cent fois, mille fois, elle ne sera pas là, et je le sens déjà, elle sera de moins en moins là. Voilà la vie, c'est pas grand-chose, hein ?… Elle a fini.

Tant que c'est pas fini, on ne peut rien dire, mais dès que c'est fini, on sait. Voilà… maintenant je peux dire sa vie c'est ça, je peux la raconter. Je sais, je ne sais pas, peu importe. Il y a beaucoup de choses que j'ignore, mais ça ne fait rien, je sais qu'elle commence là et qu'elle finit là, je peux dire, elle a fait ci et ça et puis… et puis voilà.

Alors que mon père, je l'ai en face de moi et je me dis, voilà, je suis devant un infini… Tiens, qu'on m'explique ça aussi ! Je peux lui poser toutes les questions que je veux, parce que je suis assez libre avec lui, et je sais qu'un jour il foutra le camp lui aussi, enfin, je peux me dire ça, qu'il partira sans doute avant moi. Mais il n'a que cinquante-huit ans. Ma mère en avait cinquante-sept. Merde, elle est partie…

Ça y est, je ne sais plus où j'en suis… ah oui, je disais qu'elle est finie, et lui, infini. Un être vivant c'est un infini, tu es en face de lui, et même s'il répond à toutes

tes questions, il reste un infini, tu ne peux pas savoir, tu ne peux pas le cerner, il suffit de croiser son regard, c'est la mer et le ciel réunis. Et c'est le plein hiver là aussi, dans son regard.

Bon, je ne viens pas chez lui pour pleurnicher. J'ai apporté deux bières. Ça te dit ? Allez… On s'assoit sur le canapé comme des cons. Pschitt, on décapsule. On lape la mousse qui s'échappe et puis on tire la première gorgée. On prend notre temps depuis qu'elle est partie, tous les soirs, et tous les soirs je me dis, faudrait pas que ça devienne une habitude.

Qu'est-ce que t'as fait aujourd'hui ? On a fait la résidence des Sables, tu sais, au carrefour, avenue de la Mer, rue Paul-Arène. Et puis les Pins d'Azur, tu vois où c'est ? Évidemment qu'il voit, il les a toutes vues pousser, peut-être même qu'il y a laissé sa sueur et le reste. Quand il est arrivé ici, il n'y avait que des champs, il sait où il a laissé sa sueur et le reste.

Il y a laissé, c'est sûr. Je l'ai vu s'épaissir, et se choper la tête de son âge. Il en avait une autre à trente ans, même à quarante, en fait jusqu'au dégraissage, la première mise à pied, va te chercher du boulot ailleurs, pauvre con ! Se chercher du boulot ailleurs, c'était pas un problème, mais se faire traiter de pauvre con… Et surtout du travail ailleurs, il ne s'en est plus trouvé pour lui, et ça l'a miné. Il s'en est fait une autre tronche, celle d'aujourd'hui. Eh bien, même si de ce côté-là il est un peu fini, il reste un infini.

J'ai un peu travaillé avec lui, mais la maçonnerie c'est pas pour moi et puis radical, j'ai fait une allergie au

ciment. J'ai chopé la gale, la gale du ciment, les mains, les avant-bras en feu…
C'était pas pour moi. Et pourtant j'ai aimé partir au travail avec lui. Il était fier que je voie de mes yeux. Un carrelage quand tu viens de le poser, tu peux le regarder et te dire, c'est moi qui l'ai fait. Il ne sera jamais aussi beau qu'à cette minute, et là, tu sais si le type c'est un bon ou un cochon. Mon père, c'était un bon, j'ai pu le voir de mes yeux.
Bon, tout ça c'est des histoires. On boit la bière… et je raconte un peu ma journée. Il s'intéresse, c'est déjà ça. Ça fait longtemps que je n'y suis pas passé aux Sables, comment ça vieillit ? Ça peut aller. Il se souvient d'un comptable qui a perdu sa femme, il me demande s'il vit encore. Qu'est-ce que tu veux que j'en sache, je ne sais même pas qui c'est ton comptable.
Ta mère faisait le ménage chez lui. Elle arrivait, elle le trouvait en slip devant sa boîte à lettres. Un ! deux ! trois !… Il gueulait, il comptait, c'était un ancien comptable, dix ! vingt ! trente !… et puis, il revenait à un ! deux ! trois ! Des cris à faire peur.
Et voilà mon père qui se met à l'imiter. Il attendait peut-être une lettre de sa femme, un type bien, je t'assure, je le revois, il partait boire son canon au Rialto sur le coup de 11 heures, je me demande ce qu'il devient celui-là. À quel étage il est ? Au troisième, si je me souviens bien… J'essaye moi aussi de me souvenir, et je fais le compte, les Sables… oui, j'ai fait un tilleul, j'avais le président du syndic au cul. Je te dis pas comment je le lui ai arrangé son tilleul. Encore ! Encore ! il braillait ce con-là. Je te dis pas comment

je l'ai massacré, il n'est plus resté que le tronc, j'avais honte. Et tu sais pourquoi ? Parce que les tourterelles y avaient fait leurs quartiers et qu'elles venaient chier sur son balcon, qu'il prétendait le con, je l'aurais bouffé ! J'aime tailler, mais pas massacrer… Parce que les tourterelles venaient chier ! Mais tu te rends compte ! Qu'il aille donc habiter à Marseille, ou à Toulon, à Nice et qu'on lui paye son papier cul pour qu'il essuie le cul des tourterelles, ce con ! Je dis ça, je brasse de l'air et au fond, je m'en fous mais ça meuble, ça donne à penser à mon père, à penser à autre chose. Oui, quel con ! il a dit après moi.
Bon, on lampe une autre gorgée, tous les deux en chœur, comme si on s'était donné le mot, comme deux cons, parce que ma mère n'est plus là. On a beau être infinis, on est quand même deux cons, assis sur la banquette. Et dehors, il fait nuit, il n'y a pas un bruit, y a pas de vie… ma mère est partie avec.
Elle a commencé à lui filer dans les doigts, la vie, quand lui n'est plus reparti au travail, le matin. D'habitude, quand je partais, sa moto n'était plus là. Il a fallu que je m'habitue.
J'ai vite compris qu'il ne partirait plus le matin. Je savais qu'il était debout, il se levait quand même, il sortait pisser sur les thuyas, il fumait sa première clope, mais il n'avait plus à partir. J'étais pas mécontent de ne pas travailler dans le bâtiment, ça m'aurait troué le cul d'arriver sur un chantier et de me dire que lui était dans son seize mètres carrés à tourner en rond, ou bien à regarder sa moto en tirant sur une clope. Ça m'aurait fait mal ! Elle, ça l'a tuée.

Et toi qu'est-ce que t'as fait ? j'ai dit. J'ai fait... je n'aurais pas dû, mais je l'ai fait. J'ai porté ses affaires à la Croix-Rouge. Je leur ai dit, vous trierez, j'ai pas eu le courage de le faire... De toute manière, qu'est-ce que tu veux que je mette mon nez dans des affaires de bonne femme ? J'ai tout pris, c'était tout bien plié, c'était une femme qui avait de l'ordre, je ne m'en étais pas aperçu à ce point-là. Je l'ai fait, ce n'est plus à faire, il a dit, et il s'est mouillé la gorge avec une lampée. Et il a toussé parce que sa gorge était chargée, de chagrin et du reste, d'infini quoi, de tout ce qui n'est pas à dire.
Alors, j'ai pensé que pendant que je mordais le bois, lui allait avec sa moto, il apportait les restes. Il n'y a pas que les dons d'organes, il se séparait, voilà, si ça peut être utile à quelqu'un, si ça peut faire une heureuse, je vous le laisse.
Il a vidé deux grands sacs et il est reparti tout menu, il a tout laissé, le foie, la rate, le cœur, la vessie, tout l'intime, l'intérieur qui ne se donne pas à voir, tout vide il est reparti sur sa moto, peut-être il a poussé jusqu'à la mer, j'aurais fait ça moi. T'es passé voir la mer ? La mer ? Il était dans ses pensées. Oui, je suis passé, le mistral la chahutait. Je me suis même payé des moules frites sur le port, pour marquer le coup. Il a dit ça, pour marquer le coup !
Je ne me trompe pas, il a eu une journée difficile. Je le regarde, mon père, c'est la première fois que je le vois malheureux de cette façon, allez je dis le mot, amoureux... C'est con, je n'imaginais pas qu'il était amoureux de ma mère, amoureux c'est peut-être trop,

allez, disons attaché… amoureux ou attaché qu'est-ce que ça change ? Je vois un type malheureux, un type qui a perdu gros, ça commence à bien faire, depuis quelques années, il n'arrête pas de perdre. C'est peut-être pas des choses à dire, mais quand je croise son regard, c'est bien ce qui se dit.
Tu sais que si t'as besoin, je suis toujours là… T'inquiète pas, ça va aller. Il me sourit, c'est rare. J'ai cinquante-huit ans, je ne suis pas encore moisi. J'ai pas dit ça. Je veux que t'es pas moisi ! Qu'est-ce que je suis allé lui sortir cette connerie, il ne me demandait rien. Je voulais seulement lui dire que ça me faisait quelque chose de le voir malheureux, ça ne me plaît pas, ça m'emmerde. C'est tout.
Une voiture se gare entre nos deux mobil-homes, on se regarde, c'est qui à cette heure, ça ne ressemble pas à du connu. On entend une portière, rien qu'une et puis plus rien. On attend tout oreille et puis mon père se lève, il passe le nez dehors, c'est Frédéric que vous cherchez ? Je cherche madame Chassaigne, c'est une femme qui parle. C'est ici, mais elle n'est plus là, qu'est-ce que vous lui voulez ?
C'est pour mon petit-fils, Marius, trois ans, il a avalé du Destop, on l'a opéré, ça va, mais il reste une vilaine plaie à l'estomac. Ça ne cicatrisera jamais, a dit le chirurgien. Entrez… Elle entre pour raconter son histoire. Tu parles, je sais bien pourquoi mon père l'a faite entrer. Merde ! là, il me fait chier.
Vas-y, l'autre n'arrête pas, elle a toujours à dire, mais bien sûr que c'est un amour son Marius, à trois ans,

qu'est-ce qu'il pourrait être d'autre ? Je la connais cette femme, je l'ai déjà croisée, peut-être à Casino, elle dit qu'elle travaille dans un cabinet d'architectes.
Elle est déjà venue ici, ma mère l'a guérie de douleurs terribles à l'estomac, que les médecins savaient plus quoi faire. Alors, quand mon père lui a dit, elle est morte il y a cinq semaines, je l'ai vue se défaire, ses joues tomber encore plus bas, merde, c'est quand même pas sa mère ! Qu'est-ce qu'elle vient nous remuer le couteau à 7 heures du soir, en plein février ?
Je le sais pourquoi il la laisse parler... Eh bien moi, tu vois, je me mets à imaginer comment elle est dans un lit celle-là, comment je la prendrais, comment son corps se plierait, elle est en jeans, elle est mince, j'aime ça, mais je n'aime pas sa coupe de cheveux ! le coup de ciseaux en bas de la nuque, qu'est-ce qu'elle est allée se faire abîmer par un pédé ! C'est peut-être parce que je taille les arbres mais je suis sensible aux coupes de cheveux.
Et plus je la regarde, plus je la trouve quelconque. De toute manière, je ne veux pas entendre ce qu'elle dit, et si elle continue, je vais me lever et foutre le camp parce que même la baiser, je m'en fous. De toute manière je ne sais plus à quand ça remonte la dernière fois. J'ai posé un écriteau sur ma bite, ne pas déranger, merci !...
Et plus je la regarde, tout emmitouflée que je ne vois pas comment elle est foutue, rien que ce coup de ciseaux et les joues qui commencent à tomber, le reste comme tout le monde, c'est pas elle qui va décrocher mon écriteau, alors qu'elle se tire nom de Dieu !

Elle se désole pour nous, pour mon père... Ah oui, que c'est dommage ! que c'est une perte. C'était une femme formidable, et puis elle avait ce don, c'est pas tout le monde ça, mais comment il lui était venu, quelqu'un le lui avait transmis ? Oh merde, elle en redemande !... Et mon père qui est en veine tout d'un coup. Il a envie de parler, il se réveille. Il les retrouve ses organes.
Merde ! Qu'il abrège et qu'il la foute dehors !... Eh oui, c'est très triste, surtout avec un don pareil. Elle le tenait de son père, et lui-même d'un voisin, et lui-même de je ne sais qui. Et elle ne l'a transmis à personne ? elle demande.
Nous y voilà ! C'est là qu'il voulait en venir le cochon, pour ça qu'il l'a laissée faire ses salamalecs, mais entrez donc ! je vous en prie ! mais je ne veux pas vous déranger ! mais vous ne nous dérangez pas ! Là qu'il voulait en venir, parce que tout seul il peut pas, alors, il l'a laissée... Et ce don, est-ce qu'elle l'a transmis ? Oui, elle l'a transmis...
Là, il est quand même bien emmerdé et je le laisse dans sa merde. Il me regarde, viens, qu'il semble me dire. Mais je n'en ferai rien, vous me faites tous chier avec cette histoire !
Je regarde les mouches, il n'y en a pas, c'est pareil, je regarde rien, j'attends... C'est encore un peu tôt, qu'il dit, il faut attendre qu'il se manifeste... c'est que c'est capricieux cette affaire, c'est pas de la science exacte, ça marche on ne sait pas pourquoi, des fois ça ne marche pas. Il s'enlise.
Mais vous connaissez la personne, je pourrais peut-être aller la voir ? Il grimace, il me regarde franco comme si

je devais donner mon avis, moi je regarde les pieds de l'emmerdeuse, j'ai pas entendu, j'ai pas vu, qu'ils se démerdent. Non, il faut attendre qu'il dit, ça ne sert à rien de brusquer les choses, même des fois, c'est tout le contraire… non, il faut encore attendre.
Il se répète, il a compris qu'il n'obtiendrait rien. Elle en est toute molle l'autre, elle avait cru… Eh oui, on espère toujours, surtout pour un petit boutchou de trois ans ! Vous vous rendez compte, aller boire du Destop ! Jamais ma fille ne laisse le Cif, ou la Javel, rien, elle laisse à portée, jamais… et là, voilà que la voisine vient demander si elle ne pourrait pas la dépanner, ma fille lui passe le Destop, l'autre repart faire son affaire, elle rapporte le Destop, ma fille donne le bain à son dernier, laissez-le sur l'évier qu'elle dit ! mais la voisine veut remercier, elle veut voir le bébé, et voilà ! Deux mamans, elles se mettent à parler bébé, fais risette à maman, vous savez comment on fait, et pas une qui va imaginer que le Marius a vite fait de monter sur une chaise pour attraper le Destop !
Et là, c'est reparti, on ne l'arrête plus, elle va nous raconter l'histoire une autre fois, mais avec tous les détails et commentaires maintenant…
Ah, j'y tiens plus, je me lève. Bon j'y vais, je dis, je m'excuse, faut que j'y aille. Elle a la main froide cette femme, mais pas un froid d'hiver, un froid qu'elle me passe. J'en veux pas de ton froid… Vous êtes le fils je suppose, y a comme un air de famille, elle me dit. Oui, oui, je te la laisse ta main, il est temps que je file parce que la question d'après pourrait bien être la bonne.

Vous n'avez que celui-là ? je l'entends demander à mon père, mais je suis déjà dehors, je referme la porte. Au revoir, au revoir.
Merde ! On était tranquilles, et maintenant que je suis parti, il va se laisser aller, il va dire… sa mère lui a passé le don, mais il ne veut pas en entendre parler ! Il ne sait pas ce qu'il a dans les mains. Elle a toujours dit, mon Frédéric, on ne peut pas imaginer le fluide qu'il a dans les mains ! Elle le sentait, elle en était sûre, mais avec lui… quand c'est non, c'est non. Même morte, il continue à dire non.
Je l'entends d'ici son discours, j'ai pas besoin d'y être. Tu parles, j'ai rien dans les mains et de toute manière, je ne veux rien, j'ai mes raisons… Que oui, j'ai mes raisons ! Et je vais vous les dire… ma mère, c'est elle, je la revois qui prend ma main et la pose sur le cœur d'une gamine de sept ans, j'en ai onze… toute ma vie je la reverrai ! Marie-Rose, je me souviens encore de son nom, elle a un cœur tout pourri, les docteurs ne savent plus quoi dire, les parents essayent tout ce qu'ils trouvent. Ton enfant est malade, on te dit de pisser sur l'herbe, tu pisses sur l'herbe, et puis de bouffer l'herbe, eh bien, tu la bouffes ! tu ne discutes pas, un point c'est tout, voilà… Ma mère ne peut rien pour la petite, elle arrête le feu, c'est tout, c'est rien que ça son don, les brûlures, elle pose sa main dessus, elle se récite une phrase que je sais, elle donne une pommade à passer dessus, et puis voilà, et ça marche. Mais le cœur, tu parles !
Mais elle s'est mis en tête que moi, je peux ! Je viens d'avoir ma première crise… d'autres parents auraient

paniqué, elle, le contraire, c'est un signe de Dieu, elle a dit, voilà. C'est écrit, je suis marqué, elle en est fière, bordel ! Moi, je suis dans la honte, je ne me souviens de rien, c'est les copains plus tard qui m'ont raconté. On jouait au foot, je n'ai rien vu venir que mes mâchoires qui se sont durcies à me péter les dents, et puis que tout s'est durci, et que je me casse la gueule... et quand je me réveille, ils sont tous au-dessus de moi à me regarder... et puis pimpon ! je suis dans le camion de pompiers, je suis mort, mou de mou, je me suis pissé dessus. Les copains m'ont raconté comment je leur ai foutu la trouille de leur vie à gigoter dément, ils étaient sûrs que j'allais crever, ils n'avaient jamais vu ça. Voilà, marqué à vie ! Je ne serai plus jamais tout à fait comme les autres.

À l'hôpital, le médecin a tout expliqué à ma mère. Elle est revenue dans ma chambre, elle m'a caressé le front, elle a dit, c'est le haut mal, elle avait son sourire, elle a redit, tu as été choisi... J'étais bien trop mou pour réagir, j'ai quand même dit, je vais mourir ? Non, ne t'inquiète pas, le docteur a dit qu'il faudra faire un peu attention, c'est tout. Je ne pourrai plus jouer au foot ? Elle ne savait pas.

Je me suis dépêché de rejouer au foot, mais cette Marie-Rose est arrivée, et ma mère a pris ma main, et elle l'a posée sur son cœur. La petite me regardait, j'étais son sauveur, on avait dû lui dire ça... J'avais onze ans. On te dit, tu vas la sauver, c'est comme l'herbe, tu la bouffes, t'y crois, et puis quand tu as un regard comme ça qui s'accroche à toi, t'y crois encore plus, elle te bouffe...

Bien sûr, elle est morte, Marie-Rose… et on a voulu me le cacher, mais je le savais, parce que le jour où elle est morte, j'ai rêvé qu'elle venait vers moi, tu m'as menti ! elle me disait, mais je ne t'en veux pas. Et son regard s'est détaché de moi, et c'était comme si je me mettais à peser des tonnes, j'étais plus qu'un bloc de fer. J'étais peut-être mort.
Et je me suis réveillé, mais le rêve a continué tout le jour, je voulais prendre sa place, je voulais mourir pour la sauver, et les jours suivants, et en classe, quand je marchais, dès que j'étais seul, je rêvais debout, les yeux grand ouverts, je m'approchais du lit où elle reposait, et je m'allongeais à sa place, sa mère m'embrassait, et la mienne pleurait mais ne faisait rien ! Je devais prendre sa place, je devais mourir… Et c'était bien comme ça, même très bien. Parce que la petite me regardait à nouveau avec ses yeux incroyables.
Des mois, ce rêve m'a tenu, des mois ! Alors aujourd'hui, j'ai mes raisons, me faites pas chier avec cette histoire de don. L'hiver je taille mes arbres, au printemps, je plante, en été, je tonds, me faites pas chier, moi, quand ma fille est malade, je l'emmène chez le médecin.
Je suis sûr qu'il va tout lui dire à Madame Tout-le-monde et sa coupe à la con… même qu'il a eu une journée difficile. Il va se lâcher, et elle, je la vois bien capable de rappliquer et de me refiler sa main froide, s'il vous plaît, qu'est-ce que ça vous coûte, je vous emmène mon pitchoun et peut-être vous le guérirez ?…
Qu'est-ce que ça me coûte ? Mais vous ne vous rendez pas compte ! Ils ne se rendent pas compte. Je suis sûr

qu'il va se lâcher, il ne demande que ça. Alors, j'enfile mon cuir, je prends mon casque, et je pousse la moto sans la démarrer, que la Tout-le-monde rapplique pas et m'alpague pas, je ne la démarre qu'une fois sorti du camping.

Je m'arrête au Rialto. Salut, salut, Marco se pèle dehors à fumer sa clope. Je reviens boire une bière avec lui. La mer est noire, on ne voit plus que le liseré blanc de l'écume sur le sable, un bateau se ganguille au ralenti, il tire son chalut, on aperçoit le marin à l'arrière, juste sous une loupiote.

Marco a été pêcheur, il sait tout ce que l'autre fait, il le surveille en faisant des ronds de fumée qui montent dans l'air froid. On se connaît depuis la maternelle, alors, on ne s'emmerde pas à dire quand on n'a rien à dire, on regarde les ronds de fumée et puis le bateau qui monte et descend sur la vague, je vais pas l'emmerder avec mes problèmes.

Il était là pour ma première crise, il sait qu'il m'arrive d'en avoir, mais la dernière, attends je cherche, ça fait bien douze ans, non, plus que ça… Lucie avait deux ans, juste avant son anniversaire, ça fait donc treize ans. Une sévère et depuis, plus rien, le volcan ne s'est plus manifesté.

Tous les matins, je prends mon Rivotril, trois bières par jour, pas une de plus, un café le matin, et c'est tout. Je ne devrais pas grimper aux arbres, ni surtout travailler avec la tronçonneuse à cause du bruit, alors j'ai signé une décharge, s'il m'arrive quoi que ce soit, le patron n'y est pour rien, et puis je m'enfile des bouchons dans les oreilles. Parce que je ne veux pas que ça me reprenne, treize ans, ça commence à compter, mais j'ai toujours la trouille, surtout depuis que ma mère est morte, il a fallu que je voie le corps.

Elle est tombée direct, comme ça dis donc, elle terminait son yaourt, elle se levait et direct elle s'est affaissée, mon père n'a pas eu le temps de la retenir. Tout de suite les pompiers, les urgences, tu parles ! elle était déjà loin dans son voyage. Ma tante m'a appelé, ta mère est tombée, elle a eu un malaise, je n'ai pas eu besoin de la suite, je savais. J'ai laissé mes branches, qu'ils se démerdent, ma mère a eu un accident, je leur ai dit.

Je suis arrivé à l'hôpital, mon père venait de repartir, ma tante, tout, on m'a conduit au service de réanimation, il n'y avait plus que ma mère dans le coma, un tuyau dans la bouche, une perfusion dans le bras, des sales branches quoi ! et des machines tout autour. Elle était calme, je dirais même rajeunie, je lui ai touché la main, j'aurais voulu lui parler mais les mots ne sont pas venus. Je la regardais et je me surveillais, va pas nous faire une crise là, au pied de son lit !

J'étais pas agité, très calme au contraire, rien qui bougeait, on m'avait laissé seul dans la pièce, il devait y en avoir un autre allongé derrière un paravent. J'aurais voulu dire deux trois mots, je t'aime ou je ne sais quoi. Rien… Alors, j'ai caressé sa main, elle était chaude. Je suis reparti. C'était un mardi. Le samedi matin à 5 heures, l'hôpital nous a appelés, mon père est venu frapper à ma porte, il est entré, c'est fini, il a dit. Assieds-toi, j'ai dit. Non, je vais m'habiller, j'ai pas chaud.

Je l'ai rejoint dans son mobil-home, ça sentait bon le café, il était en train de couler. On a bu le café, alors il a commencé à pleurer et je l'ai suivi.
Et depuis, j'ai la trouille que ça me reprenne, le haut mal… et puis ce soir, cette fouteuse de merde qui vient me relancer avec son boutchou que je ne peux rien pour lui ! J'ai pris la main de ma mère à l'hôpital et il ne s'est rien passé ! Est-ce qu'il faut que je lui dise ?
Je peux le dire aujourd'hui, j'ai regardé les machines, les courbes, les chiffres, rien, tout calme, les paupières, la bouche, calmes elles aussi, aucun signe de vie… alors, j'ai voulu revoir les bons moments de notre vie, rien ! J'étais là comme un con, la tête vide, et elle je ne sais où, partie sûrement, finie.
Alors, les ronds de fumée qui s'élèvent dans l'air, et le bateau qui se ganguille, et Marco qui ne l'ouvre pas, pourvu que ça dure ! Pourvu que ce ne soit pas le calme avant la tempête, je me dis. Je ne le montre pas mais je ne suis pas tranquille.
Je me souviens que mon père s'est payé des moules frites, pour marquer le coup ! Ça te dirait des moules frites ? Pourquoi pas, dit Marco, si tu m'invites. Allez, je t'invite ! Pour marquer le coup, moi aussi.
On s'est rapprochés du port, elles sont meilleures là-bas, a dit Marco. Il a choisi une terrasse, une table sous leurs putains de grille-pain, ça te va ? C'est bon, j'ai dit, c'est quand que tu arrêtes la cigarette ? Pas tout à la fois, s'il te plaît ! Sa femme vient de le larguer… Lui n'a pas encore accroché l'écriteau à sa bite, et je comprends pourquoi on est venus là, la serveuse, il en

pince, il est soudain plus bavard, alors je m'emmerde à l'écouter.
J'aurais été aussi bien tout seul. Je termine mon assiette, il n'est encore qu'à la moitié. Vous m'apportez l'addition, s'il vous plaît. Tu ne trouves pas qu'elle est bandante ? Oui, oui… je ne vais pas le contrarier. Je paye. Je les laisse. Je dis à la serveuse, vous pouvez y aller, c'est un bon gars. Allez, salut, au revoir, je reprends la moto.
J'allais me coucher, Martine appelle, mon ex, excuse-moi d'appeler si tard, Lucie n'est pas bien, demain tu peux l'accompagner au collège ? moi je ne peux pas. Putain, elle sait très bien que je travaille, non ? Qu'est-ce qu'elle a ? J'arrive pas à savoir, elle rentre de l'école, elle se couche, je veux lui parler, tais-toi je dors ! c'est tout ce que je peux en sortir. Tu me la passes ? Je viens de te dire qu'elle dort !
Bonjour l'humeur ! C'est terrible, c'est chaque fois que j'ouvre la bouche. Je comprends pourquoi on n'est plus ensemble, mais je ne comprends pas d'où lui vient cette haine, cinq ans qu'on ne vit plus ensemble, c'est long cinq ans, et ce soir, elle n'a pas eu à me supporter, ça fait bien dix jours qu'on ne s'est pas vus, pas parlé, et je me prends l'orage pleine poire, prêt à exploser, d'où elle lui vient cette haine, qu'est-ce que je lui ai fait, ou pas fait ? J'ai dû manquer quelque chose.
Je dis d'accord, à quelle heure il faut que je sois là ? Huit heures moins le quart, mais pas plus tard, hein ! Comme si j'avais été une seule fois en retard, une seule ! D'accord, je serai là, je vais peut-être demander à mon père. Tu fais comme tu veux… À nouveau c'est lourd,

avec derrière, la sale humeur prête à bondir, puisque t'es pas capable de t'occuper de ta fille, demande donc à ton père ! D'accord, d'accord, je serai là… J'ai raccroché pour ne plus l'entendre. Merde !
Je suis allé frapper à la porte de mon père, il était devant la télé. N'éteins pas ! Il a quand même éteint. Tu pourrais accompagner Lucie au collège, demain matin ? Huit heures moins le quart au plus tard, en bas de l'immeuble. Je ne suis pas entré dans les explications, pourquoi ci et ça. D'habitude, je serais reparti, bonne nuit à demain, là, je reste planté, j'attends je ne sais quoi parce qu'on se retrouve deux cons… j'arrive pas à m'y faire. On revient trois heures en arrière avant que la Tout-le-monde rapplique, elle nous a empêchés l'emmerdeuse, elle m'a fait fuir, voilà, je reviens.
Je m'assois sur le canapé, ce n'est plus l'heure mais depuis que ma mère est partie, il y a des trous un peu partout. Tiens, j'ai fait comme toi, j'ai mangé une moule frites ce soir. Au Rialto ? Non, sur le port. Elles étaient bonnes ? Oui, très bonnes, j'ai pas dit que Marco m'a emmerdé. Un autre qui m'emmerde, c'est la soirée !
Elle est restée longtemps l'autre ? Non. Le silence est retombé. Maintenant le silence, c'est un peu ma mère, elle est là entre nous, on peut rester de longues minutes à l'écouter, il nous rapproche, il nous relie. Tu sais, c'est pas de la mauvaise volonté, si j'avais le don, je t'engasterais pas… je le verrais son pitchoun !
Le silence revient, c'est aussi un peu à lui que je m'adresse. Je n'y ai jamais cru !… Je ne lui ai jamais dit, elle n'aurait pas aimé… tu vois, je crois que si elle guérissait, c'est

juste parce que les autres croyaient qu'elle allait les guérir. T'es pas d'accord ?
Il semble réfléchir. Elle les guérissait... pourquoi, comment, ça nous dépasse. Mais elle croyait qu'elle avait le don ! j'ai dit. Il faut y croire, sinon ça ne marche pas, et moi je n'y crois pas. C'est sûr...
J'ose pas lui dire que j'ai essayé de la sortir du coma, que j'ai voulu la ramener, mais rien, mon cerveau était vide, calme plat, dans le coma lui aussi.
Le silence me prend, la pièce en est remplie et je me retrouve enfant. C'est quand même curieux de se retrouver tous les deux, j'ai dit. Qui l'aurait cru ? En fait, je sais presque rien de toi, faudra que tu me racontes un peu quand même. J'ai besoin de parler, c'est clair, de remplir un vide. Je lui dis que je suis passé voir la grand-mère, sa mère, et je lui raconte l'histoire de la télé, qu'elle ne pouvait pas les foutre dehors.
Alors, il me raconte un peu comment elle a été avec lui, mais rien que je ne sache déjà. Ça ne fait rien, c'est déjà ça. Ça t'emmerde si je dors ici, je dis. Je me suis enfoncé dans le sommeil, direct, tout habillé sur le canapé. Lucie doit être comme moi, le sommeil nous prend comme une mort, plus rien qui existe, c'est comme ça que ma mère est partie, alors j'en suis toujours à douter qu'elle soit morte.
Bien sûr, je sais qu'elle ne reviendra pas, mais je la sens dans les riens, il suffit d'un bruit et je me dis, c'est elle, elle est là, dehors, elle va rentrer un peu essoufflée. Ça va ? Je suis en retard ?... Elle est là et tout redevient comme avant, on vit. Parce que depuis qu'elle est partie

c'est autre chose, une vie qui ne serait pas la vraie, comme une voiture qu'on te prête en attendant que la tienne soit réparée, mais tu sais qu'elle ne sera jamais réparée, on ne te la rendra pas, et tu ne rouleras plus que dans une saloperie de dépannage. Voilà, c'est comme ça désormais.

3

Les jours passent et c'est bien comme j'ai dit, les week-ends arrivent, Lucie est devant la télé. Elle est mignonne, elle baisse le son mais quand on vit dans la même pièce, même tout bas à faire pitié, je ne peux tout de même pas lui demander de couper le son, son copain qui chante, il faut bien qu'elle l'entende, je la vois qui s'accroche, elle se penche en avant, elle se colle au poste, elle veut qu'il gagne, elle est prête à pleurer si le jury le renvoie, une grimace de Lio, une autre de Manoukian, elle interprète tout, alors j'ai pitié, vas-y remonte. Tais-toi !... elle m'envoie sa main pour me repousser, tu parles, je suis à l'autre bout, comme si j'allais le faire perdre, son chéri. Bon, je sors, je ne suis pas fâché. Je veux seulement qu'elle l'entende, puisque c'est lui qu'elle aime, au moins elle aime, je me dis, la vie est toute neuve pour elle, alors roule, vas-y, je te laisse avec lui.
Dehors, c'est pas la chaleur, j'aurais dû prendre une veste. Mon père regarde, je vois la lumière qui saute dans sa cage, si je vais le voir, on va se retrouver avec le silence, et ce soir j'en veux pas. Ils regardent tous, partout la lumière saute, et j'entends du son qui s'échappe, ils sont sourds ma parole, tout le camping regarde, toute la ville, toute la France.

Je vais tout naturellement chez Josiane, son mobil-home est tout au fond, dans la nuit noire, c'est le dernier. Ils regardent eux aussi, ça saute sur le mur, Nanar est là, je vois sa 205, avec un peu de chance il aurait pu ne pas être là. J'hésite, j'aurais bien passé un moment avec elle, juste causette, de toute manière elle a trois mioches, Nanar est serveur au Balto, je repère sa voiture, les soirs où il n'est pas là j'y vais, je frappe.
Je crois que Josiane me comprend, elle ose me dire des trucs que personne me dit, par exemple qu'elle aurait fait comme ma femme, qu'elle serait partie elle aussi, parce que t'es trop triste, tu ne fais pas rêver. Tu vois, quand tu vis avec quelqu'un, c'est donnant donnant, et toi, qu'est-ce que tu lui donnais ? Ta présence ?… ta présence, t'en as pas, tu es là, t'es pas là, c'est pareil. Ça, je ne comprends pas. Ben oui, je sais que tu ne comprends pas, mais moi je te dis, c'est pas méchant, quand je te vois, j'ai juste envie de te secouer, on se demande où tu es. Mais où veux-tu que je sois, je suis là !… là, par exemple, je t'écoute, je te regarde. Tu dirais que je ne suis pas là ? Elle ne sait pas.
Le voilà, le fossé qui nous sépare, elle est là en face de moi et je ne peux pas la toucher. Saute qu'elle me dit, saute, fais le pas. Quel pas tu veux que je fasse ? Et puis pourquoi c'est pas toi qui le ferais ? Mais parce que je suis dans la vie, c'est toi qui est de l'autre côté. Je ne comprends pas… Elle hausse les épaules.
Alors, je le redis, celui qui comprend, qu'il vienne donc m'expliquer, même Josiane n'y arrive pas.
Josiane, je l'ai vue arriver avec son Nanar, ils avaient déjà Bernard et Nicolas, maintenant ils ont en plus Sylvie et

Marilou. Nanar, j'ai dit, il est serveur, il navigue pas mal, un café un autre, elle, elle fait du mi-temps au collège Baudelaire, fille de salle au début, maintenant au secrétariat parce qu'elle a une formation de secrétaire. Voilà le topo.
Ils sont arrivés et ça a tout de suite collé entre nous, nous quatre, Martine était encore là, je devrais même dire nous tous, Lucie jouait avec Bernard et Nicolas, ils venaient chez nous, on allait chez eux, on jouait aux boules, on se faisait des barbecues, des parties de cartes, je voyais bien que Martine et Nanar se papouillaient un peu trop, un jour Josiane m'a pris à part, tu ne vois pas qu'ils sont en train de nous faire cocus là ? J'ai dit, et alors ? Alors, alors… elle en bafouillait, je ne vais pas supporter. Il faut que tu parles à Martine, sinon c'est moi qui vais le faire. Eh bien fais-le. Elle m'a regardé, mais j'en crois pas mes yeux, ce type ! C'est pas possible que tu sois lâche à ce point. Je ne suis pas lâche, je découvre qu'elle ne m'aime pas. J'avais un rêve, elle l'a cassé. Tu lui as dit ? Ça ne sert plus à rien. Que si ! il faut que tu lui parles, tu tapes du poing, tu réagis, tu gueules un bon coup. Et toi, tu lui as parlé à Nanar ? Évidemment, mais Martine n'arrête pas de le relancer ! Voilà l'affaire. Josiane a dû parler à Martine. À l'époque je n'ai rien su, mais Martine n'a plus voulu aller chez eux, du jour au lendemain. Là encore, j'aurais pu lui demander, pourquoi tu ne veux plus ? Je n'ai rien dit. Je n'étais pas lâche, j'étais terriblement déçu, et plus que ça encore, je découvrais que si elle ne m'aimait pas, moi non plus je ne l'aimais pas, je m'étais trompé…

j'avais cru et puis non, c'était pas ça. Se tromper, c'est pire que tout, il m'en est poussé une peau de tristesse, c'est elle qui doit me rendre invisible, t'es là et t'es pas là, on ne sait pas. Je sais Josiane, je sais. C'est elle la première qui me l'a fait entrevoir, non, plutôt sentir, et j'en ai mis du temps !

Alors, on n'a plus fait que se croiser au camping, à Casino, et l'été sur la plage. On n'était pas fâchés mais bonjour bonjour, c'est tout. Et puis Martine s'est tirée, mais plus tard, deux ans après. Peut-être j'expliquerai…

C'est là qu'un soir Josiane a frappé à ma porte, je dérange ? Pas du tout. Qu'est-ce que tu fais dans le noir ? Je ne me rendais même pas compte que je n'avais pas allumé la lumière. Josiane s'est assise à un bout du canapé, moi à l'autre. T'as mangé ? Je ne sais pas… Tu déconnes, tu ne peux pas rester comme ça, il faut manger, il faut que tu réagisses. Oui, j'ai dit, pas convaincu… Ma mère m'avait apporté une part de pizza, elle était sur la table, elle voyait bien elle aussi, il n'y avait que moi qui ne voyais pas, à l'abri derrière ma peau, une sorte d'anesthésie, c'est de ce temps que je n'ai plus allumé la télé, les voir s'agiter me fatiguait.

Bon, on a commencé à parler. Josiane ne m'a pas forcé, elle est revenue, Nanar était passé en soirée pour faire plus d'oseille, on avait pour nous cinq soirées sur sept. Je ne dis pas qu'elle est venue tous les soirs, mais je me suis habitué, et j'ai commencé à retenir les jours où Nanar ne travaillait pas. On parlait, c'est tout.

Le soir, ma mère m'apportait le dîner, elle lavait mon linge, Josiane passait… voilà, et les années s'additionnaient,

je ne m'en suis pas rendu compte et Nanar a compris que je n'étais pas un danger, alors je suis revenu chez eux, surtout le week-end avec Lucie. Voilà…
Mais ce soir, je n'ai pas envie de voir Nanar, alors je fais demi-tour, il fait frisquet pute borgne ! Je croise le chien des Muller, il fait le tour du propriétaire avant de poser sa crotte. Salut frérot, je lui balance, il vient renifler mon pantalon, on est un peu pareils, il avait la chienne des Girard avec qui il pouvait faire son affaire, un jour elle s'est barrée, ils ne l'ont plus revue, volée qu'ils ont dit, ils ont collé des affichettes partout dans la ville, sur les arbres, dans les boulangeries.
Allez casse-toi ! Ce con-là me décollait plus la jambe, heureusement, je ne suis pas comme ça, j'ai pensé. J'ai encore hésité à frapper chez mon père, et puis merde, j'ai une fille !
Quand j'ai vu son sourire, j'ai su que son chéri était retenu, alors, je me suis assis et j'ai regardé avec elle.
Le lendemain midi, on a déjeuné chez mon père, après j'ai accompagné Lucie à Puget, chez sa copine Léa, sa mère la raccompagnera, mais je vous en prie, ça ne me dérange pas du tout monsieur Chassaigne, elle aurait pu me dire monsieur Ducon parce qu'elle le pense, je sais lire et Josiane m'a confirmé, ils sont rares ceux qui ne me prennent pas pour un con. De toute manière, tu t'en fous, a dit Josiane. Pas du tout ! ça te plairait toi, qu'on te regarde comme une demeurée ?
Pour la suite, je n'avais rien prémédité, c'est le regard de l'autre pouffiasse qui m'a décidé, je suis allé au camion. Une fille qui gare son camion sur la route de l'Estérel,

j'aime pas dire que c'est une pute, l'autre pouffiasse, oui, c'est une pute, Véra c'est une fille de joie. J'ai eu de la chance, pas de client, parce que sinon, je crois que je ne me serais pas arrêté. Elle me connaît, je me suis pas mal livré, je venais déjà du temps de Martine, j'aime bien ses petites jupettes à la Amy Winehouse, c'est son truc, elle n'a pas attendu la gamine.
Peut-être bien qu'elle me prend pour un con elle aussi, mais ça n'a aucune importance, parce qu'avec elle, c'est donnant donnant et en prime, elle me colle sa bonne humeur qui me fera tout le week-end et un peu de la semaine, Véra... qui vivra Véra ! je lui dis toujours, je ne dois pas être le premier... Véra Cruz, ver à soie, verre à pied, hein que tu prends ton pied avec moi ! oui avec ton véreux, ton vairon... je suis Verseau !
Après Véra, je suis rentré au camping, là, j'ai entrepris de démonter le carbu, mon père s'est approché, je vais faire un tour, il a dit, il marche jusqu'à la mer et il revient, ça fait dans les cinq bornes, tous les jours il fait son tour, sa hantise c'est son ventre, il classe les hommes en deux catégories, ceux qui ont du ventre et les autres, les ventres plats. Moi, j'ai tendance, je le vois qui pointe quand je me regarde dans la glace, je suis sûr que le vieux me surveille.
Et puis, je suis parti à Casino faire les courses. En chemin, j'ai bifurqué, pour aller au cimetière. C'est la première fois que j'y reviens depuis l'enterrement. Bonjour, c'est moi. Je ne sais pas si tu me vois de là où tu es. Je ne suis pas bien... C'est pas juste. Qu'est-ce que j'ai fait pour mériter ? Pourquoi les autres ça va et moi je me traîne, y

a rien qui veut... Tu me diras c'est pas nouveau, mais si de là où tu es tu y vois un peu plus clair, vas-y éclaire-moi. J'étais là, à penser ces conneries, tout seul évidemment, sans espoir qu'elle me réponde, je ne suis pas dingo, j'aurais pu aussi bien réciter un Notre Père, je n'y crois pas à ce Père, qu'est-ce qu'ils font les autres devant une tombe quand c'est leur mère qui est là, qu'est-ce que vous faites, vous ?
Fais quelque chose, je ne suis pas bien... je voudrais être autrement, je ne voudrais pas être lourd avec Lucie. Je la vois qui grandit, je ne voudrais pas lui coller cette peau qui me tient à l'écart. Comment t'as fait, toi ? Faut pas me raconter d'histoires, on ne s'est jamais dit grand-chose tous les deux, que des conneries mais on se ressemble, forcément on se ressemble et j'ai peur que Lucie me ressemble. Comment je peux faire pour qu'elle ne prenne pas le même chemin... Rien que le fait de m'asseoir à côté d'elle, j'ai peur.
Si je dis ça à Martine, c'est pas bon que Lucie vienne, je vais lui coller ma saloperie... tu la connais, elle va m'enfoncer encore plus, et si elle me gueule dessus, Lucie va prendre ma défense, comme d'habitude, elle ne le montrera pas mais c'est naturel, plus sa mère m'enfoncera, plus elle se rapprochera de moi, je le sais bien, je l'ai vécu avec toi, je pourrais même dire que je ne connais que ça... Pourquoi tu es restée, j'ai prié pour que tu partes et que tu me prennes avec toi, et qu'on ne soit plus que tous les deux, oui, prié, mon Père qui est au Ciel et la suite, j'y croyais encore, tu vois, je sais prier. Mais ça n'a pas marché.

Quand est-ce que je me la suis chopée cette saloperie de tristesse ? Je dis que je te ressemble et pourtant on n'avait pas l'impression que t'y baignais dans cette merde, tu masquais bien parce que moi, je sais, j'ai su très tôt et même si je n'avais rien vu… d'où elle me viendrait cette saloperie, si tu ne me l'as pas collée ? T'en as peut-être fait ton affaire, tu t'es habituée, tu l'as rangée dans un coin, je ne sais pas ce que t'as fait, mais tu me l'as collée ! Je ne te reproche rien, juste je voudrais que ça s'arrête avec moi. Tu comprends ? Tu entends ce que je dis ?
C'est con de se laisser aller comme ça, mais c'est tout moi, je te parle maintenant quand tu n'es plus là. C'est trop con. Je ne comprends rien à ce que je suis, à ce que je fais, à pourquoi je te parle là… Mais je ne suis pas mécontent de l'avoir fait, ça ne sert à rien mais je l'ai fait. J'ai même fait un signe de croix, dis donc ! J'étais pas arrivé à en faire un, ni à l'église pour son enterrement, ni ici quand on l'a enterrée. Je ne comprends rien.
Je me suis retrouvé à Casino, tout seul derrière ma peau et puis je suis rentré. Je suis passé voir Josiane, ce soir je m'incruste, je lui dis, je ne peux pas rester tout seul avec Lucie, c'est trop. Tu viens quand tu veux, je t'ai dit, et Nanar aussi te l'a dit. Il est là ce soir ? Non, je serai toute pour toi, ça te va ? J'aimerais lui dire, si tu savais Josiane… bien sûr elle sait, elle croit savoir mais elle sait si peu. Toute fine qu'elle est, tout en tendresse, en amitié, elle sait moins que Véra, j'en donnerais ma main, le corps comprend mille fois mieux. Véra est incapable de me parler comme tu fais, mais elle me

connaît mieux que toi, la preuve, j'emporte sa gaîté et je vis avec pendant plusieurs jours, c'est ça que j'appelle comprendre, les mots, c'est rien que des pauvres choses, des notes de musique pour sourds, des spermatozoïdes qui ne rencontrent pas d'ovule.
Qu'est-ce que tu veux que j'apporte, j'ai acheté des glaces et puis du coca, et puis j'ai des cacahuètes, Lucie aime ça. Qu'est-ce que tu as ce soir ? Rien… T'es sûr ? Oui, je suis sûr. Intuition féminine, elle me perce, elle m'arrache des bribes, vas-y, va droit où ça fait mal, les alcooliques aussi arrachent, mais comprendre, c'est autre chose. Bon j'arrête… De toute manière j'ai tout dit, on comprend rien à rien.
Alors, je me suis pointé avec Lucie. J'aurais dû avoir plein d'enfants, une couvée, là ils sont cinq, regarde comme ils se protègent, ils repoussent la saloperie comme le mistral les nuages. Ça ne dure pas bien sûr, il faudra que d'autres minots prennent le relais, que ça germine en permanence, des flopées d'enfants c'est peut-être bien comme ça que l'humanité a survécu. J'aurais aimé… voilà, mais ça ne s'est pas fait, peut-être je n'avais pas la force.
Nanar a plein de vie, lui… et ça ne m'étonnerait pas qu'il ait planté ici et là d'autres enfants, les femmes doivent le sentir, elles en redemandent, elles sont toutes prêtes à s'accoupler avec l'animal, Martine la première, je l'ai vue changer en quelques heures, elle ne s'y trompait pas, ce n'est pas de l'amour, pas de la grâce, c'est la bestialité pure, le génie de la nature, le mâle qui impose sa loi.

Pas étonnant qu'il soit serveur, il est aux premières pour accrocher tout ce qui passe, alors que moi, je taille, je laisse des moignons derrière moi. J'aimerais être un séducteur, et je suis un sécateur. Fais-toi une raison mon garçon.
Ce qui me fait doucement rire, c'est qu'il s'en trouve encore pour me dire, salut grand mâle ! C'est venu après ma crise, le Freddy, il a le grand mal, c'est devenu Freddy le grand mâle… Oui, la grande détresse, la solitude à te trouer le cul, j'ai hérité ma branche, mes origines.
Ce soir, j'ai compris que je suis d'une autre branche, l'autre… pas celle qui fait des enfants. Et Lucie et ses grands yeux qui me regardent ? Putain, j'ai dit, il n'y a rien à comprendre ! Alors, je redis… j'étais bien avec les enfants de Josiane, Lucie se mettait à leur ressembler. J'ai connu ça moi aussi, je me suis retrouvé dans des couvées et je me sentais bien, j'étais chez moi.
Josiane a cuit des pâtes, elle avait fait de la bolognaise, on s'est ventrés, et puis les glaces… et moi, je me goinfrais de leur vie, je pouvais, il y en avait à revendre. La télé les a un peu calmés, même la télé, je prenais ! Merde, j'étais fait pour avoir plein d'enfants… j'aurais été un autre, je l'ai dit à Josiane. C'est pas trop tard, tu peux encore. Arrête ! T'as pas encore quarante ans.
En faisant la vaisselle, je lui ai dit, tu ne penses pas ce que tu dis, tu me vois avec une jeunette, un bébé dans les bras ? Évidemment que je te vois ! Non, c'est pas possible, tu te vois faire des enfants avec moi ? Pas moi… Et pourquoi pas toi ? Parce que… Elle ne savait

plus. Tu vois, je lui ai dit. Parce que je ne suis pas amoureuse, elle a dit, sois patient, pourquoi tu ne trouverais pas une femme qui tombe amoureuse de toi ? Parce que ça fait cinq ans que je regarde autour de moi et qu'il n'y en a pas une qui m'ait regardé autrement, je suis un con, tu me l'as dit. T'as bien trouvé Martine, pourquoi t'en trouverais pas une autre ? Parce que j'ai changé, parce que j'y crois plus. Alors, t'as qu'à y croire et ça marchera.

Des conneries, mais qui font leur chemin, j'ai mal dormi. Et quand je me suis réveillé au matin, j'étais comme tous les matins, le même, inchangé. Je me suis revu la veille au cimetière et je me suis dit, quel con ! Il y a mieux pour commencer un dimanche.

Lucie s'est réveillée à 11 heures, je n'étais pas mécontent qu'elle dorme, je suis allé boire un café chez mon père. La veille, il s'était offert une canne à pêche avec moulinet et tout le saint-frusquin, il m'a montré. T'as jamais aimé la pêche, je lui ai dit. Je vais essayer, je verrai bien, peut-être que cette fois-ci je vais mordre. T'es peut-être un peu gros comme poisson non ? Pourquoi pas… il faut que je me sorte de cette pièce, sinon je vais devenir maboule, figure-toi que j'entends des voix, ta mère m'appelle, elle me parle comme si elle était là, je l'entends. Ça fait peur, ces conneries, alors un peu d'air, ça va me rafraîchir les oreilles.

J'ai beau le regarder, j'arrive pas à l'imaginer assis face à la mer zyeutant le bout de sa canne. Les boules oui, les cartes oui, tant qu'il y a du monde autour de lui, oui, je peux y croire, mais tout seul face au vide, c'est

pas le genre, la mer va se mettre à pousser des cris, il va voir des fantômes. Je ne dis rien parce que les fantômes ne sont jamais loin avec lui. Toute mon enfance j'ai eu peur qu'un soir il ne rentre pas. T'as vu ton père ? Ton père est rentré ? Ma mère avait de ces façons de me demander, j'en restais pétrifié. Elle me collait sa peur, voilà. J'avais assez de la mienne, qu'il me gueule dessus, qu'il m'en allonge une. Mais à partir de ma première crise, il n'a plus osé, là j'ai eu la paix, et top du top, je suis devenu plus important que lui.
Tu me dis quand tu y vas, je veux être là pour le premier lancer, je ferai une photo. Te fous pas de ma gueule, c'est peut-être plus sérieux que tu crois, ça te ferait peut-être du bien à toi aussi.
À 1 heure, on l'a rejoint à l'embouchure du Rhéran, on a pique-niqué, tous les trois. J'avais fait cuire des œufs, du riz, une boîte de thon, il me restait des tomates. On se pelait un peu, le vent n'était pas chaud, il nous a bien lavés. Lucie a appris à lancer, j'ai pris des photos. À toi, à toi ! Il a fallu que je lance moi aussi, pour la photo. Les poissons ont dû se marrer, c'était dimanche pour eux aussi, on s'en foutait de tirer un poisson de l'eau, même ça aurait été triste, on l'aurait regardé forcément, pauvre petite chose qui agonise sur le sable, et on l'aurait relâché, Lucie aurait dit ça, relâche-le Papy, remets-le à l'eau, et il l'aurait fait. Mais on n'a pas eu à le faire.
On a marché sur la plage pour se rapprocher des planches volantes, trois windsurfs qui décollaient, bondissaient en l'air, et vas-y une pirouette, girouette… Pourquoi t'en fais pas, Papa ?

Oui, pourquoi j'en fais pas, pourquoi je ne pêche pas, pourquoi ?... Je vis comme un con ?... Lucie a passé son bras autour du mien, cet été, on apprend tous les deux, d'accord, allez, dis, dis... J'ai dit d'accord, et on a encore marché, Lucie a fait encore des photos. Ils sont trop loin, j'ai dit. Ça ne fait rien, c'est trop beau.
On est revenus vers mon père, il était seul sur la plage. Est-ce qu'on pêche avec un temps pareil ? Pourquoi pas... Hein, t'as promis, cet été on apprend le windsurf, a dit Lucie devant mon père, t'es témoin Papy, il a promis. C'était un dimanche après-midi pas comme les autres. Il a fallu que ma mère s'en aille pour qu'on se retrouve là. Pourquoi on n'est jamais venus avec elle ? Parce qu'on vit comme des cons, parce que... Parce qu'on n'y comprend rien, cherche pas, va.
J'ai raccompagné Lucie chez sa mère, il faisait déjà nuit, je l'ai laissée en bas de l'immeuble, elle m'a embrassé, c'était super, elle a dit. J'ai vite tourné la tête parce que les larmes montaient... houp ! c'était à deux doigts ! Pourquoi je ne veux pas qu'elle me voie ? Je me suis retourné pour lui envoyer un petit geste, merde c'est trop con ! J'ai attendu qu'elle disparaisse dans le hall, maintenant les larmes pouvaient venir.
On est rentrés, moi et ma moto, comme deux cons. Tu ne t'ennuies pas trop ? Si, épouvantable... Je suis rentré au camping, la 205 de Nanar était là, mon père regardait, la lumière sautait dans sa cage, je suis rentré dans la mienne, je me suis assis sur le canapé, dans le noir, et je me suis repassé les images du week-end, c'est vrai, Lucie a raison, c'était bien.

Le lendemain, je suis allé manger un sandwich à Casino, j'ai déposé les photos, je les ai récupérées en fin de journée. J'allais ouvrir l'enveloppe et puis non, ça ne se fait pas, j'ai pensé, je vais attendre Lucie, on les découvrira ensemble, c'est mieux.
Alors, j'ai attendu, la semaine est passée, vide comme les autres, Lucie m'a appelé pour me dire qu'elle ne viendrait pas ce week-end, je dors chez une copine, etc. J'ai pas retenu, j'ai pas entendu, j'ai pas de bol, voilà.
Alors samedi, j'ai pris la route avec la moto, elle et moi, on est passés devant le camion de Véra, j'avais pas l'âme, j'ai filé. J'ai pris l'autoroute, direction Nice. Il faisait trop froid pour rouler, je suis sorti à Cannes. J'ai mangé un plat de pâtes, j'ai traîné dans la ville et je suis rentré par la corniche.
Il était encore tôt, je suis passé voir ma grand-mère. Ça va ? C'est Frédéric, tu me reconnais ? Oui. Tu sais qui je suis ? Non. Elle aurait bien voulu, elle me regardait, elle cherchait dans sa pauvre caboche. Je suis ton petit-fils. Oui, lequel ? Elle était barrée. J'ai fait deux fois le tour de la chambre, je commençais à avoir chaud dans ma combinaison, les autres étaient encore là dans la télé, du nouveau ? La vieille était dans le potage, j'allais pas la ramener, alors j'ai repris mon casque, je l'ai embrassée, tu manges trop de soupe, je lui ai dit. Tu crois que j'ai déjà mangé ? elle a dit. Tchao Mémé.
Je me suis assis au Rialto avec une Leffe et j'ai attendu la nuit. La mer devant moi était grise, elle est devenue de plus en plus sombre, et puis plus rien.

Je suis rentré au camping, mon père regardait. J'ai frappé, on a dîné ensemble. Il avait pêché tout l'après-midi, toujours rien attrapé. Je connais la réponse mais je te dis quand même, j'ai eu un coup de fil pour un zona. Je n'ai rien dit, alors il m'a parlé d'un ancien collègue, tu ne peux pas savoir combien j'en retrouve sur la plage. Y avait toujours les surfeurs ? Oui, y avait celui qui fait les loopings, t'aurais vu ça ! Tu ne vas pas ouvrir ? Pourquoi tu veux que j'aille ouvrir ? il a dit.
Parce qu'on a frappé, tiens ! J'ai rien entendu moi, il s'est levé, il était près de la porte, il a ouvert, il a sorti la tête, personne. Pourtant, je t'assure que j'ai entendu. Il a hoché la tête et il s'est rassis, de quoi on parlait ? Tu parlais du surfeur qui faisait des loopings. Oui, oui, formidable, Lucie a raison, ça serait bien que tu t'y mettes. Non, mais tu me vois faire des loopings ? Peut-être une planche… Mais non, même ça, c'est trop tard. C'est pas trop tard, moi, j'ai envie de m'y mettre. Toi ? Oui, moi, il a dit. Là, ça a frappé, j'ai dit. J'ai nettement entendu, je laissais traîner une oreille exprès pour.
C'est moi qui me lève, j'ouvre, il n'y a personne. Ça alors ! j'aurais juré… Tu fais comme moi, t'entends des voix. T'entends encore ? Non, depuis que je vais à la pêche, plus rien et en plus je dors jusqu'au matin, je ne me réveille plus. Je vais t'acheter une canne.
Le lendemain, j'ai repris la tronçonneuse. Dans l'après-midi, j'ai vu que j'avais un message de Martine, rappelle-moi. Je l'ai rappelée, pourquoi tu n'appelles que maintenant ! Je t'ai laissé le message à 2 heures, il est 5 heures ! Tu crois que j'entends avec la tronçonneuse,

d'où elle débarque, elle croit peut-être que je taille les arbres avec des ciseaux dans un bureau, qu'est-ce qu'il y a ?
La directrice du collège a appelé, Lucie n'arrête pas de pleurer. Qu'est-ce qu'elle a ? J'en sais rien !!! Putain ne me gueule pas dessus ! D'abord je ne suis pas une putain, et je gueule parce que t'es jamais là quand on a besoin de toi, toutes les merdes c'est moi qui me les bouffe. Quelles merdes ? Ça va, ça va, ça va, elle a dit, j'ai récupéré Lucie au collège, on a rendez-vous chez le docteur à 6 heures, alors je voudrais que tu passes la prendre parce que demain, elle n'est pas en état pour aller en cours. Voilà, c'est tout… et elle me raccroche au nez.
J'ai quitté à cinq heures et demie, à tout hasard je suis passé à la plage, mon père était là. Ça va ? Oui. Demain, tu peux prendre Lucie ? Qu'est-ce qu'il y a ? Je ne sais pas, sa mère dit qu'elle pleure, elles passent voir le toubib à 6 heures. Parce qu'elle pleure ? Je n'en sais rien moi ! On s'est compris, on n'a plus rien dit.
Je me suis assis sur le sable à côté de lui. T'as pas une clope, j'ai dit, j'en fume une tous les cinq du mois, allume-la-moi va, ça sera plus simple. Tiens, regarde ce que j'ai pris. Il s'est levé pour que je regarde dans le panier, une putain de belle sole, il y avait. Il n'était pas peu fier, il m'a tendu la clope, il s'en est allumé une autre. Alors, qu'est-ce que t'en dis ? Bravo.
Il s'est rassis. Je pensais à Lucie, l'autre dimanche, on était là, au même endroit, elle était loin de pleurer, c'est l'âge, je me dis, c'est les filles, quatorze ans, l'âge des merdes, elle est femme, elle ne sait pas quoi en faire, sa

mère est sur les charbons, putain, celle-là qu'est-ce que je suis allé la chercher, et mon père qui se met à la pêche, ça je ne l'aurais jamais cru. Ça te plaît vraiment, tu ne t'emmerdes pas ? je lui demande. Il ne sait pas, il hausse les épaules. On ne s'est jamais autant vus, autant parlé. Tu ne sais pas que ces cons de l'ANPE m'envoient passer un entretien d'embauche à Draguignan. J'ai plus envie de bosser, moi... on m'a viré comme un malpropre quand j'avais envie, maintenant, j'ai plus envie. J'ai bossé depuis l'âge de quatorze ans et pas du tendre, il fallait les pousser les brouettes en ce temps, et les pelles, combien j'en ai levé ? Et tout ça, pourquoi ? Pour qu'un cochon s'engraisse, lui et ses petits... parce qu'ils font des petits, et ils sont pires que les grands, et c'est le petit qui m'a viré, il m'a jamais dit bonjour, tu l'as toujours avec des lunettes de soleil pour cacher ses yeux de salope, jamais serré la main, même pas lui qui m'a annoncé la saloperie, par lettre recommandée il me vire, bonjour le courage ! Eh bien moi, je ne bosserai plus... ni pour lui ni pour un autre, dix ans sans un centime d'augmentation quand les cochons changent de bagnole tous les ans, et il faut voir les morceaux, j'ai jamais pu m'en payer une moi, de bagnole, alors le matin maintenant, je me lève pour aller pisser et puis c'est tout, je prends mon temps et ça me fait beaucoup de bien, c'est bon de prendre son temps pour pisser... Il a fallu que j'arrive à mon âge pour découvrir qu'on n'est pas faits pour travailler, travailler oui, mais pour soi, à son rythme. Voilà... Qu'est-ce qu'il y a, je lui ai dit, t'es remonté là. Y a rien... Y a que je regarde la mer et que ça me donne à penser. Ta mère est partie, je suis seul comme un con, je vais voir ma mère elle ne me reconnaît plus… Voilà ce qu'il y a, je découvre à cinquante-huit ans que j'ai jamais pris le temps de regarder la mer, alors ça donne un peu à réfléchir.

Je le regardais et je le trouvais beau. C'est mon père, je me suis dit, moi, il a fallu que j'attende quarante ans pour le trouver beau… Je l'aimais dans cette colère, il n'élevait pas la voix, il parlait normalement et c'était encore plus fort, et je me suis senti petit enfant, assis sur le sable à côté de lui.

Il a redit, ça donne un peu à réfléchir, fais attention de pas laisser filer les années, il s'est tourné vers moi pour vérifier qu'il ne parlait pas dans le vide, fais attention… Je voudrais bien t'aider, mais j'ai bien peur que cette putain de vie, c'est chacun pour soi.

Jamais il ne m'avait parlé comme ça. C'était donc ça l'homme que ma mère avait aimé, parce qu'il était capable de parler comme ça qu'elle était restée avec lui, un type qui te dit en face, fais attention, la vie c'est chacun pour soi.

Sur la mer, il n'y avait plus qu'un surfeur à se manger les vagues et quand il prenait le vent c'était mieux qu'un moteur. Mon père a pris le vent, je me suis dit, voilà… Je lui aurais bien dit tout ça, mes réflexions, que je le trouvais beau, que je l'aimais, mais il savait beaucoup plus, cette putain de vie c'est chacun pour soi… il y revenait, et celui qui te dira le contraire, méfie-toi, c'est un con ou c'est un loup, dans les deux cas, tu peux être sûr, il te plantera.

J'ai repris la moto. Martine n'était pas arrivée, je sais où d'habitude elle se gare. Les mouettes tournaient au-dessus d'une poubelle. Martine allait encore me gueuler dessus, elle pouvait, quoi qu'elle dise, elle ne remettrait pas en cause ce que je venais d'entendre.
Mon téléphone a sonné, putain qu'est-ce que tu fous ? C'était elle, elle m'attendait au camping. T'énerve pas, j'arrive. Putain, on ne se comprendra jamais…
Lucie a les clefs, je les ai retrouvées à l'intérieur devant la télé, Martine s'était calmée. Le docteur a dit qu'il fallait faire des analyses, demain, il faut que ton père l'accompagne au laboratoire rue de Provence, et blablabla. T'es pas enceinte ? j'ai dit. Mais ça ne va pas toi ! elle a quatorze ans. Bientôt quinze, j'ai dit. Si tu veux, mais c'est pas une raison pour l'accuser. Je ne l'accuse pas. Arrête, arrête… J'ai arrêté évidemment, elle m'a encore saoulé, j'ai attendu qu'elle parte et quand elle a refermé la porte, je n'ai pas pu m'empêcher de penser, chacun pour soi… Je n'ai plus rien à voir avec cette femme, plus rien qui me rattache.
Je me suis retourné, Lucie pleurait, pourquoi vous vous engueulez tout le temps ? Je suis venu m'asseoir près d'elle, pardon, tu n'y es pour rien, je te le jure. Je ne sais pas pourquoi c'est comme ça… J'aurais dû lui dire, je ne sais pas pourquoi elle me déteste. Pourquoi ?… Qu'est-ce que tu veux manger ? Rien. Si, il faut que tu manges quelque chose… C'est sûr, t'es pas enceinte ? Elle a secoué la tête. Ça ne serait pas un drame, tu sais, pendant des millions d'années les femmes ont eu des enfants à ton âge. Des pâtes, ça te va ?

On a mangé des pâtes et je lui ai raconté que mon père avait pêché une sole, et j'ai continué, je voulais qu'elle sache ce qui s'était passé ce soir avec mon père, que je l'avais trouvé beau et intelligent et qu'il fallait penser à soi, les autres c'est bien, mais il faut commencer par penser à soi si on veut aimer les autres. Mon père ne l'avait pas dit, mais je le pensais trop pour le garder pour moi.
On s'est couchés, j'ai éteint la lumière, je l'entendais encore qui pleurait. Quand je me suis réveillé dans la nuit, elle pleurait toujours. Est-ce qu'elle avait dormi ? Je ne savais pas s'il fallait que je me lève pour aller lui parler, et il me revenait, chacun pour soi…
Je me suis levé, tu veux un verre de lait chaud ? Je veux bien. Elle s'est redressée pour prendre le verre. Merci. J'étais assis près d'elle, comme sur la plage près de mon père. Tu sais, je ne sais pas pourquoi je pleure… je suis trop triste, et je ne sais pas pourquoi je suis triste. Tu penses à Mamie qui est morte ? Oui… mais c'est pas parce qu'elle est morte que je pleure. C'est parce qu'on s'engueule avec ta mère ? Non… j'ai mal dedans moi. Où ça ? Je ne sais pas… dans le ventre, partout, ça fait très mal… Tu veux encore du lait ? Oui, je veux bien.
Je faisais chauffer le lait et je l'ai entendue qui repartait à gros sanglots. J'ai très mal, j'ai très mal, elle répétait. Tu veux qu'on aille à l'hôpital ? Non… Je lui ai pris la main, elle l'a serrée contre sa poitrine, et elle s'est calmée. Bois. Elle a bu, mais tout de suite, elle a repris ma main, tu veux bien rester près de moi ? J'ai dormi là, assis par terre, au pied du canapé, la main sur son ventre et j'ai eu froid. J'ai vu le soleil se lever, Lucie s'était endormie.

4

Les analyses de sang n'ont rien donné, Lucie a repris l'école. Neurasthénie a dit le docteur, faut consulter un psychiatre. Les jours rallongent, je taille des mimosas, ils ont fini de fleurir, si on les laisse pousser, ils envahissent les jardins.
Le soir, je passe au Rialto, je bois une bière, je croise Marco, Alex, les habituels, Marina tu nous remets ça ? Elle sert des pastis comme elle servirait des glaces, je ne sais pas pourquoi elle s'habille comme les gamines de vingt ans, le nombril à l'air, la poitrine je ne dis pas, c'est selon les goûts, mais le flan sur les hanches, heureusement, elle n'en a pas.
Depuis le temps, elle sait tout sur chacun, nos blagues ne la font plus rire, ce soir c'est Alex qui en ramène une… une très courte, il dit… c'est Joseph qui dit à Marie, quoi !!! Elle est tellement courte qu'il la répète, il la commente… Je dois combien Marina ? Quatre soixante. Alex gueule, quoi !!! quoi !!! quatre soixante !!! Celle-là, je la sens partie pour durer.
J'ai de moins en moins envie de rentrer chez moi. Si je pouvais boire, je crois que je me torcherais. Je suis là avec ma bière à la faire durer tant que je peux, elle en devient tiède, il m'arrive d'en commander une

deuxième, les jours de merde une troisième, mais là stop ! parce que j'ai la trouille, c'est elle qui m'arrête... J'ai l'impression qu'elle a poussé en moi comme du mimosa... c'est même pas la trouille, ce serait plutôt comme un moteur qui aurait été bridé, t'es à fond les manettes et tu ne dépasses pas le quatre-vingt, alors évidemment t'as l'air d'un con sur ton engin qui n'avance pas.

Voilà comment je me vois, un arbrisseau étouffé par une saloperie de mimosa, je te foutrais quelques coups de tronçonneuse là-dedans, on y verrait plus clair. Au lieu de ça, rien, je disparais de plus en plus, on m'oublie. Je devrais peut-être me mettre à gueuler comme Joseph, quoi !!! quoi !!!

Dimanche, c'est la fête des mères, Lucie reste avec sa mère, normal. J'ai pas envie d'aller voir ma grand-mère, je n'irai pas non plus sur la tombe de ma mère, tiens, si j'avais du pognon, je foutrais le camp n'importe où, je voyagerais. Profession voyageur, c'est beau ça, je bougerais, un jour ici, un autre là. Tu pourrais bouger, regarde les autres, ils bougent, qu'est-ce qui t'empêche ? Mais tout... Tout.

Ça m'arrive souvent de prendre la moto et de me barrer n'importe où, mais j'appelle pas ça bouger, parce que où que j'aille, c'est partout pareil. Que je boive une bière au Rialto ou sur le port à Saint-Tropez, je ne suis pas moins bridé là-bas. Est-ce qu'on peut passer toute sa vie à s'emmerder ? Quand je travaille ça va, mais ce n'est pas vivre, c'est juste un trou dans la vie, juste la pilule pour oublier.

J'ai entendu quelqu'un qui m'appelle, alors je me retourne et je gueule, quoi !!!… Il n'y a personne derrière moi. Ça va ? me demande Marco. Tout le monde me regarde, j'ai creusé un trou de silence. Ça va, ça va, j'essaye de faire bonne figure, je dis, j'ai cru que Marie m'appelait !… Je ne mens qu'à moitié, c'était bien une voix de femme qui m'appelait, y avait pas à s'y tromper, je l'ai très nettement entendue.
Marina s'est approchée, ça m'arrive moi aussi, toute la journée on m'appelle alors forcément, il suffit que ça ressemble un peu, je crois que c'est pour moi. C'est bien les femmes ça, je la verrais bien infirmière Marina, ça saigne à droite, elle arrive avec ses pansements, ça pleure à gauche, elle sort son mouchoir. Moi, c'est le contraire, je lui dis, toute la journée j'ai la tronçonneuse dans la tronche, avec ce que j'ai, c'est pas recommandé. Qu'est-ce que t'as ? Merde, j'ai trop parlé, elle veut savoir évidemment, de plus en plus infirmière.
Je lui raconte vaguement mes crises, mais il y a plus de quinze ans, je prends du Rivotril, tous les matins un cachet, et t'as pu voir, jamais plus de trois bières ! Je la sens déçue, quinze ans, c'est vraiment du passé, il y a peu de chances que ça revienne, elle dit, et t'entendais des voix aussi ? Non. Elle veut des détails, elle ne me lâche pas et moi, j'ai pas envie de revenir en arrière, alors… Bon, il faut que j'y aille ! Je salue la compagnie et je sors. Mais j'ai pas envie de rentrer chez moi.
J'hésite à pousser jusqu'au camion, ça me calmerait. J'hésite. On est samedi soir, Véra va m'expédier… verra pas grand-chose, il y aura foule et je vais faire demi-tour,

et là, ça sera pire, le retour, me retrouver comme un con à me faire bouillir des pâtes, parce que quand j'ai le ventre bien rempli, je m'endors.
Non, je roule le long de la mer, une idée peut me venir, une rencontre. Je pourrais inviter mon père, ça te dit une moule frites, ou autre chose, histoire de bouger, de ne pas rester comme des cons. Il ne va pas comprendre, je ne l'invite jamais et puis autant que je rapporte une pizza, ça me coûtera moins cher.
Je suis déjà arrivé au port, je fais demi-tour, il m'arrive de faire plusieurs tours jusqu'à ce que je sois dégoûté de ma connerie, alors je suis comme calmé, ko debout, je peux rentrer.
Est-ce que les autres s'emmerdent autant que moi ? Je pourrais en pleurer. Alors, je gueule, quoi !!! quoi !!! Tout le monde s'en fout dans la rue, sur la moto, je n'existe pas. Quoi !!! C'est bon de gueuler, ça va un peu mieux. Tu parles d'une vie ! Quoi !!!
J'en suis à mon deuxième ou troisième tour, une voiture vient à ma hauteur, putains de flics ! Je les emmerde, j'ai mes papiers, je roule pas plus vite qu'un cul-de-jatte. C'est une femme, le coude sur la fenêtre, elle me passe au scanner, elle bouffe trop, elle a la peau grasse, tu vas me lâcher connasse !
Ça va aller ? elle me demande. Elle n'en finit pas de me scruter, putain que ça me ferait du bien de lui gueuler un quoi !!!… un quoi d'enfer à la dégoûter de jouer les terreurs.
Garez-vous là, elle tend son bras à travers la portière. C'est moi qui suis dégoûté. Je me gare, je cale la moto

sur la béquille, je retire mon casque, direct je sors mes papiers, l'autre rapplique avec son alcoolique. Je sais, on dit acolyte! mais ce type est un poivrot, il a l'œil vitreux, tu parles que je les connais.
Ils tournent autour de ma bécane, la pétasse tient mes papiers à la main, elle a pas envie de les regarder. Bon, elle s'y met. Tu trouveras rien, c'est tout réglo, permis, assurance, tout. Mais elle fait durer pour tester mes nerfs, mais tu peux tout ce que tu veux ma connasse, c'est toi le chef, toi qui portes l'uniforme, la culotte, tout, moi je ne suis qu'un pauvre con, je suis d'accord avec toi, même que je ne t'ai pas attendue pour le savoir.
Est-ce qu'elle m'a entendu gueuler, c'est pour ça qu'elle m'a arrêté ? L'alcoolique revient avec un ballon, ça ne manque pas de sel, si c'est toi qui souffles mon cochon, tu l'exploses direct. Vous pouvez souffler ? Bien sûr que je peux, j'ai une bière au compteur, tu ne me baiseras pas connard.
Je lui rends son joujou et je lui dis, vous voulez que je vous raconte une blague ? C'est Joseph qui dit à Marie, quoi !!! Ça ne le fait pas rire, mais pas du tout. Vous avez fumé ou pris quelque chose ? Non, je ne fume pas, j'avale rien, la connerie humaine me suffit, elle m'enivre.
Quoi, quoi, qu'est-ce que ça veut dire ? Il a le regard assassin, je secoue la tête, là, je suis dans le rouge, il faut que j'écrase. La connerie humaine ? il répète. Je dis, je décompresse, je suis fatigué de la semaine. Lui aussi me scanne. La grosse me rend les papiers, elle veut avoir le dernier mot, vous voulez que je vous raconte une histoire ? elle me dit. C'est un type qui va finir sa nuit

au poste… J'ai pas cillé, pas moufté, de marbre. Ils ont attendu que je reparte, jusqu'au bout ils m'ont testé. Alors, j'ai pris la route de Cannes, mais là, je n'étais plus cul-de-jatte du tout, j'avais comme une envie de déchirer la route et j'ai poussé la moto à hurler, une tronçonneuse. Ces cons-là m'avaient foutu hors d'état, quoi !!! quoi !!! je gueulais, j'essayais de gueuler plus fort que la moto. Tu vas voir comment je vais te les scier ! Quoi !!! Quoi !!! Les scier !!!… en faire du petit bois… Quoi !!! Quoi !!!… les passer dans le broyeur. Quoi !!!… le broyeur !!!

C'était pas la première fois que je me la mangeais cette route, avalais, tout goulu que j'étais, pour me remplir, me saouler de vie. Quoi !!! Quoi !!! J'ai vu un énorme chien, un loup qui a traversé la route, je vais me le faire c'est sûr, mais les réflexes sont diaboliques, est-ce moi, je n'en sais rien, la moto s'est couchée sur la route, elle est partie d'un côté, moi de l'autre, je surfais sur le bitume, et je l'ai vu, je n'ai vu que ça, un petit garçon qui courait après le chien, il est sorti par la grille ouverte d'un jardin, j'ai vu ses yeux et ses jambes maigrichonnes, j'ai vu sa bouche qui s'est ouverte, je ne sais pas comment il s'est retrouvé dans mes bras, et on a commencé à rouler ensemble, rouler, rouler, rouler, jusqu'à un mur qui nous a stoppés net.

Après, c'est le trou.

Je me suis réveillé dans le camion des pompiers, la sirène me cassait les couilles, je veux leur dire, mais aucun son ne sort de ma bouche… je m'en fous, je les entends, il ouvre les yeux, dit le pompier, vous m'entendez ? si

vous m'entendez fermez les yeux et rouvrez-les. Il nous entend… dites quelque chose, essayez de dire quelque chose, votre nom… Votre sirène me casse les couilles, et l'enfant où il est ?
J'ai voulu me redresser pour voir, une main m'a plaqué sur le brancard, l'enfant où il est ? J'entendais ce qu'ils disaient, chaque grain de son, mais l'air était trop transparent, je voyais chaque grain de leur peau, mais l'enfant, l'enfant ?
Je l'avais tenu dans mes bras, je crois que je l'ai protégé, c'est mon épaule je crois, et mon casque qui ont cogné. Mon cerveau a bougé, on ne le sent jamais le cerveau, il a bougé, je crois, et l'enfant, l'enfant ? L'enfant ?… Il parle, il parle… l'enfant ça va, ne vous inquiétez pas, est-ce que vous avez mal ? L'enfant ça va ? Oui, il va bien, dites-moi si vous avez mal. J'ai pas mal, et l'enfant ? Ça va, l'enfant ?
J'ai eu envie de rire, parce que si l'enfant va bien, c'est trop drôle. J'étais soudain extraordinairement bien et je ne voulais plus que rire, parce que tout ça venait de cette keuf et de son alcoolique, et puis avant, de cette histoire idiote. Vous connaissez l'histoire de Joseph ? je dis au pompier.
Je n'ai jamais pu finir l'histoire, je riais, j'avais trop envie de rire et plus je riais, plus j'avais mal à la tête, de plus en plus mal, et là, je n'ai plus eu envie de rire… j'avais trop mal. J'ai réussi à dire, ma tête, ma tête, j'ai mal. Le pompier a dit, il a mal à la tête, alors j'ai fermé les yeux pour ne plus le voir, la sirène me cassait toujours les couilles. J'avais trop mal.

On m'a gardé deux jours en observation, je n'avais rien. J'ai passé un scanner, rien, les douleurs ont disparu dans la nuit, je n'ai gardé que la sensation curieuse d'un air plus transparent que d'habitude.
L'enfant était dans le coma, les pompiers m'avaient menti, il ne se réveillait pas. Son père est venu me voir, Dieu nous soumet cette épreuve pour affermir notre foi. Je ne voudrais pas que vous vous sentiez le moins du monde responsable, notre chien aurait pu vous tuer, le Seigneur vous a épargné, je l'en remercie, il vous a mis sur cette route, désormais nos vies sont liées et je vous associe à chacune de mes prières. Il a pris ma main dans les siennes, il tremblait, il a fermé les yeux. Et puis il s'est sauvé.
Son fils est entre la vie et la mort et il prie pour moi ! Il doit savoir que je roulais trop vite, il pourrait me haïr, un autre m'aurait étranglé, lui, il prend ma main dans les siennes, je ne mérite pas, je me dis, et tout d'un coup, je me sens terriblement coupable. Je repasse ma soirée, comment une chose entraîne l'autre, pour me retrouver devant ce chien et puis l'enfant. Dieu ? Dieu vous a mis sur cette route… Je ne crois pas en Dieu, je ne peux pas.
Cet homme me déteste, mais il ne laisse rien paraître. Il m'agresserait, je me défendrais. Là, il va me tuer à petit feu. Qu'est-ce qu'il veut, que je prie avec lui, main dans la main jusqu'à ce que l'enfant se réveille ? S'il ne se réveille pas, ça va être l'enfer. Alors, j'ai eu très peur.
J'ai appelé l'infirmier, je voudrais voir l'enfant avant de partir. Il a hésité, il m'a conduit. Le petit était branché,

tuyauté de partout, le nez, la bouche, il portait un pansement au menton. Un ange évidemment. J'ai revu ma mère, elle était comme ça dans son coma, et elle est morte, j'ai pensé. J'ai demandé à l'infirmier, est-ce que je peux prendre sa main ? Je l'ai prise, elle était fraîche. Il n'a pas froid ? Non… Il n'avait que le drap sur la peau, pas de pyjama. Tu vas te réveiller, il faut que tu te réveilles ! Je le voulais si fort, je fixais ses paupières, vas-y réveille-toi, je pensais à ma mère, les histoires folles qu'elle nous racontait, des guérisons, les docteurs y comprenaient rien… Vas-y, réveille-toi !
Je devenais fou à vouloir le réveiller, l'infirmier s'était écarté, de toute façon, il n'y avait plus que l'enfant et moi, réveille-toi !… J'étais sûr que j'allais le réveiller, ma mère ne pouvait pas se tromper. J'ai un fluide extraordinaire dans les mains, j'y crois à son histoire, et le père de l'enfant qui vient me dire que Dieu m'a mis sur la route… Réveille-toi !
Je pressais sa main. Si Dieu existe quelque part, tu vas te réveiller, je n'ai jamais voulu croire à toutes ces histoires, mais je suis prêt, je veux y croire, je te le jure, réveille-toi, je t'en prie…
La petite main restait molle, l'infirmier est revenu près de moi, j'ai compris qu'il m'attendait.
Dans le couloir, je lui ai demandé, c'est un coma profond ? J'en ai vu de plus profonds qui se sont réveillés, il a dit.
J'ai marché dans les rues, il faisait beau, j'avais l'impression de ne pas avoir vu le soleil depuis des mois. Je n'avais prévenu personne que je sortais, j'étais seul, plus de moto et cet enfant qui dormait au-dessus de moi

comme une guillotine. S'il ne se réveille pas, c'est l'enfer, je me répétais.
J'ai marché plus d'une heure avant d'arriver au garage. J'avais peur de revoir la moto, dans quel état, je me demandais. La fourche avant est niquée, la boîte est fêlée, regarde elle pisse de l'huile, l'assurance ne te donnera rien, moi, je te la reprends en pièces détachées. Voilà le bilan.
Je te propose une 125 Suzuki première main, je la connais, je te la garantis un an. Tu me la laisses deux trois jours à l'essai ?
Je suis rentré avec, c'est pas une moto, rien qu'un gros vélomoteur. Mon père était là, il est sorti et quand je l'ai vu, j'ai eu honte. Je serais sorti de prison, j'aurais volé une vieille, violé… c'est ça, honte d'avoir violé une vie. Je portais la honte maintenant, je ne m'en débarrasserai pas facilement.
On a parlé de la moto, je vais peut-être la prendre, de toute manière j'ai pas les moyens pour une plus grosse. Je vais m'allonger, j'ai dit. Ça ne va pas ? Je suis encore un peu sonné et puis de rentrer ici… c'est pas rien, j'étais pas loin de chialer.
Josiane revenait de l'école avec ses quatre, elle s'est arrêtée, elle a baissé la vitre, ça va ? Elle a dû juger que ça n'allait pas, parce qu'elle est descendue pour venir m'embrasser. C'est ça, porter la honte… c'est pas une histoire que je me fabrique, c'est d'abord les autres, leurs antennes qui ne se trompent pas, elles voient tout de suite l'invisible. Le petit est toujours dans le coma, je lui ai dit… Ça ne lave rien, mais je l'ai dit.

Tu n'y es pour rien, elle a dit. C'est quand même moi qui l'ai projeté sur le mur. Si tu avais été en voiture, ça aurait été bien pire. Oui. Ça m'usait de parler, je suis rentré chez moi. J'ai pris une douche brûlante à me décoller la peau. Mon père a voulu que je mange chez lui, j'avais rien à lui dire.
Le lendemain, j'ai repris le travail. On travaille en équipe de trois ou quatre, on finit par se connaître. J'ai surpris plusieurs regards, ici aussi, on m'observe, presque on se méfierait. De quoi, j'en sais rien, mais je sais lire, je ne me trompe pas. Pendant le déjeuner on a parlé accidents. Je me dis qu'après on n'en parlera plus, tout redeviendra comme avant, ce sera comme tout le reste, on oubliera.
Je suis parti dix minutes plus tôt pour passer voir Lucie avant que sa mère revienne. Je lui ai tout raconté, elle a pleuré. Elle m'a fait oublier la honte, elle est la seule dont le regard n'a pas changé. Alors j'ai entendu la voiture de sa mère, je me sauve, j'ai dit, je l'ai embrassée.
J'ai croisé Martine dans l'escalier. On a vu le psychiatre, Lucie t'a dit ? il aimerait nous voir tous les trois. J'ai dit, si tu veux. C'est pas moi qui veux, c'est lui. Oui, pardon, je m'exprime mal. Elle continuait à cogner, elle ne voyait donc pas que j'étais sonné ?
J'ai pas pu m'empêcher, je suis retourné à l'hôpital. J'ai cherché l'infirmier, je lui ai demandé, alors ? Pas d'évolution… J'ai eu l'impression qu'on était entrés dans la routine, je peux le voir ? Je l'emmerdais, il hésitait, deux minutes pas plus, j'ai dit… rien que le voir, qu'il sache que je ne lâche pas. Les mots sont allés plus vite que moi.

Je me suis approché de l'enfant, il avait le visage légèrement tourné sur le côté, ça lui donnait un air nouveau. Il ne ressemblait pas au père, peut-être à la mère. Je lui ai pris la main et j'ai pensé très fort, je ne te laisserai pas. J'aurais voulu sentir que je lui transmettais un peu de ma vie, un fluide, n'importe quoi, mais je n'ai aucun fluide, contrairement à ce que dit ma mère… Je ne ressentais rien qu'une petite main inerte et molle, et je la trouvais toujours aussi froide, je l'ai laissée… L'infirmier m'attendait au pied du lit. Vous connaissez son nom ? Daniel. Au revoir Daniel… Je l'ai regardé une dernière fois, et je suis sorti.

Il restait à affronter le Rialto. Là aussi, j'ai senti un malaise, mais trente secondes, moins d'une minute, Alex a levé le menton pour dire bien haut, pour que tout le monde l'entende, c'est l'histoire du mec qui se viande à moto, Dieu le voit et lui dit, quoi !!!

Voilà, tout rentrait dans l'ordre. C'est moi qui régale, qu'est-ce que vous prenez ? Quoi !!! a dit Marco. Quand on touche au tragique, il n'y a plus qu'à déconner, c'est sûr, je viens de l'apprendre, vous m'avez remis en selle, les gars. Exceptionnellement, j'ai troqué la bière pour un baby… Quoi !!!

On est retournés voir la serveuse de Marco, il n'avait pas avancé, laisse tomber, je lui ai dit, c'est cuit. C'est con. Les beaux jours arrivent, il va y avoir de la viande fraîche. Tu crois ? Évidemment, j'ai dit. Ça faisait cinq ans que j'attendais, et je ne voyais toujours rien venir… mais on peut dire n'importe quoi, on n'en meurt pas.

J'ai fait un drôle de rêve qui m'a réveillé. Je marchais sur la plage, là où mon père va pêcher. La nuit était claire, ce devait être une pleine lune, il n'y avait personne. Alors, j'ai vu un chien sortir de nulle part, un grand chien-loup pareil à celui qui m'a coupé la route, et ce con-là me foutait la trouille. Il va me sauter dessus, je me disais. À gauche j'avais la mer, à droite la plage toute nue, je n'y coupais pas… Il venait vers moi de plus en plus grand, une gueule terrible, ça va très vite, il est tout près, il me saute dessus, je lève les mains pour me protéger, mais ça ne sert à rien parce qu'il pose ses pattes sur mes épaules, il est debout, aussi grand que moi et là… là, il me remplit d'amour. Je ressens un bien-être comme jamais je n'ai ressenti de ma vie, de l'amour… une onde qui se répand en moi, le truc pas humain, trop beau pour être humain, qui me réveille, le chien disparaît, la plage, tout, mais le bien-être demeure, je suis rempli d'amour.

C'est pas à dire un truc pareil, c'est juste bon à passer pour un con, mais c'était comme je dis, E. T. et sa soucoupe volante, c'est rien que de la blague à côté… Celui qui n'a pas été traversé par une onde pareille ne sait rien de l'amour, je dirais même rien de la vie, maintenant je peux mourir, je sais… je ne crois pas qu'on puisse recevoir davantage.

Je suis arrivé sur le chantier, j'étais encore traversé, mais personne ne voyait, ne sentait, et c'était à se demander, mais non, je ne déconnais pas, c'était moi comme tous les autres jours, juste ébahi de ce que ce chien m'avait transmis. À midi, ce n'était plus qu'un souvenir.

Le soir, je suis retourné à l'hôpital, l'infirmier n'a pas paru surpris, il m'a fait signe d'entrer. J'ai retrouvé Daniel et ses tuyaux. Je m'attendais à ressentir un peu de cet amour, je le voulais. Le chien, c'était son chien, je n'en doutais pas, qui m'avait sauté dessus, je l'avais évité, j'aurais pu le tuer, il était revenu dans mon rêve, et il m'avait offert ce que jamais je n'aurais pu imaginer, alors j'attendais, ça ne pouvait pas s'arrêter là, j'attendais Daniel… Daniel, c'est moi, s'il te plaît, je ne peux pas être seul à avoir ressenti cette chose, Daniel est-ce que tu m'entends ? Est-ce que tu sens ma main ? Ne me laisse pas, je ne peux pas garder ça pour moi tout seul, Daniel…
Rien, il ne s'est rien produit. La main molle et froide, j'ai même cru lire une certaine fatigue sur son visage, derrière les tuyaux. Daniel, c'est quoi ce chien ? Je ne demandais rien à personne, je roulais comme un con, parce que j'ai une vie de con, que je ne sais pas comment les autres se dépatouillent avec, mais c'est à mourir d'ennui, et ce matin ton chien est revenu… Je n'osais pas dire les mots, est-ce que c'est lié à toi ? Daniel, est-ce que tu veux me dire quelque chose ?
Il était dans les profondeurs, comme ma grand-mère dans le potage, je ne le ramènerais pas à la surface, pas ce soir… J'ai reposé sa main, et j'ai pris une chaise pour m'asseoir à sa hauteur. Je suis resté longtemps, la nuit prenait les commandes quand je suis ressorti de l'hôpital. C'est l'histoire d'un chien qui saute sur un type, il le remplit d'amour, quoi !!!
Josiane a frappé, j'avais reconnu son pas, entre ! Je regardais les photos de Lucie, je m'étais enfin décidé. Pourquoi

tu ne viens plus me voir ? C'est pas bon de s'enfermer. Je ne pouvais pas partager, même ces photos… trois pauvres windsurfers sur une mer grise, ça ne dira jamais que pendant quelques minutes Lucie m'a sorti de mon coma. Oui…
J'aurais bien fait l'amour, là direct, tout de suite, et j'ai bien failli lui dire j'ai envie de toi, prendre sa chair, la pénétrer, mais une femme ne ressent pas pareil. Qu'est-ce qu'on peut faire pour toi ? elle a dit. Rien. L'enfant est toujours dans le coma ? Oui. C'est ça qui te mine ? J'ai dit oui, sans conviction. Alors, elle m'a fait le coup, tu n'y es pour rien, un chien qui traverse, un gamin qui lui court après, c'est une chance que vous soyez encore en vie. Et puis ta mère il y a deux mois… ça fait beaucoup, non ? Oui, ça fait beaucoup.
Il me semble que si je l'avais baisée, là tout de suite, il me semble que je serais revenu dans la vie. Qu'est-ce qui me retenait ? Elle m'a demandé, t'aurais pas une bière ? Je lui ai taxé une clope… j'ai ouvert un paquet de cacahuètes. Rien n'y faisait, je ne remontais pas à la surface, la vie, mon pote, c'est pas pour toi. Combien de fois je me suis répété ça en quarante ans !
Josiane portait un chemisier blanc que tendait sa poitrine. Le blanc te va bien… Ça devait tomber comme un cheveu sur la soupe parce que je n'écoutais pas ce qu'elle me disait. Ça ne t'intéresse pas ce que je dis ? Si, mais je te regarde et je te trouve belle dans ce chemisier. Elle a rougi, elle a porté ses mains sur ses joues. Je te demande pardon, je vis seul, tu sais ce que ça veut dire… Excuse-moi, je suis trop con. Je lui ai taxé une

autre cigarette et je suis parti la fumer dehors. Trop con !
Elle m'a attendu à l'intérieur et je suis revenu pas calmé du tout. Tu devrais essayer le yoga, elle a dit, un soir tu viens avec moi, tu verras ce que c'est, en plus il n'y a que des femmes ou presque. Et elle s'est mise à me parler du yoga, comment sa vie a changé depuis qu'elle s'occupe d'elle, c'est pas grand-chose deux heures par semaine, mais ça te déconnecte... parce que Nanar la stresse, il est de moins en moins là, et quand il est là, il voudrait que ses enfants marchent à la baguette, il reproduit ce que son père lui a fait, il est en train de casser Bernard, naturellement je le défends, alors il crise contre moi et ça se termine toujours pareil, il se barre.
C'est vrai que plusieurs fois j'ai entendu gueuler, mais ils sont loin et puis... et puis je suis trop naïf, elle aussi a besoin d'amour, elle a trouvé le yoga, moi j'ai trouvé un chien, mais je suis dans le rêve. Je n'allais pas lui raconter que j'avais envie de la baiser, là, tout de suite, que j'étais en train de me réveiller, et qu'au fond tout ça est simple comme bonjour.
Je me calmais à la regarder, je revenais à mon niveau zéro... elle ne m'excitait plus. Je n'ai jamais ressenti de désir pour elle, elle est seulement arrivée au moment d'un pic et je me suis échauffé avec son chemisier blanc et sa poitrine qui se baladait dans la pièce, elle ou une autre, peu importe.
Bon, je ne vais pas expliquer davantage un truc que j'y comprends rien, là encore. Je l'ai écoutée, c'est pour ça que t'es venue, j'ai pensé, t'as besoin de vider ton sac

toi aussi, alors tu viens me dire qu'il ne faut pas que je m'enferme et patati. Bon, je veux bien, si ça te soulage… vas-y je t'écoute.
Je jouais avec le paquet de clopes. J'en ai tiré une autre et je l'ai dépiautée sans m'en rendre compte, ensuite je me suis mis à jouer avec le tabac, à l'étaler, en faire un tas, et puis le défaire, Josiane ne trouvait rien à redire, tant que je l'écoutais tout allait bien. On a séché le pack de bières, la fatigue a fait le reste, je l'aurais quand même bien baisée. Tant pis.
Le lendemain soir, je suis tombé sur le père de Daniel, il m'attendait, l'infirmier a dû lui dire que je venais tous les soirs. Il était assis près du lit, il s'est levé pour aller me chercher une chaise. Je vous remercie. Je vous en prie. Je n'ai pas osé prendre la main de Daniel comme je le fais d'habitude.
J'entendais sa respiration, il regardait son fils. Je vous remercie pour ce que vous faites, vous êtes un homme bon, il a dit. Quand je suis venu vers vous, j'ai dû vous paraître bien excité, n'est-ce pas ? Je voulais à tout prix que cet accident ait un sens, que Dieu nous adresse un signe… qu'il nous punisse d'être heureux, fermés sur nous-mêmes, aveugles au monde… J'ai toujours vécu dans la foi du Christ, j'en ai hérité comme j'ai hérité de notre maison, des meubles qui se transmettent de père en fils… et je suis en train de tout perdre, et j'ai peur…
Il parlait calmement, une mer étale, je dirais, pas une ride, mais avant, elle avait dû se fracasser follement. Le calme après la tempête… une autre qui se préparait, il continuait, l'idée de Dieu m'a rendu aveugle, elle m'a

tenu à l'écart, j'ai appelé mon fils Daniel, vous devinez peut-être pourquoi… Daniel, c'est le pardon… la consolation donnée par la grâce divine. Daniel, c'est aussi celui qui est responsable des autres… et j'ai le sentiment d'avoir été trahi, ce ne sont que des mots monsieur, un coup de pied dedans et il n'en reste rien… je suis malheureux comme jamais je ne l'ai été, je suis pris d'une haine de tous ces mots… et de ceux qui viennent me les servir… Êtes-vous croyant ? Non. Mais vous venez tous les soirs parler à Daniel, est-ce que je peux vous demander pourquoi ?

Je n'ai rien trouvé à répondre. J'aimerais revoir votre chien, j'ai dit. J'ai cru entendre un rire… Il a dit, j'ai voulu l'emmener ici, on ne m'a pas laissé entrer. Alors, il s'est mis à parler du chien, de souvenirs mêlés où progressivement Daniel a pris de plus en plus de place. Dommage, les mots sont parfois de trop, je ne sentais plus l'homme, je l'avais perdu. Il a insisté pour que je l'accompagne chez lui pour voir le chien, sa femme, et les deux frères de Daniel.

C'était la première fois que je reprenais la route du bord de mer. Je redoutais une nouvelle catastrophe, pas un autre accident, mais le pas de trop, qu'est-ce que j'avais besoin de revoir ce chien et les autres ? J'aurais bien fait demi-tour.

Tout me revenait intact, la rage qui m'a fait pousser la moto, l'envie de gueuler quoi !!! quoi !!! Est-ce pensable à ce point de revenir en arrière ?

Il attendait dans sa voiture que la grille s'ouvre. J'ai laissé la moto le long du mur. J'ai d'abord entendu aboyer,

et puis j'ai vu le chien faire la fête à son maître, et puis il est venu vers moi pour me sauter dessus, couché Jimmy ! couché ! Le chien s'est arrêté. Il a voulu me sauter dessus, couché Jimmy !
C'était bien un chien-loup mais je ne retrouvais pas l'autre, celui-là était un chien et puis c'est tout, celui de mon rêve était un seigneur, vous voyez ce que je veux dire, un être, un animal hors du commun. Arrête Jimmy ! C'était un jeune chien qui avait envie de jouer. Vous aimez les chiens ? S'il vous embête, tapez-le il n'est pas méchant. Couché Jimmy !
Deux enfants ont accouru, plus âgés que Daniel, ils ne ressemblent pas, tout de suite j'ai pensé, ils ne ressemblent pas à Daniel, ils ressemblent à leur père. Je m'appelle Adrien, et vous ? Frédéric. Il m'a présenté ses enfants, le chien faisait toujours le fou.
Daniel n'était pas là, et alors ? Le jardin respirait le calme, la mer étale j'ai dit, elle s'en foutait de Daniel et de nous, et du reste, un jour elle vient se fracasser contre les rochers, un autre elle se fait câline, toute douce, c'est comme ça, cherche pas à comprendre.
Tout de suite après la grille, sur la droite, la maison du gardien, plus modeste, et puis au milieu, une maison de rêve, un gâteau, meringué, blanc, une terrasse sculptée, une maison de maître, la maison de Daniel, des gens d'un autre monde, qu'est-ce que je foutais là ? Venez, venez, Adrien me tirait. Je voulais revoir le chien, je l'avais vu, je pouvais repartir… Venez !
J'ai monté les cinq marches qui mènent au salon, Marie est entrée, putain qu'elle ressemble ! Mais qu'elle

ressemble ou pas, j'étais comme dans mon rêve, exactement pareil quand j'ai croisé le regard de cette femme, j'étais subitement rempli d'amour !
Pas amoureux, non ç'aurait été trop simple, j'en aurais fait mon affaire, non, pareil que le chien qui me sautait dessus… pire, je vois bien qu'elle ressent comme moi, l'onde qui nous traverse, qu'on n'est plus dans l'humain, comme dans le rêve, tout pareil.
Je m'arrête, je vais dire des conneries. Ce qui m'était arrivé dans le rêve, je le vivais là, chair et os, là, elle et moi, la mère de Daniel. Je vous présente Marie… enchanté, Frédéric. Elle a pris ma main et mon Dieu, mon Dieu, on était traversés, elle et moi, et personne pouvait voir… et on ne savait que trop, elle et moi, Marie… Joseph dit à Marie, quoi !!!
La vague est passée, heureusement. Frédéric voulait revoir le chien, a dit Adrien, entrez, asseyez-vous, vous allez boire quelque chose. La vague avait beau être passée, je l'aurais bien retenue, mais comment ? j'étais à la sortie du rêve dans un état second, le truc tu fermes ta gueule sinon tu passes pour un dingue.
Marie était belle… et puis, elle s'appelle Marie, non je te jure ! Quoi !!!… Elle me regardait, vous avez senti comme moi, on se disait…
Classe, la femme d'un banquier, vas-y, on n'a rien à faire ensemble, les cheveux longs ramenés à la va-vite, retenus par une pince, une autre ça aurait fait négligé, elle… je n'insiste pas, vous avez compris ! Je sortais de mon coma, jamais je n'avais ressenti une chose pareille avec une femme.

5

Il fallait absolument que je revoie cette femme. Son téléphone était sur liste rouge, évidemment. Lui écrire ? Attendre qu'elle sorte, la suivre ? J'ai demandé à l'infirmier, est-ce que sa mère vient le voir ? Tous les jours... Le matin, le soir ? Plutôt l'après-midi... Prendre un après-midi ?
Le visage de Daniel changeait, sa bouche tombait, certains jours je croyais deviner un sourire, il est devenu rictus, était-ce à force de le voir immobile, je ne voyais plus qu'un masque. Mais qu'est-ce qu'il ressemblait à sa mère !
Qu'est-ce qui nous arrive là ? Je veux la revoir. Non, je ne peux pas lui imposer ça... Si elle avait voulu me revoir, elle m'aurait laissé un message. Non, elle ne connaît pas mon nom de famille, c'est aussi compliqué pour elle que pour moi. Alors quoi, je ne fais rien ?
Je me suis décidé au dernier moment. À la pause de midi, j'ai dit à Julien, je ne suis pas là tantôt, j'ai rendez-vous chez les flics et puis avec l'assurance. Et c'est maintenant que tu le dis ? Il m'a gueulé dessus. T'as raison, je lui dis, c'est tout ma faute, depuis l'accident ma tête me joue des tours. Il a encore grognassé, qu'il aille donc se faire ! Je te le tondrai demain ton gazon, qu'est-ce que ça change ?

J'ai même pas mangé, direct à l'hôpital. Et puis j'ai attendu. Elle n'est pas venue. Je suis reparti à 7 heures, dépité... Ça ne veut pas, voilà c'est tout... c'est pas la peine d'insister.
J'ai passé un après-midi de folie, à fixer Daniel, je me suis fait le plan qu'il se réveillait et que sa mère arrivait. Je lui rendais son enfant, c'était trop beau, du délire. J'ai vu ses yeux quand il était encore plein de vie, juste avant que je le percute, j'ai toujours cette image et sa bouche qui s'ouvre, et puis on roule, je le serre contre moi. Je vais le réveiller, ça ne peut pas être autrement, ma mère l'a toujours dit, qu'un jour mes mains se mettraient à parler, qu'elles guériraient bien mieux que les siennes. Toutes ses paroles me revenaient, il n'y a pas de miracle, guérir c'est rien que de l'amour que tu donnes... c'est pas un truc de curé l'amour, ni de prières, tu l'as ou tu l'as pas, il ne t'appartient pas, moi il passe par mes mains, il guérit le feu, un autre ce sera autre chose. Il y a mille façons, mais derrière tu trouves toujours de l'amour.
Et de l'amour, j'en étais rempli. Le chien m'avait rempli d'amour. Ce n'était pas seulement un rêve puisque j'avais éprouvé la même chose avec Marie, alors... je n'avais plus qu'à attendre, il ne nous appartient pas, il faut accepter, c'est tout, accepter qu'il ne se réveille pas encore... accepter.
L'infirmier passait, il jetait un œil sur les machines, un autre sur moi, il repartait. À 7 heures, j'ai compris qu'il fallait dégager. Accepter, je me répétais...
Avant de reprendre la moto, j'ai fait un détour par les toilettes. Même les toilettes respirent la maladie dans

un hôpital, même pisser, tu regardes comment tu pisses, ça pourrait se détraquer ça aussi.
J'ai passé mes mains sous l'eau, et dans le miroir j'ai vu un autre visage à la place du mien. Je n'ai pas eu peur, j'étais juste fasciné, le visage était plus petit que le mien, légèrement étiré en avant, et j'ai pensé à un renard, souvent les visages me font penser à des animaux, là j'aurais dit un renard, ou une fouine, et j'étais aussi ému que si je l'avais surpris dans la nature, un animal sauvage qui ne m'aurait pas entendu venir. Alors, j'ai senti qu'il s'en allait, il me laissait, j'allais retrouver mon vrai visage. J'ai voulu le retenir, mais impossible, va retenir un animal sauvage, il s'est fondu, il a disparu. Ça alors ! Je n'en revenais pas, je n'avais rien bu, rien fumé. Ça alors, un renard ! Non, pas un renard, un visage bien humain qui faisait penser à un renard.
Je suis retourné dans la chambre. Vous avez oublié quelque chose ? m'a demandé l'infirmier. Oui, j'avais un papier avec une adresse… j'ai fait semblant de chercher autour du lit, il a cherché avec moi, Daniel n'avait pas bougé, toujours le masque ! J'ai dû l'oublier chez moi, j'ai dit.
Ça alors !… J'ai appelé Martine, ça dérange si je passe ? Qu'est-ce qu'il y a ? Rien, j'ai envie de voir Lucie, cinq minutes, pas plus. J'ai senti qu'elle gambergeait, eh bien, tu passes, elle a dit.
Lucie faisait ses devoirs devant la télé. Qu'est-ce qu'il y a ? m'a demandé Martine. Rien, t'aurais pas une 16 ? Je surveillais Lucie depuis la cuisine, c'était donc ça sa vie avec sa mère, les devoirs, la télé. Elle pleure encore ?

Martine m'a répondu avec la main, couci-couça. T'as encore loupé le rendez-vous avec le psy ! le mois prochain tu viens... Oui. Je n'allais pas la contrarier. Elle veut peut-être que je lui dise que je viens de me voir avec une autre tête ? Il va me prendre pour un fou. Qu'un chien m'a rempli d'amour ?
Je suis allé m'asseoir à côté de Lucie, je me suis intéressé, qu'est-ce que tu fais ? Des maths. Ça te plaît ? Bof... pourquoi t'es venu ? J'avais envie de te voir. Tu t'ennuies ? Oui, j'avais envie de te voir, ça ne t'arrive pas ? Ses mains me rappelaient celles de Daniel, mais elles étaient vivantes, et son visage n'avait rien d'un renard. Arrête de me regarder, qu'est-ce qu'il y a ? Rien... Dans le poste, l'animateur et ses invités riaient comme des singes. Ils ne t'empêchent pas de travailler ? Non, c'est toi qui m'empêches. Excuse-moi.
J'avais trouvé ce que j'étais venu chercher, elle est vivante, je me suis dit. C'est ça la différence avec Daniel, il faut que j'arrête d'aller à l'hôpital sinon je vais devenir fou, il faut que je revienne dans la vie, avec des gens qui font les cons, c'est rien que pour se marrer la vie, les enfants n'ont pas besoin qu'on leur explique.
J'ai terminé ma 16 et j'ai filé au Rialto, c'était la soirée foot. Alors, va pour le foot, j'ai commandé une omelette et je suis entré dans la partie.

Les beaux jours nous sont tombés dessus, tout d'un coup il s'est mis à faire chaud, ça change la vie. La tronçonneuse, c'était fini, maintenant je me cassais le dos à retourner la terre pour planter des fleurettes qui dans

un mois commenceraient à tirer la langue, parce que de l'eau, il n'en tombera plus avant l'hiver prochain.
À 6 heures, je suis retourné à l'hôpital, toute la journée je m'étais répété, tu n'y vas pas !
Dans le hall, j'ai croisé Marie, elle sortait. Je me suis retourné, j'ai couru pour la rattraper. Vous ne me reconnaissez pas ? Si, laissez-moi. S'il vous plaît...
Je l'ai rattrapée. Je ne veux pas autre chose que vous, je veux qu'il se réveille, c'est tout. Si je n'avais pas roulé si vite, il ne serait pas là, c'est de ma faute. Je n'ai pas réussi à le dire à votre mari, je ne l'ai dit à personne, c'est de ma faute. J'étais fou, c'est vite fait de devenir fou.
Elle marchait sans me regarder, je parlais en continu, vous ne pouvez pas être insensible à ce qui nous arrive, j'ai rêvé que votre chien me sautait dessus, je lui raconte la chose... Vous êtes complètement fou. Vous savez bien que non. Je vous demande de ne plus venir voir mon fils. Je veux le réveiller. S'il se réveille, ce sera sans vous, pour qui vous prenez-vous ? Il a besoin d'amour... il a besoin de vous. Vous êtes fou. Elle s'est arrêtée pour me faire face, promettez-moi que vous ne viendrez plus... de toute manière, je vais demander qu'on ne vous laisse plus entrer, vous nous avez fait assez de mal comme ça, vous ne trouvez pas ? Elle me regardait de ses yeux devenus froids, cette femme était en enfer, je vous le promets, j'ai dit, mais dites-moi la vérité... je n'ai pas rêvé, vous avez ressenti comme moi quand vous m'avez serré la main ? Elle n'a pas répondu tout de suite. Oui, mais ça n'a pas d'importance, ce n'est pas du tout ce que vous dites. Alors qu'est-ce que c'est ?

Elle me regardait de ce regard que plus rien ne pouvait effrayer. Rien du tout, nos cerveaux sont fragiles, d'ailleurs regardez, nous sommes là, l'un en face de l'autre et il ne se passe rien… J'ai votre promesse, vous êtes quelqu'un de parole, n'est-ce pas ? elle a ajouté. J'aimerais ne pas vous détester, je fais ce que je peux… Elle m'a regardé de la tête aux pieds comme pour ne rien laisser traîner, et elle m'a planté là, pétrifié j'étais. Merde !

J'ai repris la moto. Je me suis arrêté au bord de la mer pour marcher sur le sable, mon père devait être sur une autre plage, Lucie devant la télé, Josiane, Véra, Marco, Alex, Martine… Je me suis assis sur le sable, les plages vont bientôt se remplir et puis elles se videront, la planète se réchauffe, qu'elle cuise donc ! C'est l'histoire de Joseph qui dit à Marie, je m'en fous !!!

Je suis passé au Rialto, j'ai pris une 16 au comptoir. Personne ne me voyait, ce n'était pas plus mal. J'ai aperçu l'autre dans le miroir, derrière les bouteilles, avec sa tête de renard, il ne me regardait pas… lui non plus ne me voit pas, je me suis dit et puis aussi, cette femme a raison, nos cerveaux sont fragiles, alors ça n'a aucune importance.

Tout de même, j'ai voulu la voir de plus près, cette tête de renard, parce que cette fois-ci, elle s'incrustait, j'ai voulu mais ça ne voulait pas… mes mâchoires se sont raidies, et puis les muscles du visage, tous les muscles. Et j'ai reconnu, tu parles si j'ai reconnu ! ça ne s'oublie pas, j'ai juste eu le temps de me dire, ça y est, c'est maintenant… je n'étais pas mécontent, et je suis parti.

Quand je suis revenu, j'étais par terre, allongé, j'ai reconnu le plafond du Rialto, je ne comprenais pas ce que je faisais là, je mélangeais l'accident et le renard, j'étais trop fatigué, si fatigué… un type me posait des questions, je disais oui pour ne pas le contrarier, pas me fatiguer davantage, et non quand je pouvais, non je n'ai pas mal, si peut-être les mâchoires et puis le coude et derrière la tête, ou devant, je ne savais plus… la tête, oui, j'ai mal, qu'est-ce qui s'est passé ? Vous êtes tombé, vous avez eu une crise d'épilepsie, vous en avez déjà eu ? Oui. Il y a longtemps ? Oui… c'est bien que j'aie une crise, c'est bien, j'ai dit. Ma mère aurait dit comme ça… il fallait que ça arrive.
Ils sont tous venus se montrer, penchés au-dessus de moi, Marco, Alex, le patron, Marianne, à me demander ça va, ça va ? Les pompiers sont arrivés, et puis mon père… j'aurais préféré ma mère, elle aurait su quoi leur dire parce qu'ils n'en finissaient pas de me poser des questions et de parler, ils ne savaient pas combien j'étais fatigué.
Je leur avais fait peur, ils n'avaient jamais vu ça, ils ne savaient plus quoi faire, il faut lui tirer la langue disait l'un, pour ne pas qu'il s'étouffe ! non surtout pas ! il ne faut pas le toucher disait l'autre, qu'ils se mettent d'accord bordel !
Ah, le Freddy, il nous en a fait une bonne… Marco se souvenait, il racontait, il m'avait déjà vu, lui, au cours préparatoire, on avait dix ans… Marco oui, mais les autres jamais, c'est quoi au juste une crise ? C'est le cerveau qui se prend le jus, une bonne décharge, il

disjoncte, mais c'est vrai que certains jours il a l'air bizarre le Freddy, on se demande s'il est là, aux cartes, t'as déjà joué aux cartes avec lui ?
On m'arrache du sol pour me mettre sur une civière, on m'évacue dans le camion rouge, c'est comme un accident quoi, mais pour moi… au contraire, c'est le retour à la maison, sauf que ma mère n'est plus là. Je reviens à la vie, je reviens avec vous, c'est mon père maintenant qui est près de moi dans le camion, il me sourit, je lui prends la main, ça va aller, je dis. Bien sûr que ça va aller, il dit.
Je ne veux pas aller à l'hôpital ! Je l'ai dit bien fort pour que le toubib l'entende, parce que j'ai promis à Marie… je ne veux pas, j'insiste. On vous fait un scanner parce que vous êtes tombé, la tête a heurté le sol, et si tout va bien, vous rentrez chez vous. Mais tu ne sais pas ce que c'est chez moi ! J'y suis chez moi, la crise, c'est chez moi… depuis le temps, évidemment je me suis un peu perdu. Treize ans que je n'étais pas revenu.
Je n'avais rien à la tête, ils ne m'ont pas gardé. Mais j'étais trop fatigué, je suis resté plusieurs jours au lit. J'ai eu tout le temps pour réfléchir.
À nouveau, il y avait un trou dans ma vie, quelques secondes pendant lesquelles mon cerveau s'est fait la malle, n'a pas joué le jeu et il ne rapportait rien de ce voyage, pas un bouquet de fleurs, rien, il ne me laissait pas idiot, ni demeuré, non, même pas coupé en deux, non, il n'y avait ni avant ni après, seulement un trou… alors, j'étais bien d'accord avec Marie, ça n'avait aucune importance. Ça et le reste.

Cette manie de relier, de toujours rattacher une chose à une autre, lâche-moi pas sinon je tombe, mais non tu ne tomberas pas, mais si, si... Est-ce que j'étais tombé ? Je m'étais fait un petit coma, moi aussi. Pourquoi ? Pour me rapprocher de Daniel ? En tout cas, je n'étais pas mort... La seule chose qui m'ennuyait, c'est les assurances, si ces cons-là apprennent, ils vont me retirer la moto.
Voilà, j'ai repris mes plates-bandes, le motoculteur, la tondeuse, j'ai planté, désherbé, tondu, taillé. Le docteur m'a augmenté la dose de Rivotril, doucement les bières, et pas de thé, pas de café, je me suis remis au chocolat au lait.
Le soir, je n'allais plus à l'hôpital, je pensais de moins en moins à Daniel. S'il se réveille, ou si la salope l'emporte, est-ce qu'on me le fera savoir, ou bien sa mère jugera-t-elle que ça n'a aucune importance ? J'oubliais presque, je me sentais moins lourd. Mais après quelques jours, je suis retombé, rien ne changerait donc jamais, l'ennui me collerait toujours à la peau.
Je n'ai pas zappé le rendez-vous du psy. Bonjour. Il est jeune, trente-cinq, peut-être moins, il s'intéresse, c'est sûr. C'était un samedi matin, on était les premiers clients, je l'ai trouvé plein d'énergie et bien sûr ma crise est venue sur le tapis. Il y en a eu d'autres avant ? Oui... Il avait faim que je dise. Martine s'en est mêlée, voyez comment il est, il ne dit rien, jamais rien, alors c'est un peu difficile. De quoi auriez-vous envie de parler ? m'a demandé le psy. Mais je ne sais pas, je viens pour Lucie, elle pleure, je préférerais la voir rire. Hum... Il enregistrait tout, ses yeux allaient de l'un à l'autre, est-ce qu'il voyait

quelque chose lui ? Elle pleure et… il reprenait ma phrase et restait en suspend, il attendait, il a encore répété, elle pleure et… J'ai repensé à notre instituteur, Marco doit s'en souvenir, je pose trois et… et je retiens un ! À quoi pensez-vous ? il m'a demandé. À une soustraction. Hum !… une soustraction et… Là, j'ai vu Joseph, il aurait pu être pareil étonné, et pousser le même hum quand Marie lui a annoncé, je crois que je suis enceinte, hum !!!… et encore ? laissez-vous aller, dites ce qui vous vient à l'esprit…
Maintenant je pensais à Marie, la mère de Daniel, et puis au chien, ça va trop vite, j'ai dit. Qu'est-ce qui va trop vite ? J'ai pensé à l'accident… tout va trop vite, moi, le chien, et puis j'ai pensé à la femme flic et à son alcoolique, quoi !!!… et puis à Joseph et à Mémé dans le potage… dites-moi ce qui va trop vite.
Il était sur une piste, et je l'ai vu en chien de chasse, et puis le renard, derrière les bouteilles, au Rialto, alors j'ai senti la douleur dans les mâchoires, ça recommence, j'ai dit. C'est quoi qui recommence ?
La suite… Je me suis réveillé sur sa moquette, il était au-dessus de moi, j'entendais pleurer, c'est Lucie… ce con, à cause de ce con, elle pleure ! Je te déteste corniaud ! même pas, je n'ai pas la force… Lucie, je t'en prie, ne pleure pas, je suis venu uniquement pour que tu ne pleures pas… et Martine qui n'en finit pas d'avoir à dire et redire toujours tout et n'importe quoi, emmène-la donc, tu ne vois pas qu'elle pleure parce qu'elle croit que je vais mourir… ou alors qu'elle vienne, qu'elle s'approche, que je puisse lui dire que tout va bien ma

chérie, je suis fatigué, c'est tout… je n'ai pas la force. J'arrive seulement à dire, je ne vais pas mourir… alors, le corniaud veut me rassurer, mais non, vous n'allez pas mourir… mais moi je m'en fous ! c'est à Lucie qu'il faut le dire… qu'elle vienne, que je puisse lui prendre la main, il me semble qu'elle comprendrait, elle ne pleurerait plus, plus jamais de la vie… mais je n'ai pas la force d'aller vers elle, Martine ! Martine ! j'essaye de l'appeler… vous voulez parler à votre femme ? Non, Lucie, Lucie. À Lucie, vous voulez parler ? Martine l'emporte, elles sortent de la pièce. Merde ! Tu feras donc toujours le contraire, on s'est trop trompés, on a tout faux, toujours le contraire, on fait.
Et toi ? Pourquoi tu ne continues pas à me demander ce que je pense ? Tu crois que je ne pense plus parce que je suis par terre… parce qu'il lui faut de l'air, tu dis, parce que tu ouvres la fenêtre, et que tu dis au téléphone, oui, il a repris connaissance, je l'ai étendu, il ne risque plus rien. Ne joue pas les héros, s'il te plaît, il n'y a rien à faire qu'à me foutre la paix.
J'ai entendu la sirène des pompiers, l'habitude… j'ai reconnu les hommes, j'étais trop fatigué, beaucoup plus qu'au Rialto, alors j'ai pensé, faites de moi ce que vous voulez, mais laissez-moi dormir, je veux dormir.
Cette fois-ci, on m'a gardé à l'hôpital, au moins deux jours, a dit l'interne, qu'on prenne le temps de faire un bon check-up. Comme tu voudras mon gars, je devenais comme Mémé, parce que tous ces gens qui s'agitaient autour de moi, ils auraient pu être dans le poste de télé, qu'est-ce que ça aurait changé ?

Ils sont gentils à l'hôpital, mais il y a des infirmières qui gueulent vraiment trop fort, et puis leurs histoires, mais qu'elles se les gardent !
Je me suis retrouvé dans une chambre avec un qui n'arrête pas de se tirer l'élastique, se branler quoi ! Je fais semblant de rien, mais ça commence à me taper sur les nerfs. Le reste du temps, il est à la fenêtre, à tirer sur une clope. Un tireur d'élite, j'ai pensé. Sa femme est venue, une grosse, je la connais, elle est caissière à Casino, elle m'a souri. L'autre a voulu qu'elle s'asseye sur le bord du lit. Mais non, je serai mieux sur la chaise... Je te dis de t'asseoir sur le lit ! Ils allaient s'engueuler, alors j'ai enfilé une veste et je suis sorti. Il savait très bien ce qu'il faisait l'asticot, que je finirais bien par foutre le camp, pour qu'il fasse son affaire.
Je suis descendu dans le hall, j'ai traîné. Les plantes vertes manquaient d'eau, je l'ai dit à la fille de l'accueil, si vous avez une bouteille ou quelque chose, je m'en occupe. Elle me regardait comme si j'étais fou, vous comprenez c'est mon métier. Ah bon ? Oui. Ça ne vous gêne pas de les voir crever ? Je me suis rendu compte que ce que je disais devait lui paraître ridicule, il n'y avait pas que les plantes, ça mourait à tous les étages ici. Est-ce que le petit de la chambre 322 est toujours là ? j'ai demandé, Daniel Touvenel. Elle a pianoté, oui, il est là. Merci.
Je suis monté au troisième, j'ai cherché l'infirmier, il ne reviendra qu'après-demain, on m'a dit. Je viens voir le petit Daniel Touvenel. Vous êtes de la famille ? Oui, son oncle. L'infirmière m'a parcouru de la tête au pied. Chambre 322, j'ai dit pour la rassurer. C'est ça, je vous accompagne.

Si Marie est là, qu'est-ce que je fais ? Rien, tu la salues et puis c'est tout. Il devait être dans les 15 heures, c'était son heure. Elle n'était pas là, Daniel avait été déplacé au fond de la pièce, derrière un paravent.
J'ai eu un choc, j'ai vu un mort, le teint gris, la bouche déformée par le tuyau d'air. J'ai failli dire, mais arrangez-le ! Il ne faut pas que sa mère le voie comme ça. Je me suis avancé pour lui prendre la main, froide, si froide mon Dieu, il fout le camp, j'ai pensé. Daniel, c'est moi, je ne t'ai pas abandonné, tu vois je suis revenu…
J'ai aperçu un crucifix, on avait dû le glisser sous l'oreiller, son père, Marie ? Daniel, il faut que tu reviennes, dis-moi ce qu'il faut faire, fais-moi un signe, n'importe quoi, dis-moi, je ferai ce que tu voudras. Je redevenais fou, encore je voulais le sauver. C'est moi qui vais te sauver, maintenant je le sais, dis-moi comment.
L'infirmière s'impatientait, je ne peux pas vous laisser plus longtemps, j'ai à faire… Je suis repassé de l'autre côté du paravent. C'était une jeune femme qui avait pris la place de Daniel, partie elle aussi.
Je suis redescendu à l'accueil et puis je suis sorti pour me réchauffer au soleil, j'avais froid. Qu'est-ce que vous faites là ? Vous m'aviez promis… Je ne l'avais pas vue venir, elle avait tiré ses cheveux, elle aussi avait changé. Pourquoi vous êtes revenu ? J'ai été hospitalisé. Elle voyait bien que j'étais en caleçon. Qu'est-ce que vous avez ?
Je ne sais pas pourquoi je n'ai pas répondu. À la place, j'ai dit, vous le laissez partir, vos prières ne valent pas un clou, un crucifix sous l'oreiller ! c'est rien que de la

mort. Elle a baissé les yeux. Quel plaisir trouvez-vous à me faire souffrir ?
Ce n'était plus une femme qui allait se battre. Qu'est-ce qui s'est passé, je lui demande. Elle me regarde, vous avez des enfants ? Une fille. Quel âge a-t-elle ? Quatorze ans… je viens de faire une crise d'épilepsie, on m'a amené ici, ça ne sert à rien, mais… Son regard m'a arrêté.
Qu'est-ce que nous avons fait pour mériter ça ? elle a dit. Mon mari a la foi, c'est plus simple… je ne peux pas croire à un Dieu si cruel, aucune raison ne justifie qu'on s'en prenne à un enfant. Job n'a pas douté, suivons son exemple, dit mon mari. Je ne peux pas… Je viens ici tous les jours, il n'est ni mort ni vivant. Pourquoi ? Pour que je continue à espérer ? Ou d'autres jours, le contraire… il me vient des idées atroces, c'est peut-être moi qui le maintiens dans cet état parce que je veux trop qu'il vive, je refuse de le laisser aller… alors, je me penche, et je lui dis qu'il peut s'en aller, va-t-en je ne te retiens plus, je ne veux pas que tu souffres… Vous vous rendez compte de ce que je fais ! dire à mon fils, va-t-en.
Excusez-moi, je n'ai personne à qui le dire, ils sont tous tellement croyants, ils me répètent Dieu le veut ainsi… je les vois le sourire aux lèvres, rayonnants, parce que quand on croit en Dieu tout est bénédiction, Dieu est amour, le Christ, notre Sauveur… il me met à l'épreuve… et si je n'arrive pas à sourire, c'est que je ne le mérite pas… eh bien oui, je ne mérite pas le Christ ! je ne suis pas assez forte, je vis avec des fous… Elle m'a regardé comme si elle ne m'avait pas vu, excusez-moi ! et elle est partie en courant, elle a disparu dans le hall.

Je n'ai pas voulu que Lucie vienne me voir, ni mon père. Ma moto était restée devant l'immeuble du psy, je l'ai retrouvée là, et je suis rentré.
Mon père m'attendait, Josiane nous a rejoints. Ils m'ont fatigué, alors je me suis couché, ils ont compris, ils sont partis, et j'ai dormi jusqu'au lendemain.
J'ai eu quinze jours d'arrêt de travail. Pendant une semaine j'ai dit non, mais le lundi suivant je suis retourné à l'hôpital. J'ai passé la tête par-dessus le paravent, Marie était là, assise, tête baissée. Elle n'a pas eu l'air surprise de me voir. Je suis allé chercher une chaise et je me suis assis au pied du lit. On n'entendait que le bruit des machines, le chuintement d'une pompe à air rythmait le temps.
Parfois, je croisais le regard de Marie. J'étais en paix, j'ose le dire, pour la première fois de ma vie, j'étais à ma place.
En arrivant, j'ai nettement senti l'angoisse de Marie, l'air en était lourd, épais, et puis au bout de je ne sais plus combien de temps, j'ai pris conscience que l'air était redevenu fluide, et qu'il faisait bon être là, à ses côtés.
Quand elle s'est levée, je l'ai suivie. Ce n'est qu'à l'extérieur qu'elle m'a adressé la parole, au revoir, c'est tout… elle a fait un petit geste et elle s'est sauvée.
Je suis passé prendre Lucie, Martine m'a fait une crise. Mais tu ne te rends pas compte que c'est dangereux ! t'as pas le droit de faire de la moto ! et patati et patatrac. Tu m'emmerdes ! Je l'ai pensé si fort qu'elle a dû l'entendre, et j'ai eu droit à une autre série.
Je suis parti avec Lucie. On est passés chez moi prendre des serviettes de bain, et on a rejoint mon père, assis sur son panier. On s'est baignés.

Le lendemain matin, le facteur est arrivé avec une lettre recommandée des Entretiens et Jardins. Avant d'avoir lu, je savais, j'étais licencié, la raison je vous la fais courte, l'emploi requiert l'utilisation d'un matériel dangereux, épileptiques s'abstenir.
J'ai passé l'après-midi à essayer de convaincre un con vainqueur, jamais à court d'arguments ceux-là, surtout face à un pauvre con, un convaincu, mais je le sais que je suis un pauvre con ! figure-toi qu'il en faut pour que tu sois à ta place. Je ne la veux pas ta place, je veux juste travailler... Alors tu te trouves un autre boulot ! un que tu peux faire. Mais ça fait huit ans que je suis chez toi, t'as quelque chose à me reprocher ? Rien ! que si t'as un accident, je suis dans la merde. Mais j'ai jamais eu d'accident. T'as pas renversé un gamin peut-être ? Mais ça n'a rien à voir. À peine ! tu me mets aux prud'hommes quand tu veux, avec ce que t'as t'es bon pour les grandes vacances... Voilà comment les dieux nous traitent ! les seigneurs, les patrons. Notre Seigneur, le Sauveur, l'Agneau de Dieu et les autres...
Le lendemain matin, j'ai rêvé que je langeais un bébé, il me regardait avec ses grands yeux tout ronds, j'allais m'occuper de lui, c'est sûr... et surtout, j'étais dans un état de bonheur comme jamais je ne l'avais été, ou de grâce peut-être. Ce n'était pas la vague d'amour que j'avais connue, c'était beaucoup plus paisible, disons terriblement humain. J'aimais cet enfant, et il me le rendait, j'en avais de la chance. Je me suis réveillé avec ce sentiment, il m'a tenu toute la matinée.

J'ai passé l'après-midi au chevet de Daniel, Marie est arrivée après moi. C'est mercredi, elle a dit, sous-entendu, j'ai d'autres enfants. Je lui aurais bien dit, j'ai rêvé d'un bébé… mais, je n'aurais pas su lui transmettre l'important. Elle m'a souri, ça circulait, je ne sais pas quoi, mais il y avait du vivant.
Il me semblait que Daniel s'éloignait toujours un peu plus, une étoile partie dans le cosmos, j'ai pensé. J'aimais un bébé… j'étais responsable d'un bébé, j'étais riche, j'étais fort de cette nouvelle, bien plus que lorsque Lucie est née. Pardon Lucie.
Quand on s'est séparés sur le parking, Marie a dit, je crois qu'il ne reviendra plus, est-ce que vous pensez comme moi ? Oui. Je vous remercie d'être franc. J'ai encore failli lui dire, ce matin j'ai rêvé d'un bébé. Peut-être j'aurais dû. Elle est partie, elle a fui sans doute pour ne pas pleurer devant moi.
Le lendemain, elle m'a dit, ne vous sentez pas obligé de venir tous les jours… aujourd'hui, je pense tout le contraire d'hier, il va revenir, j'en suis sûre… j'ai l'impression que je suis devenue une marionnette, quelqu'un se joue de moi.
J'ai dit, je ne me sens pas obligé, je viens parce qu'ici, je trouve la paix. Vous allez encore penser que je suis fou, mais je ne me sens en paix que quand je suis près de lui, des fois je me sens coupable, des fois non… j'ai même cru que je pouvais le réveiller, je l'ai voulu si fort, c'est vrai, vous aviez raison, j'étais fou.
Donc, me voilà au chômage. Tous les deux jours, je passe à l'ANPE relever les offres, je devrais dire vérifier

qu'il n'y a rien pour moi, ta place n'est pas là, je me répète, elle est là-bas à l'hôpital, va expliquer ça à un conseiller pour l'emploi… et que mon père se sent à sa place lui, assis sur son panier à regarder la mer.
Tout arrivait en même temps, la deuxième crise m'avait anéanti, plus rien j'étais, au moment où je commençais à croire que j'avais réintégré le troupeau. Treize ans que je n'avais pas eu de crise, c'était du passé, là-bas loin, quand je n'étais pas encore un homme.
Chacun ses cicatrices, les miennes s'appellent, t'es pas comme les autres… et puis, t'es à l'abri de rien et puis… Je m'étais marié pour être comme tout le monde, j'avais eu Lucie, j'avais divorcé. L'épilepsie n'y était pour rien, des millions d'hommes et de femmes divorcent. Eh bien, je me suis quand même dit que si j'avais été un autre, un pas différent, sans toutes ces cicatrices, peut-être que, probablement, sans doute, j'aurais tenu une famille comme mon père la sienne. Des conneries tout ça, d'accord, mais mon cerveau en est encombré.
Ma dernière crise m'avait anéanti, ça ne pouvait plus être un accident, c'était tout à refaire… Refaire quoi, ma vie, à quarante ans ? Quand on me fait comprendre que je ne suis plus bon à rien ?
J'ai commencé à me réveiller la nuit, tout moite. Qu'est-ce que je vais faire ? Je ne peux pas aller à la pêche comme mon père, ma vie n'est pas finie, je ne l'ai même pas commencée… même Lucie, je me dis qu'elle est venue trop tôt. Qu'est-ce que je fais si Daniel ne se réveille pas ? Son père le laisse à Dieu, sa mère va

finir par s'habituer à ne plus le voir courir avec ses frères. S'il meurt, je crois que je vais mourir…

Je pensais que l'épilepsie m'avait rapproché de la mort… Je l'ai vue de près, je sais, je n'ai plus peur, je me disais. Ce n'est pas vrai, je n'ai rien vu, je ne me souviens de rien et maintenant, je me demande si ce n'est pas la peur de mourir qui me réveille la nuit, me laisse en sueur.

J'ai peur de tout, d'une autre crise, de ne plus jamais travailler, d'être comme Daniel, ni vivant, ni mort, peur de m'éloigner tous les jours un peu plus de Lucie, du monde, peur d'être oublié, peur qu'il ne me reste plus qu'à disparaître.

6

J'ai signé pour trois mois un CDD de vingt-sept heures au Mercure Thalassa. Je suis en charge de la piscine, des salles de douches et autres bassins intérieurs, les salles de massage, j'y côtoie du chic et du moins chic, les chieurs sont à cinquante cinquante, autant de chaque côté, je porte un pantalon blanc, un tee-shirt blanc, des sabots blancs.

L'hôtel donne sur la plage, une haie de thuyas nous sépare. Vingt-sept heures, c'est pas lèche à la fin du mois, mais l'important, c'est que je ne sois pas à tourner en rond dans le mobil-home.

J'attaque ma deuxième semaine, c'est le plein boum, juillet, les envahisseurs sont là. Je vois de tout, mais surtout du bien-être, je prends soin de mon corps ! je me relaxe ! ah, je soupire ! En somme c'est un hôpital pour bien-portants, une station de dégraissage, la vie, ça devrait être comme ça.

Comme c'est nouveau, je m'intéresse, l'habitude ne me ferme pas les yeux, je vois tout. Ça me change des jardins, je n'ai quasi pas de contact avec les clients, je les vois vivre et je me raconte des histoires, il suffit que je chope un mot à la volée, un qui dit à son voisin, je suis boucher à Pantin, et tout de suite, je le vois autrement, et sa femme derrière la caisse, son teint rosé je sais d'où il vient, ses avant-bras musclés, la femme a dû mettre ses bijoux au coffre, ce sont des gens qui travaillent dur, là, ils en veulent pour leur argent, des tailleurs de viande, ils ne tuent plus rien du tout aujourd'hui, ils savent plus rien de la bête, ils ne la connaissent que morte, elle leur arrive pendue à un crochet, mais tout de même un boucher en peignoir blanc, ça ne ressemble pas à un comptable.

Un jour, un type nous fait une hémorragie dans une salle de massage, pas un boucher. Je suis en train de passer la serpillière, je vois courir, c'est pas normal, ça va, ça vient, je comprends qu'un client a eu un malaise, on cherche le docteur, on est dimanche, c'est l'heure du déjeuner, je m'avance, t'as rien à faire là ! je me fais engueuler par une masseuse, mais elle court, elle ne sait plus où elle a la tête. Je m'avance et quand je vois, je comprends.

La table de massage est en sang. La table, l'homme, on ne sait plus. L'homme ne souffre pas, pourtant il gémit, d'effroi sans doute, il passe sa main entre ses cuisses, il se vide. Je ne comprends pas tout de suite. C'est la panique, la fille revient avec d'autres serviettes, aide-moi, elle me dit.

On veut retirer le drap, l'homme ne veut pas, elle ne sait plus, elle applique une serviette à la façon d'un tampon sur l'anus de l'homme, il prend mon bras pour se redresser, il s'énerve, faites vite, il n'y a donc pas un docteur ! D'autres filles arrivent, à part ouvrir grand les yeux et piétiner, elles ne savent pas quoi faire, elles repartent comme des oiseaux, toutes en même temps, et je me retrouve seul avec le bonhomme.

Il retire la serviette pour voir, il s'arc-boute, un flot de sang épais et visqueux s'échappe, je vais crever ! je vais crever ! il répète, il plaque sa main sur son cul pour arrêter l'hémorragie, il en est déjà tout barbouillé, par réflexe je l'essuie, pour faire quelque chose... et l'autre soupire, ah ! c'est bon ta main, laisse ta main. Il n'y a pas à discuter, il prend ma main et la presse contre son cul, c'est chaud, désagréable, je ne sais pas si je touche la mort ou la vie, je touche l'homme, j'en suis sûr, on n'est rien d'autre que cette substance dégueulasse.

Oh ! ta main, ta main, il répète, il veut s'étendre, je l'aide, et je suis traversé par quelque chose qui ressemble à ce qui m'a traversé dans le rêve, moins fort, mais de la même nature. Je ne sais pas ce que foutent les autres, je n'entends plus rien, je ne vois personne, je veux retirer ma main, non laisse ! laisse ! il dit, j'ai l'impression que ça ne coule plus. Il est livide, il tremble. On entend courir, un docteur déboule et puis les autres, je retire ma main, je m'écarte, il examine, il pose deux trois questions, non j'ai jamais saigné... La masseuse me tend une serviette pour que j'essuie les jambes, elle me fait comprendre qu'elle ne peut pas, elle va vomir.

Le docteur palpe le ventre, là je vous fais mal ? et là ? et là c'est sensible ? Merde ça repart ! je l'entends dire et je vois le sang, ça recommence, en convulsions. Ta main ! fous ta main ! il gueule. Je ne sais pas ce qu'il faut faire, je regarde le docteur, il ne sait pas lui non plus, l'autre réclame, gueule, ta main ! ta main ! alors, je ramène ma main sur l'anus, et l'autre soupire, ah ! soulagé, on dirait que ma main arrête l'hémorragie...

l'autre main sur le ventre ! il me commande. Il soupire encore, ah…

Le docteur est au téléphone, il appelle l'hôpital, il demande, c'est quoi votre groupe ? O-, il me faut du O- ! démerdez-vous pour me trouver du O- ! Il sait, c'est très rare le O- ! On entend tout ce que dit le docteur, oui il a perdu beaucoup de sang, c'est urgent ! urgent ! sa voix déconne, il se voit déjà avec un macchabée sur les bras, il devrait pas mais ça lui échappe, l'autre, c'est son sang, lui c'est sa peur.

On dirait que c'est bon, il ne vient plus de sang. Je veux retirer ma main, laisse ta main ! ta main !… C'est long, ça n'en finit pas. Le docteur demande toujours, les antécédents, toutes les salades, l'autre s'énerve, qu'est-ce que j'en sais de quoi il est mort mon père ? J'avais huit ans ! Des douleurs, alors ?… Des douleurs, des douleurs, oui, j'ai des douleurs ! non je ne prends pas d'aspirine, rien je prends, vous me faites chier là, on verra ça plus tard, trouvez-moi du sang, il me faut du O- ! je ne supporte que le O-.

Il sait bien le toubib, il voudrait le rassurer, jouer au docteur, mais c'est foutu, l'autre a senti sa peur dans sa gorge, et il n'arrivera plus à rien.

J'écarte ma main, ça ne saigne plus. Je crois que c'est bon, je dis. Non, reste là, laisse ta main… Il me parle doucement, pas comme au docteur qui est reparti à téléphoner, c'est plus simple. Il me regarde avec des yeux tout ronds, il m'aspire.

Le docteur repousse les curieux, il s'est mis dans la porte pour attendre les ambulanciers, c'est devenu très calme

dans la pièce, trop, on attend, un calme d'église, l'homme a fermé les yeux, peut-être bien qu'il prie, qu'il règle ses comptes, qu'il fait l'ultime marché, si je m'en sors, je jure que… n'importe quoi, que je ne toucherai plus une goutte de vin, que je ne tromperai plus ma femme, on l'entend qui arrive, elle était à la piscine, on est allé la prévenir, son mari a demandé. Elle pousse un cri, évidemment quand on arrive c'est la boucherie… Elle sait pas comment le toucher son homme, mon Dieu ! mon Dieu ! elle dit, elle voudrait faire quelque chose, elle fait rien que remuer le silence, arrête de bouger qu'il lui dit, son mari.
Les autres arrivent, on les entend pousser le brancard, si t'es sensible au bruit, t'es déjà malade. Je m'écarte… Ils veulent pas le mettre comme ça, direct, il va saloper leur paillasse, ils demandent des serviettes, ça fait passer les minutes, l'autre sent que ça repart, il saigne, il gueule, ta main ! ta main ! l'ambulancier comprend pas, l'autre gueule plus fort, putain ta main ! le docteur me fait signe, je reprends du service, une main dans le visqueux, l'autre sur le ventre. Je dois me rendre à l'évidence, j'arrête les saignements, le visqueux ne s'écoule plus sous ma main. Ils finissent par déposer le rôti sur le brancard, je reste collé à lui, allez, roule ma poule ! tous les couloirs, et puis dans l'ambulance, tout, je monte, je file à l'hôpital, le docteur reste collé à son téléphone, il parle de bloc opératoire, le rôti réagit, vous ne m'opérerez pas ! ça, je refuse ! il me faut du sang ! je veux du sang, c'est tout ! sa femme lui tient la main, elle le connaît, elle dit qu'il ne faut pas le contrarier.

On arrive au bloc, il ne veut toujours pas qu'on l'opère, on dirait une bête ensanglantée qui met ses dernières forces à éloigner les chiens qui vont le dépecer.
Le chirurgien a une bonne voix et tout de suite ça va mieux. Avant d'opérer, on va essayer de comprendre d'où ça vient. Il retire ma main, il ne doit pas bien comprendre ce que je fais là, il se penche pour essayer de voir dans le gluant, ça ne saigne plus. Une infirmière m'essuie les mains. Le chirurgien palpe le ventre, vous avez mal là ? et là ?... Ça recommence, mais l'autre ne saigne plus, on dirait que l'hémorragie est arrêtée, dit le chirurgien, ça ne saigne plus... Le rôti se redresse pour voir et dit, c'est lui qui l'a arrêtée. Le chirurgien m'envoie son œil, il ne voit rien qu'un con... peut-être, mais ça ne saigne plus... On va vous nettoyer et on va vous transfuser et on va voir ce qui se passe. Du O- ! Oui du O-. Et vous ne m'opérez pas ! Pour l'instant, non.
Je suis rentré à l'hôtel avec le docteur, on a pris un taxi. Il avait besoin de parler, il n'avait pas été à la hauteur, il fallait qu'il se remonte. Ce type est un grand malade, avec un incroyable pouvoir de suggestion, penser que votre main va arrêter son hémorragie !... et elle s'arrête, ça marche ! C'est quoi ces saignements ? je demande. Il aime ça, il me sort sa science pour conclure qu'il n'en sait rien, la seule certitude, c'est que ce type est un grand nerveux, qu'on n'a jamais vu ça une main qui arrête une hémorragie. Très fort !
Évidemment, je pensais à ma mère, et je commençais à croire que j'avais bel et bien hérité. Non, tu déconnes !

hé, j'invente pas ! je l'ai vu de mes yeux, avec ma main, il ne saignait plus !... J'en restais là, je ne disais rien à personne.

À 4 heures, Lucie m'a rejoint, elle me tannait, elle voulait se baigner dans la piscine de l'hôtel. J'ai demandé au chef du personnel, je suis divorcé, je ne l'ai pas souvent, j'ai sorti le grand jeu, il m'a dit, d'accord, mais qu'elle n'abuse pas.

Je l'ai installée comme une cliente sur une chaise longue, vous voulez boire quelque chose mademoiselle, coca, jus d'orange ? Coca s'il vous plaît... Je suis allé lui chercher un coca, ça me plaisait d'en faire une riche, qu'elle goûte quelques minutes. Je n'étais pas revenu chez le psy, ma crise avait jeté un froid, on n'osait plus me demander.

Le rôti est resté trois jours à l'hôpital et il est revenu. Il a pris mes mains, vous m'avez sauvé la vie, vos mains valent de l'or, vous avez un don. Non, je ne crois pas, j'ai dit. Je vous jure que si... dites-moi ce qui vous ferait plaisir, je veux vous offrir quelque chose. J'étais bien dans l'embarras, et je me suis souvenu que ma mère ne demandait rien, quand on a un don, on n'a pas le droit. Il y avait un petit panier en osier, à l'entrée, où chacun déposait ce qu'il voulait, ou pouvait. Alors j'ai dit, je n'ai pas le droit de vous demander, un don c'est un don.

Je venais de reconnaître ce que j'avais toujours nié. J'en étais tout chose. Je peux tout de même vous faire un cadeau, non ? Si ça vous fait plaisir... Vous savez ce qui vous est arrivé ? Il a haussé les épaules, je suis trop nerveux, ils disent tous ça, c'est vos nerfs, oui et alors ? Ils n'en savent fichtrement rien, voilà le truc, c'est pour ça que je ne veux pas me faire opérer. Il est arrivé la même chose à mon frère, ils l'ont opéré, trois ans après, il est mort, alors vous comprenez que je ne suis pas chaud, c'est vous qui allez me guérir, vous allez me faire une séance. Mais je ne sais pas, je n'ai jamais fait... Pourquoi vous refusez ? Ce mot s'est mis à sonner terrible, un jour tu ne pourras plus refuser, avait dit ma mère. Je ne refuse pas, si vous pensez que... Je me suis arrêté là parce que tout à coup j'ai ressenti une douleur terrible à l'estomac, à me tordre, trop clair qu'elle venait de cet homme et j'ai eu peur. Alors maintenant, j'ai dit tout de suite, allongez-vous là. Là ? Oui. Il s'est allongé sur une chaise longue et je me suis agenouillé près de lui, j'ai posé mes mains sur son ventre, je savais exactement où, ma douleur me guidait, c'était la première fois depuis que ma mère m'avait forcé. Oui c'est là, il a dit... là où vous posiez votre main, vous vous souvenez ? Il a soupiré à nouveau comme l'autre fois.

J'ai retiré ma main droite, elle ne servait à rien. Je ne sentais rien de particulier, mais par contre dans mon ventre, la douleur s'en est allée doucement, et j'ai repensé à ma tête de renard qui s'effaçait devant mon vrai visage, j'aurais presque voulu la retenir, mais là aussi, impossible, je n'étais pas maître de ce qui était en train de se passer. J'ai attendu une bonne minute, je ne ressentais plus de douleur, voilà c'est bon ! j'ai dit. Déjà ? Oui, je pense que ça devrait aller... J'ai vu arriver sa femme, je les ai laissés. Trois jours plus tard, le chef du personnel m'a remis une enveloppe, pour FRÉDÉRIC. Il y avait trois billets de

cinq cents euros ! j'en avais jamais vu, et ces mots, « je vous serai redevable toute ma vie, faites-moi plaisir, acceptez cet argent, je ne sais pas vous rendre autrement ce que vous m'avez donné, cette somme est dérisoire en regard d'une vie. Mille mercis. Avec toute mon amitié, F. E. »
J'ai cru à une erreur, c'était deux fois mon salaire, il ne devait pas être dans son état normal, j'ai pensé. Je l'ai cherché pour lui rendre l'argent, il a quitté l'hôtel ce matin, m'a dit le portier.
Voilà. En quelques semaines, ma vie a changé, le bruit a couru, d'abord dans le personnel, que j'avais un don. Le premier, c'est le maître d'hôtel qui est venu me trouver, ma femme a des maux de crâne terribles, on lui dit que c'est la préménopause, on la bourre de médicaments, on les lui change tous les trois mois, elle vomit, ça cogne dans sa tête à la défigurer, pendant trois jours tous les mois c'est une horreur, est-ce que vous pourriez la voir ?
Elle est venue en fin de journée, la salle de massage où l'autre avait saigné était libre, elle s'est allongée là. C'était une femme sèche, avec de longs cheveux noirs truffés de blancs, un nez fort, le front naturellement pris dans un étau. Vous comprenez, je garde des enfants, alors quand ça me prend, je ne suis plus bonne à rien, les pauvres petits le savent, ils ne font plus de bruit, ils sont gentils, elle m'a tout redit comme son mari, le vomi, les coups dans la tête, j'ai dû l'arrêter, c'est bon, j'ai dit, j'en sais assez. Vous comprenez, ma mère y a eu droit, ma sœur, et maintenant, c'est moi, quand ça me prend c'est horrible, à vouloir mourir, pas supportable.

Quoi faire sinon l'écouter ? Ce qui me troublait, c'est que je ne ressentais rien dans ma tête, peut-être au ventre, peut-être du côté du cœur, un pincement, je lui aurais bien dit, arrêtez de parler, vous m'empêchez de sentir.

Vous permettez ? J'ai posé ma main sur son cœur, sous le sein, là par contre j'ai senti dans mes doigts, les coups peut-être, que sais-je, un tumulte. Peu importe, c'est pas à comprendre.

Le plus extraordinaire dans l'histoire, ce n'était pas ce qui se passait entre ma main et son cœur. J'étais en train de découvrir que des gestes me venaient tout naturellement, et sans que j'aie besoin de réfléchir. T'es fait pour ça mon pote, ta mère avait raison. Est-ce que je vais la guérir ? Toi, sûrement pas, mais peut-être qu'elle va guérir, qu'elle va bien vouloir guérir avec toi, se guérir…

J'ai été honnête, d'ailleurs même ça, je ne maîtrisais pas, les mots qui me venaient, je lui ai dit, je ne peux rien vous promettre, mais ça peut marcher. Vous pensez que c'est le cœur ? Je ne sais pas, c'est possible, il nous cache beaucoup de choses. Quelque chose que je cacherais ? Je ne sais pas, n'y pensez plus. Vous vous rendez compte qu'il n'y a pas un seul docteur qui m'a dit que ça pouvait venir du cœur ! vous êtes le premier, et je crois que vous avez raison. N'y pensez plus, attendons voir.

Il m'a semblé que pendant quelques secondes son visage s'était ouvert. Je l'ai accompagnée dans le jardin, son mari nous attendait. Il dit que ça peut marcher… On verra bien… C'était un autre homme quand il oubliait son sourire client, je vous dois combien ? Rien du tout.

Ah, mais non ! quand on va chez le docteur, ils nous font pas cadeau. Mais je ne suis pas docteur, il fallait que je m'y fasse, que j'explique, j'avais vu faire ma mère, c'était pas sorcier.
La semaine fatidique est arrivée, la femme n'a pas eu ses maux de crâne. Chaque matin son mari venait vers moi, vous savez, je crois que ça marche, je croise les doigts. Croise ! croise… La semaine est passée, ça a marché.
Alors, je suis allé voir mon père et je lui ai tout raconté, son visage s'est éclairé et il s'est mis à rire. Pourquoi tu ris ? Je ne sais pas, c'est con ! C'était nerveux, il riait, il pleurait, ta mère l'a toujours dit… si elle nous voit, je suis certain qu'elle est comme moi, qu'elle pleure aussi. Mais redis-moi, ce type, tu lui as vraiment arrêté son hémorragie ? Il faut croire.
Il a fallu que je raconte une deuxième fois, il voulait des détails que je n'avais pas, ou que je ne voulais pas lui donner, le rêve du chien qui me saute dessus, par exemple, je l'ai gardé pour moi, c'est mon secret, et la mère de Daniel, je n'ai rien dit non plus… Il m'a bien écouté et il a conclu, ça ta mère n'y serait pas arrivée ! la femme et ses maux de tête, peut-être, mais putain, l'hémorragie ! et il est reparti à rire, jamais je ne l'avais vu rire comme ça. Donc, si quelqu'un appelle, je dis, c'est bon, vous pouvez venir… Oui, tu peux.
On est allé manger une moule frites sur le port. Je suis monté derrière lui, sur sa moto, ça faisait longtemps que je n'étais pas monté avec lui. Ça vaut le coup de vivre, je me suis dit. Rien que pour ce moment, j'accepte

les années de merde, j'efface tout. Je me tenais à lui comme autrefois, aussi comme Lucie se tient à moi.
On a commandé des moules, deux bières, il s'est mis à me parler de maman. Je lui ai demandé comment ils s'étaient connus. Tout bêtement à la plage. Comment ça tout bêtement ? Je voulais des détails, moi aussi. Il a commandé une autre bière. Je n'ai pas appris grand-chose, mais dans son œil, j'ai vu qu'il était reparti en arrière. Je n'allais pas le ramener, alors je l'ai laissé filer avec ses souvenirs.
Le lendemain, quand je suis arrivé au chevet de Daniel, Marie n'était pas là. J'avais passé une mauvaise nuit, j'avais rêvé qu'un enfant était enterré sous une dalle de béton… c'était peut-être un magasin, je voyais un comptoir, je savais surtout que l'enfant était là-dessous, et surtout, surtout… c'était peut-être moi qui l'avais enterré là !… moi ! je savais et je ne disais rien.
Je m'étais réveillé avec l'humeur des mauvais jours, le ciel qui pèse, l'envie de disparaître moi aussi. Je prenais le service à 14 heures, je voulais voir Daniel avant.
Et je me retrouvais un peu comme dans mon rêve, celui qui sait et qui ne dit rien… Alors, je me suis mis à raconter tout bas à Daniel, mon rêve, et puis que j'avais arrêté une hémorragie. Je voulais qu'il sache. Je ne m'attendais pas à un miracle, mais peut-être à ressentir en moi quelque chose qui me relierait à lui. Rien, je ne ressentais…
Le bruit de la pompe m'agaçait, j'avais soif, je suis allé boire de l'eau dans la salle de bains, quand je suis revenu, je me suis senti très mal, comme si Daniel me chassait,

s'il ne voulait plus me revoir. J'étais rempli de honte, je voulais lui expliquer que je voulais le réveiller, le voir sourire, courir avec son chien… Pas un mot n'est sorti. Les secondes passaient, et je sentais sa colère méchante, tire-toi ! fous le camp ! Alors, je suis parti, je me suis enfui.

J'ai repris la moto, je roulais au pas, parce que je sentais, j'allais m'en payer une autre, une troisième crise qui allait me tomber dessus… peut-être même la dernière qui allait m'emporter. Je me disais que si Daniel ne voulait plus me voir, c'était à cause du rêve, parce que j'avais enterré un enfant et que je ne disais rien ! D'où me venait-il celui-là ? Je n'ai jamais enterré personne, même pas un chien ou un chat et pourtant, je crois que j'aurais pu dire, si j'avais retrouvé ce comptoir, oui, je l'ai enterré là, sous cette dalle.

J'ai pris mon service, j'ai traversé l'après-midi comme un zombi, avec en moi la colère de Daniel, elle se mélangeait au rêve. Je n'avais qu'une hâte, dormir pour chasser ce rêve.

J'allais me coucher, Josiane est arrivée en pleurs, Nanar me quitte. Il vient de me l'annoncer. Je voudrais que tu ailles lui parler parce que je crois qu'il ne se rend pas compte, s'il te plaît, parle-lui. Elle parlait tout mouillé, je ne comprenais pas tout. Il t'a dit pourquoi il te quitte ? Tiens, parce qu'il en a rencontré une autre ! c'est facile de se tirer, qu'est-ce que je vais faire moi ? est-ce qu'il pense aux enfants ? s'il te plaît, va lui parler.

Ils avaient mangé dehors, Nanar était encore sous l'appentis, il fumait. Les enfants étaient à Montpellier

chez les grands-parents. Je suis passé devant les Duthil qui jouaient aux boules avec les Matiau, leurs enfants étaient devant la télé, ils l'avaient sortie, tout le monde en profitait.
Nanar savait pourquoi je venais, assieds-toi, il avait la tête du sale type. Garde ta salive pour les bonnes choses, tu lui diras que t'as fait ce que t'as pu, que je t'ai dit que j'allais réfléchir, puisque c'est ça qu'elle veut, que je réfléchisse. Il a tiré sur sa clope. Ça va toi ? Ça va. Il a encore tiré.
Je suis dans la merde, Freddy, j'ai cru que je pouvais aimer deux femmes, ça ne marche pas. Je les aime toutes les deux, mais ça peut pas se faire, c'est pas possible, il faut choisir. Et moi, je ne veux pas choisir. Avec Martine, c'était rien que pour s'amuser, Martine… c'est pas une femme qui se laisse aimer, tu ne m'en veux pas de te dire ça ? Non… Elle n'a besoin d'un homme que pour passer la soirée, mais tu ne sauras jamais ce qu'il y a en elle, tu ne la rencontreras jamais, est-ce que je me trompe ? Non… En trois phrases, il venait de m'expliquer pourquoi ça n'avait pas collé avec Martine. Je lui aurais bien dit, va-y recommence, dis-moi ça autrement, je ne suis pas sûr d'avoir compris.
Là, ça ne rigole plus, je suis pris, elle a vingt ans, je vais en avoir quarante, et quand je suis avec elle, j'en ai vingt, qu'est-ce que tu peux faire contre ça ? À vingt ans, j'étais un petit con, je ne savais rien, aujourd'hui, je ne sais rien de plus, mais cette fille me trouble comme j'étais troublé à vingt ans, le même frisson, le vent qui emporte tout, alors qu'est-ce que tu veux réfléchir ? Y a rien à

réfléchir. Qu'est-ce que tu veux que j'explique à Josiane ? Si je rentre au bercail, je meurs à petit feu. Où tu l'as rencontrée ? En terrasse avec sa bande… j'ai d'abord remarqué ses chevilles, j'étais pris, rien que par ses chevilles, et quand j'ai croisé son regard… je la regardais comme un dingue, une autre aurait baissé les yeux, elle non, je l'avais hypnotisée, dis donc.
Je lui fais signe de me rejoindre au bar, elle vient. Vous êtes folle de me regarder comme ça ! je dis. Oui, je suis folle et alors ? Alors, j'ai pris son nichon dans la main, je devenais fou, je vais trop vite, j'ai dit. Pas sûr, elle me dit. La chair vivait dans ma main, t'aurais dit un animal, je termine à 1 heure, on se voit après ? Si vous voulez. Oui, je veux ! J'ai pincé son téton entre mes doigts avant de la laisser aller, il me provoquait lui aussi. Alors… qu'est-ce que tu veux que je choisisse ? que je me morde la queue ?
Qu'il se la morde ! moi, je pensais à Martine, pourquoi tu dis qu'elle refuse de se laisser aimer ? Il m'a regardé tout ahuri, je le sortais de son histoire. T'as déjà été amoureux ? Est-ce que j'allais lui dire, oui, un chien m'a sauté dessus et m'a rempli d'amour ! parce que je n'avais rien ressenti d'aussi fort… j'allais dire oui, de la mère du petit garçon que j'ai culbuté, j'avais ressenti cette même folie avec elle, mais est-ce que j'étais amoureux ? est-ce que c'était de l'amour ?
J'ai dit, non, je crois que je n'ai jamais été amoureux… peut-être parce que je ne suis pas un mâle comme toi. Qu'est-ce que tu me chantes là ? Je te regarde vivre avec Josiane et je vois bien que je suis différent. Pourquoi tu

ne l'as pas sautée ? il a dit. Qui ? Josiane, tiens… J'en restais sans voix, mais je crois qu'elle n'aurait pas voulu. Qu'est-ce que t'en sais, t'as essayé ? pourquoi t'as pas essayé ? J'en restais tout con, c'est vrai, pourquoi ?… Si tu veux foutre le feu, tu craques une allumette, ça prend, ça prend pas, sinon t'es sûr de rester dans ton coin à te geler les couilles.
Avec Martine, vous êtes allés jusqu'où ? Je n'avais jamais osé poser la question. À défaut d'allumettes, je craquais des barrières, je fonçais, et là, je l'ai vu gêné, un peu con à son tour. Mais, on y est allés, il a dit. Tu y es allé… sans amour. C'est ça que je voulais savoir. Oui et non, j'aurais pu tomber amoureux, elle m'avait bien allumé. Et tu dis qu'elle ne se laisse pas aimer ? Cette fois-ci, j'étais décidé à aller jusqu'au bout, à me nettoyer, je me foutais à poil, tant pis on verrait bien.
Non, elle ne se laisse pas aimer. Je ne comprends pas, elle s'est donnée à toi et tu dis qu'elle ne se laisse pas aimer. Oui, son corps ne suit pas, il s'arrête en chemin, elle te fait jouir, même très bien jouir, mais elle te laisse mort, tu n'as rencontré personne, elle s'en est allée je ne sais où, évanouie, cachée quelque part.
Je me répétais les derniers mots, elle te laisse mort, tu n'as rencontré personne. Et avec Josiane, c'est différent ? Oui, c'est une femme qui t'accueille, qui te fait naître, elle te rend l'innocence, tu n'as plus besoin de rien d'autre. Alors qu'est-ce que t'as besoin d'aller avec une gamine de vingt ans ? Tu ne vas pas me faire la morale ! J'essaie de comprendre… qu'est-ce qui te manque avec Josiane ? Tu veux une bière ? Il est parti chercher des

bières, j'ai aperçu mon père qui se mêlait aux joueurs de boules, l'air était encore chaud, les moustiques devenaient chiants.

Nanar est revenu, il m'a tendu une 16... Il me manque le feu, voilà ce qui me manque ! le feu, le coup de folie, des cuisses jeunes qui s'agrippent à mes hanches, une autre chair, une autre façon. Un autre néant ? Quel néant ? Qu'est-ce que tu te fais chier avec ton putain de néant ! de la vie, de la vie à mordre dedans, c'est tout !

On a bu, les moustiques faisaient vraiment chier.

Tu me vois jouer aux boules avec les autres ? Je ne peux pas, j'ai besoin de sentir la vie autrement. T'as envie de chasser, t'es un chasseur, j'ai dit. Non, moi je ne tue pas, je ne suis que le chien... tu vas rentrer chez toi et tu lui dis qu'elle m'attende, tu peux lui dire ça ? Moi, je te conseille de l'attendre, tu lui dis... il reviendra c'est couru, mais là, tu ne l'empêcheras pas, il est fou, il faut le laisser... tu rentres chez toi, et tu la retiens le temps que je file, qu'elle ne vienne pas me faire une autre scène, ce soir j'ai mon compte, voilà... comme ça, je pars sans faire de vagues. Pendant quelques jours tu restes à côté d'elle et puis on voit, on y verra plus clair.

J'aimerais être comme toi. Est-ce qu'il m'a entendu ? il lampait sa bière, les yeux sur les joueurs de boules. J'ai continué, tu me dis des choses que je sais mais que je n'arrive pas à me dire, alors c'est comme si je ne savais rien. Tous les gens que je croise, je glisse dessus, c'est peut-être mes crises qui me retiennent, toujours je suis empêché, aujourd'hui c'est un gamin qui est dans le

coma, une autre fois c'est une femme qui ne se laisse pas aimer, toujours il y a quelque chose, c'est fatigant, c'est lourd. Je me sens lourd et je te vois léger, même ça j'aimerais l'être…
Rien à secouer… je pouvais raconter n'importe quoi, il était dans son histoire. Chacun pour soi et Dieu ?… Dieu ? Celui de Marie ? Quoi !!! Quoi !!!… Qui est derrière ce grand bordel ? Qui choisit un chien pour me remplir d'amour, et puis une femme qui ne se laissera jamais aimer, en tout cas, aussi longtemps que son fils sera dans le coma, un Dieu qui m'a rendu gruyère avec des trous plein la tête ? Un Dieu qui se glisse dans ma main pour empêcher un type de se vider ? Qu'est-ce qu'il me veut ? Je ne veux rien qu'être comme tout le monde, comme Nanar, comme… comme tous les autres, un type qui rencontre une femme et qui l'aime. J'ai tellement besoin d'amour. Un type qui s'enflamme, crac l'allumette, ça a l'air tout simple quand Nanar raconte, une femme qui gémit dans mes bras, une qui ne me tue pas, je ne veux rien d'autre.
Maintenant, c'était Nanar qui parlait, cause toujours, et moi qui ne l'entendais plus, je suivais ma pensée. Tu vas te brûler Nanar, gros comme une maison, ton allumette… tu viendras me voir, ma mère m'a passé le don, je guéris le feu, tu viendras, Dieu l'a voulu ainsi… Dieu, est-ce possible ?
Je déconne, je m'enflamme avec mes allumettes, chacun les siennes, je ne lui dis rien de mes gamberges, de toute manière, il ne m'écouterait pas. T'inquiète pas, Nanar, je vais m'occuper d'elle, quand est-ce qu'ils rentrent les

enfants ? Il ne sait pas, il est à l'ouest, total barré. Vas-y, je vais m'occuper d'elle.
Je l'ai laissé au milieu des moustiques, très énervés ce soir. Je me suis arrêté devant les boulistes, mon père m'a souri, ça va ? Ça va… Il avait la banane, on avait passé une bonne soirée, tu viens faire une partie ? Non, je suis crevé.
Josiane s'était endormie sur le canapé, un mauvais sommeil, elle s'est redressée toute défaite quand elle m'a entendu, alors ? Y a rien à faire, il est fou, faut le laisser, il reviendra tout seul. Et s'il ne revient pas ? Il reviendra. Tu vas dormir ici cette nuit. Non. Si, il m'a demandé, c'est mieux, ça va lui laisser le temps de réfléchir. Tu crois ? Oui, prends le lit, t'es toute tordue là-dessus. Et toi ? Moi, j'ai pas sommeil, t'inquiète pas pour moi.
Elle s'est allongée sur le lit, j'ai éteint les lumières. C'est un salaud, elle a dit, j'ai toujours su que c'était un salaud, j'ai cru que ça pouvait changer. Faut jamais croire, j'ai dit, tout ce qu'on croit, c'est de la merde. Tu ne veux pas t'allonger près de moi, j'ai besoin de parler. On a entendu la moto de Nanar, c'était couru. Il se barre ce con, elle a dit. J'ai dit, il reviendra.

7

Je suis resté plusieurs jours sans aller à l'hôpital, toujours je reculais, je n'osais pas, Daniel me faisait peur. Quand j'y suis retourné, Marie était là.
Je me suis assis à côté d'elle et tout de suite j'ai su que j'allais avoir une crise, mes mâchoires durcissaient, mes doigts, alors je ne sais par quel réflexe j'ai saisi la main de Marie et au lieu de m'emporter, la crise est rentrée, en attente, suspendue à l'intérieur de moi.
Qu'est-ce que vous avez ? j'entendais Marie me demander, mais je ne pouvais pas lui répondre. Vous voulez que j'appelle quelqu'un ? J'ai réussi à secouer la tête. Je repoussais des forces terribles.
Je ne pensais plus qu'à l'enfant enterré sous la dalle, il la repoussait de toutes ses forces, elle allait voler en éclats. Était-ce un enfant qui était enterré, je ne savais plus, mais la force était terrible, elle m'envahissait, épaisse, une sorte d'air qu'on aurait pu prendre dans les mains. Et puis, elle m'a lâché pour retourner sous terre, avec l'enfant.
Ça n'a pas duré plus de trente secondes, peut-être une minute, m'a dit Marie. J'étais fatigué, comme toujours après une crise, et surtout rempli de tristesse, une méchante suie noire.

Je regardais Daniel, était-ce avec lui que j'avais lutté ? J'ai réussi à me lever, je suis sorti, Marie m'a suivi. Il faut que je marche. Allons-y. On est descendus, on a traversé le hall, dehors la chaleur m'a saisi.
Il me semblait que le soleil me rendait de la force. Le soleil cognait trop, on s'est arrêtés sous un pin. Qu'est-ce qui vous est arrivé ? J'ai commencé à raconter, je me suis arrêté, avant il faut que je vous raconte un rêve sinon vous n'allez pas comprendre. Non, d'abord il faut que je vous raconte...
De fil en aiguille je suis remonté toujours plus haut, l'homme qui perdait son sang, le chien... là, elle savait très bien de quoi je parlais, elle m'écoutait... non, plus que ça ! elle prenait ce que je disais... Vous allez réveiller Daniel ! elle m'a dit. Non, je ne crois pas. Bien sûr que si ! Non, si j'avais pu le faire ce serait fait, je l'ai trop voulu. Ne baissez pas les bras, je suis sûre que vous le pouvez, au moins faites-le pour moi. J'ai dit, je ferai tout ce que vous voudrez, mais... Ne dites pas mais... Il y a une raison qui nous échappe, mais... Non, pas de mais. J'ai redit, il doit y a avoir une raison... sinon c'est à n'y rien comprendre.
Je ne voulais pas la contrarier. Ne refusez pas ce qui vous arrive, elle a dit. Mais c'est vous qui n'avez pas voulu entendre quand j'ai essayé de vous parler. C'était trop tôt, j'ai cru que vous vouliez ce que veulent les hommes... Daniel était dans le coma, vous veniez de le renverser. J'ai dit, ce que j'ai ressenti en vous voyant m'a bouleversé, pourquoi est-ce que ça ne revient pas ?
Les cigales rendaient l'air tout vibrant, la sueur perlait sur nos tempes. Il y aura d'autres signes, elle a dit. Est-

ce que vous êtes heureuse avec votre mari ? Je n'aurais pas dû poser la question, Nanar m'aurait dit, mais t'es complètement con, tu veux la séduire et tu lui parles de son mari ? Mais je ne veux pas la séduire… Si, voilà que je me mens ! évidemment que je veux la séduire.
Je ne l'ai jamais trompé, si c'est ça que vous voulez savoir. Et je ne suis pas prête de le faire… Même si vous n'êtes pas heureuse… Comment je pourrais l'être avec Daniel qui est entre la vie et la mort ? Mais après ? Il n'y a plus d'après… l'accident a tout effacé. Non, je ne peux pas vous croire. Vous ne voulez pas me répondre, c'est plus simple. Vous recommencez, vous voulez me faire souffrir. Après tout ce que je vous ai raconté, vous le pensez encore ?
Il faisait très chaud et elle avait raison, je la poussais, j'étais cruel, j'ai dit, je ne sais pas pourquoi je suis cruel avec vous, ce n'est pas ma nature. Elle a dit, réveillez Daniel et je serai à vous.
Elle me regardait droit dans les yeux, il y avait du défi, il y avait surtout la colère d'une vie contenue, trop souvent contrariée, la colère d'un être devenu brutal. Vous êtes folle de me dire une chose pareille. Pourquoi ? croyez-vous que je suis sans désir ? elle a dit.
Cette femme, soudain me faisait peur, il m'aurait fallu Nanar pour me dire. Attend-elle que je la force, là, au milieu des cigales, que je l'embrasse pour qu'enfin elle cesse de me résister ?… À quoi donc résiste-t-elle ? Ou bien faut-il que je l'attende, que je la laisse venir ?
Je connais ce chemin, on en a déjà fait un bout, on devient des amis, on se confie comme avec Josiane, les

sens s'endorment, le corps s'ennuie, il s'absente. Nanar n'aurait sûrement pas attendu, alors j'ai pris sa tête dans mes mains et je l'ai embrassée.

Jamais je n'ai senti un corps si raide. Comment le désir pourrait-il le remplir ? J'en étais si surpris, je n'ai pas insisté. Pire, l'a-t-il seulement rempli un jour ? Réveillez-le et je suis à vous, elle m'a répété.

Vous vous trompez, je ne veux pas vous baiser, je n'ai pas dit la suite… pour ça j'ai Véra, Veracruz, Ver à Soie, Verra Bien… je n'ai pas besoin, merci. Avec vous, j'ai cru que… j'ai cru que le ciel me faisait un cadeau, j'ai dit.

Je suis sûre que vous allez le réveiller… elle a approché son visage, puis ses lèvres redevenues chair, incroyablement douces, elle a laissé cette douceur sur mes lèvres et elle est repartie vers sa voiture.

Je suis retourné au Mercure. J'avais ma petite réputation maintenant, si je peux dire, je me suis fait la main. On était en août, les envahisseurs nous arrivaient si pâles qu'après une journée de soleil, ils cuisaient, on me les envoyait de toute part, rôtis, grelottant de fièvre. Je profitais d'une salle de massage, allongez-vous. J'approchais ma main sur les chairs meurtries comme j'avais vu faire ma mère des dizaines de fois. Je ne pensais à rien, parfois à elle qui était arrivée à ses fins et je me demandais pourquoi il avait fallu que j'attende qu'elle meure… Ce soir ça va encore chauffer, je leur disais, demain, ça sera fini. Les rôtis repartaient contents, avec la pommade que je leur donnais, ils me laissaient ce qu'ils voulaient, souvent un billet de vingt, parfois de cinquante.

Ils arrivaient sur la côte le samedi, je les récupérais le dimanche ou le lundi, quelques autres dans la semaine, le week-end d'après, c'était une autre fournée, ça roulait. La dernière semaine d'août, les méduses sont arrivées, la mer en était truffée, les enfants m'arrivaient en hurlant et j'étais toujours surpris d'entendre les cris cesser, après seulement quelques passes la douleur devenait supportable.
Je n'ai pas la prétention de guérir, celui qui veut guérir se sert de moi, il l'ignore, mais il se guérit lui-même. Je suis très vite venu à cette conclusion. Dieu ? J'ai cessé de me poser la question. S'il existe, j'ai l'impression qu'il s'en fout.
Lucie me rejoignait tous les jours vers 16 heures, voilà votre coca Mademoiselle, elle jouait la star, mes copines sont jalouses, elles voudraient venir mais je leur ai dit que c'était pas possible, hein que c'est pas possible ? Non, c'est pas possible. Ce soir, je peux dîner avec toi ? Elle me demandait de plus en plus souvent, je ramenais de l'argent, on pouvait aller au restaurant. Après, je la déposais chez sa mère.
De retour au camping, ou bien je retrouvais Josiane qui m'attendait chez moi, ou bien dans les cinq minutes elle rappliquait. Ses enfants allaient revenir, elle angoissait. Qu'est-ce que je leur dis ? Que leur père est devenu fou, qu'il s'est fait la malle ? Elle devait souvent pleurer parce que ses paupières et le pourtour de l'œil restaient rosés, une chair à vif. Et puis, ce salaud, il faut qu'il me donne de l'argent parce que toute seule, je n'y arriverai pas. C'est moi qui aurais dû me tirer quand il tournait autour

de Martine, tu avais raison, quand le ver est dans le fruit… je t'ai pris pour un faible, cinq ans après c'est moi qui suis à la ramasse, je viens chez toi pleurer misère.
Je n'ai jamais vu quelqu'un avoir autant besoin de parler, une soif continue, toujours quelque chose à dire. Est-ce qu'elle était comme ça dans le couple, quand ils jouaient à être heureux ? T'as quand même passé de bons moments avec lui ? Oui, oui… pas vraiment convaincue. Enfin, je vous ai vus heureux, moi je ramais avec Martine, je me disais, ceux-là se sont trouvés, ils ont de la chance. Terrible, la chance ! tu déconnes ou quoi ? Nanar, c'est pas un type qui peut rendre une femme heureuse, il est trop instable, et égoïste, il t'use, tu ne sais jamais à quelle heure il va rentrer ou même s'il va rentrer, mais une femme c'est bête, il suffisait qu'il rentre pour que je me sente aimée, ma chérie je t'aime, il n'y a que toi, t'es la seule, les autres n'existent pas. Tu parles ! rien que du vent, mais ça marche. C'est excitant de se dire que t'es mieux que les autres, même si tu sais que c'est faux, c'est aussi bête que ça… c'est même très bête. Je l'ai toujours su, je me demande pourquoi je suis surprise, j'ai attendu que ça me tombe dessus.
Et moi qui avais vu un couple heureux ! à croire que j'avais la berlue, que je ne comprends rien à rien. Je traverse la vie et… et puis, c'est tout. Pareil quand je traverse la ville, je file à travers les rues, je gare ma moto et puis je traverse l'hôtel, je passe la serpillière sur les carreaux, ou ma main sur les brûlures, c'est tout pareil. Il faut des accidents et encore… pareil, je suis devant

Marie comme je suis devant Daniel, sans rien comprendre, cette femme est dans le coma, chacun est dans le sien.
Pourtant quand je suis avec mon père ou avec Lucie, je me sens relié, pas toujours… même avec Martine, avec Josiane, avec Nanar, avec Véra, quand je suis en face de quelqu'un, je n'ai pas l'impression d'être séparé, mais les fils sont si ténus, si vite rompus. Est-ce que c'est la même chose pour les autres ? Maintenant que j'écris, c'est différent, j'ai l'impression que ça me relie, peut-être à rien du tout. Après tout, je m'en fous, j'avance.
Hier, j'ai reçu une femme qui a une leucémie, sa sœur l'accompagnait. Elle sortait d'une chimio, elle portait la maladie sur son visage. Elle m'a tout expliqué, le sein retiré il y a trois ans, et maintenant la récidive, les métastases, la dernière chance. Sa sœur qui travaille au Mercure lui a parlé de moi, quand on n'a plus rien à perdre, on essaye tout, le refrain… Les mots étaient rares, elle parlait doucement, elle ne voulait que dire, surtout pas nous éclabousser, pas passer son malheur à un autre.
J'étais sous le charme et quand elle s'est tue, je suis resté muet. C'était pas la première fois que je me retrouvais avec une vie entre les mains, une vie qui ne s'accrochait pas, les médecins ne lui laissaient aucun espoir, elle acceptait, elle n'attendait rien de moi. J'ai failli lui demander, alors pourquoi vous êtes venue ? Parce que sa sœur lui avait demandé ? Pour son fils, son mari ?
Sa bouche était belle, son nez était beau, ses yeux, son front… Qu'est-ce que je pouvais faire pour elle si elle ne

voulait plus vivre, si elle acceptait de tout quitter, si elle n'attendait plus rien. J'étais presque en colère. Qu'est-ce que vous venez m'emmerder ! vous êtes pire que les autres ! j'en veux pas de votre vie si vous n'en voulez plus ! et vous me la foutez dans les mains, qu'est-ce que j'en fais ? pauvre idiote tu rêves, tu planes... Qu'importe, j'avais sa vie dans les mains. Qu'est-ce que je pouvais en faire de ces mains ? Faire semblant, abracadabra, je passe et je repasse, tu es guérie, lève-toi et marche ? Qu'est-ce que je fais ? Je dis la vérité ? Je crois que je ne peux rien faire pour vous... mais qu'est-ce que j'en sais ? J'ai arrêté l'hémorragie d'un nerveux, je ne savais pas. Oui, mais lui savait, il s'accrochait, il me commandait. Une vie entre les mains... quand je suis en crise, moi aussi, je lance ma vie à qui la veut, à n'importe qui. Je m'enfuis mais je reviens... Elle ne reviendra pas.

Les deux femmes attendaient. Est-ce que j'allais les laisser repartir, je regrette je ne peux rien ? J'avais faim. Vous avez mangé ? j'ai demandé. Non. Vous n'avez pas faim ? Si, a dit la malade, la sœur n'avait pas osé dire oui. Une omelette aux pommes de terre, ça vous va ? Je n'avais rien d'autre, je gagnais du temps. J'ai posé les patates sur la table. Vous avez un économe ? a demandé la perdue. J'ai sorti les œufs, je m'excuse, je n'ai plus de salade. Tu veux bien aller en acheter, elle a dit à sa sœur, je mangerais bien une glace aussi... chocolat.

La sœur nous a laissés, je n'avais qu'un économe, je la regardais peler les pommes de terre. Vous aimez l'omelette ? Oui, ça fait très longtemps que je n'en ai

pas mangé, je n'aime plus rien, je n'ai plus faim, mais là, votre omelette, elle me donne envie.
Je devais m'habituer, je ne voyais plus trop son masque de malade. Je lui ai dit, vous devriez partir, vous éloigner de votre sœur… ou lui demander, à elle, de partir, c'est elle qui vous tue. Elle n'a pas levé les yeux, elle n'a pas eu l'air étonnée, c'était moi le plus étonné. Tu es fou ! je me disais, de quoi tu te mêles, quel merdier t'es en train de foutre ! Je ne peux pas partir… Alors, je ne peux rien pour vous. Elle m'a regardé, elle m'a fixé, comment vous savez ? Je ne sais rien… C'est mieux, elle a dit. Demain vous partez, votre mari vous rejoindra plus tard. Et s'il ne vient pas ? Ce n'est pas grave, vous vivrez. D'où est-ce que je sortais ça ? Et en plus, j'affirmais, vous vivrez, je vous le promets, partez. Je la regardais peler les pommes de terre. Tu viens de lui rendre sa vie, j'ai pensé, je ne sais quoi ou qui m'avait soufflé les mots. C'était facile, trop facile… Et ma vie, la mienne de vie, où est-ce qu'elle se balade ? Vous les coupez comment ? elle a dit. Donnez, je vais le faire. Non, dites-moi. En deux, puis encore en deux, et puis en petits dés. Cette femme me rendait léger, elle ramenait de la vie dans la pièce.
Vous vivez seul ? Oui, ma femme m'a quitté. Pardon. Elle coupait les pommes de terre dans la passoire. Est-ce que j'aurais pu vivre avec cette femme ?
La sœur est revenue, elle a préparé une scarole, tout le monde aime l'ail ? On a mangé, on a parlé de l'été qui finissait, qu'on allait enfin avoir la paix, les enfants, la rentrée, la sœur avait deux filles, elle, un garçon, je les

regardais manger d'appétit et je les voyais vingt ans plus tôt, à table chez leurs parents. Qu'est-ce qui m'a pris de lui dire de foutre le camp ! Je suis complètement fou. Je n'ai pas voulu qu'elles laissent l'enveloppe, elles l'avaient préparée. Je me sentais merdeux, je ne pouvais pas revenir en arrière. Plus jamais ça ! je me suis dit, plus jamais.

Elles sont reparties, la sœur conduisait, la jeune femme a baissé sa vitre pour m'envoyer un merci accompagné d'un petit geste. Plus jamais !

Quelques jours plus tard, la sœur est venue vers moi, je nettoyais la piscine, elle m'a raconté… ma sœur a eu un accident de voiture. Elle voulait revoir une amie d'enfance qui vit à Quimper, mon beau-frère a tout fait pour qu'elle prenne le train, c'est loin Quimper, il la trouvait trop faible pour conduire… Je connaissais la suite, j'ai attendu, sidéré, qu'elle tombe… Un camion a coupé la route, elle est morte, elle était arrivée, elle était à dix kilomètres de Quimper… Et je l'ai revue qui baissait sa vitre pour me dire merci et puis son petit geste. Je ne sais pas pourquoi elle voulait revoir cette fille, a dit la sœur, elles ne se voyaient plus depuis des années… elle a laissé ça pour vous.

C'était dans un emballage cadeau, elle avait dû le faire elle-même, une petite boîte avec à l'intérieur un coton imbibé d'un parfum d'Orient, et ces mots, « ce que vous m'avez offert, je ne peux vous le rendre que par ce parfum. Vous comprendrez. Surtout ne changez pas ».

J'ai lu et relu, respiré le parfum. Vous comprendrez… Je ne comprenais pas, mais qu'importe, du parfum, peut-être le sien, pas sûr… maintenant qu'elle était morte, je pensais à son âme, mais elle ne pouvait pas savoir ce qui allait lui arriver, et puis qu'est-ce que j'en sais, je n'ai jamais vu d'âme, jamais respiré non plus. Qu'avait-elle respiré chez moi pour m'offrir un parfum en retour ? J'étais ému comme si cette femme m'avait dit, je t'aime. Qu'elle soit morte en rajoutait. Surtout ne changez pas. Pourquoi ? Parce que je lui avais rendu sa vie ? Parce que pendant quelques heures elle était redevenue vivante, tout à elle, libre d'aller ?

Ne changez pas ! Mais tout changeait autour de moi, je n'étais plus le demeuré, le gentil Freddy qu'on ne voit pas, chaque poignée de main, chaque bonjour étaient différents. Salut Freddy, la forme ? La forme. Et c'est vrai que je me levais en forme, je voyais la grouillance autrement, je traversais la ville pareil mais je portais des habits neufs.

Le signe le plus net c'est les chaussures, le premier jour quand je suis arrivé au Mercure, je me suis senti con dans mes écrase-merde de chantier. Le lendemain, j'ai passé une paire de vieilles Nike, c'était moins con, mais elles étaient pourries, et je puais toujours le plouc. Il me fallait du neuf, du blanc, et de la tête aux pieds. À 6 heures, je fonçais à la Halle aux chaussures et puis chez Kiabi, le lendemain, on me scannait, le Freddy était au diapason, je devenais fréquentable et dans ma tête aussi ça se passait mieux, j'avais bougé les meubles, je voyais autrement.

Ce qui change aussi, je commence à ne plus compter, on me glisse des billets dans la main, je les fourgue dans

mes poches, je ne veux pas savoir combien, ce n'est que le lendemain ou le soir, en faisant mes courses, que je découvre. Je ne touche plus à ma paye, mieux que ça, j'ai du rab, je roule les billets dans un vieux pot de moutarde, et puis surtout, il n'y a pas de raison pour que ça s'arrête, ma mère ne guérissait que les brûlures, elle arrondissait les fins de mois, il me semble que je peux m'attaquer aux grandes saloperies, j'en ai aucune envie, mais le bouche à oreille fait son chemin, il se moque de mon avis, il rabat le gibier, un jour tu ne pourras pas refuser… Ne changez jamais.
C'était devenu un rituel, avant une consultation, je respirais un peu du parfum qu'elle m'avait offert et instantanément, je me retrouvais en l'état, cette espèce d'inconscience qui m'avait fait dire partez, votre sœur vous tue, et je revoyais le regard de cette femme quand elle m'avait demandé, vous savez ? Heureusement, je n'avais pas besoin de savoir.
Mon contrat se terminait, le Mercure a voulu me garder. J'ai suivi une formation de masseur, rien d'extraordinaire, des massages relaxants pour corps abandonnés. On m'a augmenté et surtout me venaient tous les petits bobos des curistes, et ils en ont ! j'ai des brûlures d'estomac, j'ai une douleur dans le dos, je n'ai plus d'appétit, je me réveille avec des migraines, je respire mal, je suis oppressée, je pisse toutes les demi-heures, tout ça et le reste.
Et ça marchait, ça marchait pas… peu importe, on n'y comprend rien, il suffit que ça marche une fois pour qu'on continue à y croire. Je vais vous soulager, mais vous devez en parler à votre docteur. Mais il a tout

essayé le docteur ! et puis j'en ai assez d'avaler des comprimés, il me soigne le cœur et il me démolit l'estomac. Alors, vogue la galère, allongez-vous.
Le soir, je continuais à passer au Rialto, où je retrouvais Marco et les autres. Marianne se plaignait de ses jambes, c'est pas bon de rester debout toute la journée, Freddy, tu veux bien me passer tes mains ? Elle s'asseyait près de moi, une jambe posée sur mes genoux, je lui massais les mollets, un mollet après l'autre. Elle avait la peau très douce. Je commençais à connaître les peaux, elle faisait partie des rares, celles qu'on n'oublie pas.
La frontière avec le désir est toute proche, les doigts connaissent le chemin, ils vont tout seuls, ils entament le dialogue. Je ne la regardais plus pareil Marianne, et elle non plus. Ses lèvres, peut-être bien que je pouvais… ses cuisses aussi, j'en étais souvent tout près et puis ça jasait autour de nous, dis donc Freddy, t'as trouvé le bon truc là ! C'est pas le mollet qu'il faut lui masser ! Elle a très mal au minou à force de nous fréquenter ! Je parierais que c'est un angora, hein Marianne ?
Ne changez jamais. Eh bien si, à caresser les mollets de Marianne, je me sentais changer et pas qu'un peu. Quand ça veut, c'est tout simple. Un soir, je suis resté un peu plus tard que d'habitude, à quelle heure tu termines ? je lui ai dit. Huit heures et demie. On parlait bas, personne n'avait entendu, rien que ça, ça valait de l'or. Je te ramène ? Non, attends-moi devant la poste. Son œil valait toutes les pierres précieuses. J'y vais, je t'attends…
Je l'ai laissée laver ses verres. J'avais une demi-heure devant moi, c'est long et c'est court.

J'ai garé la moto devant la poste et je suis allé marcher le long de la mer. Je me suis déchaussé, l'eau était douce, c'était la fin de la saison, il y avait longtemps, si longtemps que je n'avais pas attendu une femme, j'allais l'embrasser, la tenir dans mes bras, j'allais, c'est sûr… j'allais caresser sa poitrine, je la voyais depuis au moins trois ans derrière le comptoir, désirable évidemment, mais tellement pas pour moi, j'étais trop loin, mon Dieu où est-ce que j'étais barré ? Les pieds dans l'eau, à marcher sur le sable, je revenais, le soleil venait de se coucher, il n'y avait plus un brin de vent, j'ai regardé mon portable, encore un quart d'heure.
Pas de doute, je revenais et c'était bon, j'allais retourner l'écriteau, Ne déranger sous aucun prétexte… si, si, dérange-moi, entre Marianne, entre, tu peux faire la chambre, on va la faire ensemble. Je connais déjà le grain de ta peau, l'intérieur de tes cuisses doit être plus doux que cette eau qui vient friser le sable, que cet air, que c'est bon de revenir, c'est tout bon dans ma tête, mes pensées, je vais être doux moi aussi, si doux qu'on ne saura plus, on se mélangera.
Elle a dû se douter que j'étais sur la plage, je l'ai vue arriver, elle n'osait pas courir mais c'était tout comme, elle avait retiré ses chaussures, je suis sorti de l'eau, sa voix valait de l'or, son sourire, une femme venait vers moi, elle est très bonne, elle a dit, oui, on a pris le temps de se regarder, oui ça valait de l'or.
Le lendemain matin, je me suis réveillé dans son lit, elle dormait, Marianne, il est 7 heures ! Oui… je prends le service à midi, elle a dit, toute molle. Elle vivait dans

un studio à peine plus grand que ma pièce, la différence, c'est qu'une femme se prépare avant de sortir, la peau, les yeux, la bouche, chaque détail compte, un homme se rase et basta, le studio c'était pareil, elle avait réussi à le rendre accueillant.
J'en avais été sevré trop longtemps, j'étais en manque de tout ce qui me ramenait à une femme, n'importe quoi, une culotte, une brosse à cheveux, des chaussures, un crayon pour les yeux, un soutien-gorge, un parfum, surtout le parfum, son studio, et puis de sexe, de bouche, de chair, j'avais faim.
Au contraire d'elle, je ne travaillais que le matin, 8 h 30-12 h 30. On l'a joué discret, rien qui dépasse. À midi, je suis allé prendre une bière au bar, et puis, s'il te plaît Marianne, je vais prendre une omelette. Salade ? Oui, salade. Une autre bière ? Non… Ça m'a fait penser que je n'avais pas pris mon Rivotril, fallait fissa que je retourne chez moi.
C'était pas grand-chose, à peine différent d'un jour ordinaire, d'habitude je déjeune chez moi, là, je regardais Marianne aller et venir, je croisais son regard et c'était comme un caresse, et elle m'a apporté un tiers de verre de bière, tu me fais pitié avec ton verre vide, elle s'arrangeait pour me frôler, et puis les clients de 13 heures sont arrivés en masse, elle n'était plus à moi. On se voit ce soir ? Si tu veux.
À peine arrivé chez moi, Josiane a déboulé. Où tu as dormi ? Ce n'était pas son jour, elle n'avait pas passé beaucoup de temps devant la glace. Ma pièce lui ressemblait, triste de partout, les autres jours je ne le voyais

pas, là, j'en avais le cafard, tu te rends compte dans quoi tu vis ! je me suis dit.
Pourquoi tu ne m'as pas appelée pour me dire que tu ne rentrais pas, je t'ai attendu… vous êtes tous pareils, vous ne pensez qu'à vous.
Revenir me ramenait en arrière, j'avais fait du chemin depuis la veille, toute la nuit j'avais marché, Josiane ne pouvait pas savoir. Mon père s'est pointé, je t'ai pris deux rendez-vous, un pour 5 heures, l'autre à 7 heures, ça va comme ça ? Il a compris qu'il était de trop. Josiane n'en sortait pas de son sable mouvant, toute seule elle ne s'en tirerait pas, c'était clair. Nanar ne reviendrait pas, et pour le pognon c'était démerde-toi. Comment tu veux que je m'en sorte avec quatre gamins, il est dingue, il croit que j'ai gagné au loto ou quoi ? Mercredi, je lui emmène les gosses, on boit un verre, je leur dis je reviens et je me tire ! Il va comprendre ce que c'est, se retrouver avec quatre bouches, quatre paires d'yeux qui réclament, il va vite revenir sur terre ! Je te jure que je le fais, on s'assoit par terre devant le café avec un carton, ON A FAIM !… de toute manière j'ai plus rien, hier soir, on a mangé des patates avec du gros sel, ce soir j'ai plus de patates, il va falloir que je les vole. Je suis en train de couler et tout le monde s'en fout… même ici, quand je passe on regarde ailleurs. Bonjour le courage ! chacun pour soi et Dieu s'en fout. Ce matin, je suis allée voir l'assistante sociale, évidemment elle ne peut rien faire… et moi, qu'est-ce que je peux ? J'appelle, il répond pas, je suis allée le voir à l'Ambassy il m'a collé une baffe, j'ai piqué une crise, ses collègues m'ont sortie, il dit que

je suis hystérique, je te jure mercredi je me pointe avec les enfants, je m'assois par terre avec un carton… ON A FAIM NOTRE PÈRE TRAVAILLE À CÔTÉ… tout le monde s'en fout ! évidemment tant que ça ne te tombe pas dessus, t'es peinard. Il dit qu'il paye le loyer et que c'est déjà beaucoup, que quand on a un toit on n'a pas à se plaindre, il pourrait ne rien donner, il dit, tu te rends compte ! ses propres enfants ! ils ne mangent plus que des patates à l'eau, il s'en tape, tout ça pour s'envoyer en l'air avec une gamine, j'aimerais bien la voir celle-là ! je te l'emmène ici, qu'elle vienne manger un soir avec nous, voir si ça ne lui coupe pas l'envie de baiser avec ce porc ! c'est bien une belle salope, rien que la regarder dans les yeux, elle n'y résisterait pas, si seulement je savais où la trouver, je l'attends avec les enfants, je passe la nuit dehors, je m'en fous, qu'est-ce que je risque, les enfants veulent le faire, ils ont dit, on va aller lui parler, il n'a pas le droit, je vais partir en crise moi aussi, comme toi, j'ai le cerveau prêt à péter, touche, mets tes mains, je suis sûre que tu vas le sentir, au moins soulage-moi, tu guéris les autres, tu peux faire ça pour moi, mets tes mains, je t'en prie, aide-moi Freddy, je vais exploser…
Elle a pris mes deux mains, elle les voulait sur sa tête, aide-moi, t'es mon frère, je t'aime pareil. Je vais aller lui parler, j'ai dit, ça va s'arranger… pourquoi tu ne m'as pas dit plus tôt ? J'ai honte, elle a dit, tu ne sais pas ce que c'est. Bien sûr que je la sais la honte, la catastrophe, comment tu crois que j'en sors d'une crise, la tête haute ? fort en gueule ? j'en sors minable, clochard, abruti, et c'est pas l'espace de cinq minutes, ou d'une

saison, c'est toute l'année… Noël, premier de l'an, quand les autres font la fête, t'en mêle pas Freddy, reste à distance, parce que ça aussi, ça pourrait mal finir. T'inquiète pas, je vais aller lui parler…. d'abord, tu vas prendre une douche, et tu vas te faire mignonne, parce que là tu fais peur, d'accord ? Quand je reviens, je ne veux plus voir cette tête, allez… J'ai posé un baiser sur ses cheveux et je l'ai poussée dehors.

Je suis allé à l'Ambassy. Nanar était de service, t'as deux minutes, il faut que je te parle de Josiane. T'en mêle pas, et me fais pas chier toi aussi ! Le mâle l'avait mauvaise, j'ai vu un sale con, une brute. Je n'avais pas dit trois mots, il m'envoyait son poing sur la gueule, mon nez s'est mis à pisser.

Je ne me suis jamais battu parce que j'ai toujours eu peur qu'en se tendant mes muscles provoquent une crise. J'avais du sang sur mon tee-shirt, un serveur m'a passé une serviette, Nanar vociférait, prêt à recommencer, ils le tenaient à distance.

Je le regardais, et je ne retrouvais pas le Nanar que je connaissais. Est-ce possible de changer à ce point, en si peu de temps ? J'avais du mal à croire qu'il était amoureux et sans doute tendre avec son aimée et à la fois si mauvais, si méchant con avec sa famille. T'es un con Nanar, je lui ai dit quand même. Je ne suis pas sûr qu'il ait entendu.

Je suis entré dans la première pharmacie, on m'a bourré le nez avec un coton tout gras d'une pommade. J'ai refermé mon blouson pour cacher le tee-shirt, je voulais passer voir Daniel.

Marie était là, je l'ai surprise, elle a sursauté, excusez-moi. Qu'est-ce qu'il vous est arrivé ? Un coup de poing. Je la sortais d'un grand voyage, elle était encore dans des terres lointaines. Vous vous êtes battu ? Non, ça n'a pas d'importance. Son visage était de marbre, comme celui de Daniel, et j'étais à deux doigts de lui dire, attention Marie, il ne faut pas, il vous entraîne, il vous vide. L'autre, c'était sa sœur qui la tuait, elle c'était son fils. Je n'ai rien dit.

Est-ce parce que j'avais fait l'amour toute la nuit, parce que j'étais entré dans la vie, que je m'étais laissé envahir ? je voyais Daniel comme mort. Marie, il est mort et il vous entraîne… Pourquoi je ne l'ai pas dit ? Mon regard allait de l'un à l'autre, elle s'en est aperçue. Il a changé n'est-ce pas ? Oui. Pourquoi ne lui ai-je pas dit, il est mort.

J'entendais les battements de mon cœur, des battements désordonnés, il s'arrêtait, il repartait. Vous devriez voir un cardiologue, j'ai dit. Moi ? Oui, vous. Son sourire m'a fait mal, elle veut mourir, j'ai pensé. Et je n'ai toujours rien dit… Mon mari a demandé à notre curé de lui donner l'extrême onction, si vous le pouvez, faites quelque chose, mais faites vite, j'ai peur qu'il ne soit trop tard, elle a pris mes mains. Pourquoi ne pas lui avoir dit qu'il ne reviendrait plus… Si vous avez un peu d'amour pour moi…

Je sentais mon cœur près de s'arrêter, repartir, et la peur m'envahir. Je ne pouvais rien pour lui, ni pour elle… ni pour elle ! Elle va mourir, je me suis dit, il va l'emporter. Alors, je me suis mis à haïr cet enfant, c'est un monstre, il va la tuer ! Venez, il ne faut pas rester là… Je l'ai tirée, elle n'avait aucune force, rien pour me résister. Venez. Dans l'ascenseur, elle m'a demandé, où est-ce que vous m'emmenez ?

Je l'ai conduite au service de cardiologie, la salle d'attente était bourrée à la gueule. Cette femme ne va pas bien, j'ai dit à l'infirmière, son fils est dans le coma, il faut l'examiner. Asseyez-vous. Il faut qu'un cardiologue la voie tout de suite. Asseyez-vous, je vous ai dit… On s'est assis, j'ai pris la main de Marie dans la mienne, et je ne sais pas pourquoi, un vieux réflexe sans doute, je me suis mis à réciter des Notre Père et des Je vous salue Marie… je m'embrouillais, je ne savais plus, je mélangeais les deux.

Qu'est-ce qu'on fait là ? a dit Marie, je veux rentrer chez moi. Non. Si. Elle s'est levée, ce n'était plus la femme sans force qui se laissait entraîner, elle savait ce qu'elle voulait. Je veux voir mes enfants, ils m'attendent, je vais très bien, laissez-moi.

Je l'ai accompagnée jusqu'à sa voiture. Vous êtes sûre ? Oui, je vous remercie pour tout ce que vous avez fait, je prierai pour vous.

J'ai encore ses mots dans la tête. Elle est morte le lendemain matin, et Daniel quelques jours plus tard. Son mari m'a appelé chaque fois. Je suis allé aux obsèques. J'étais terrifié. La mère de Marie nous accueillait à l'entrée de l'église, ce devait être son mari à côté d'elle, Marie lui ressemblait, ils ne nous auraient pas accueillis autrement si elle s'était mariée. Idiot que je suis, elle était désormais unie à Dieu !

Et lorsque le prêtre nous a demandé de réciter un Notre Père, je l'ai vomi, je pouvais plus entendre ces mots. Le frère et la sœur de Marie sont passés derrière le micro pour redire que maintenant elle était unie à Dieu et patati… Je ne me trompais pas. Réveillez-le et je suis à vous… Je n'entendais que ces mots. Je vous demande pardon Marie, pardon… Les larmes sont sorties, toute l'église est allée communier sauf moi… Pardon Marie, pardon, je n'ai su que pleurer.

8

L'argent rentrait. Tiens. Qu'est-ce que c'est ? Josiane a pris l'enveloppe et j'ai dit, je te demande seulement de ne pas me dire merci, c'est cadeau du ciel.
Qu'il aille se faire foutre son Nanar, la pension, j'allais m'en charger, elle allait retrouver son sourire, tiens, ça me fait plaisir.
Mon père, c'était plus délicat, il n'en voulait pas de mon pognon. Question d'orgueil ou bien parce qu'il ne voulait rien changer à sa vie. Mais t'as rien pour vivre ! t'as même pas de quoi t'acheter de la viande et moi, j'ai des billets plein le pot ! C'était non, et puis c'est tout. Alors, j'achetais de la viande pour deux, j'ai changé son frigo, sa télé, sa moto. C'était bien comme ça.
En vrai, je crois qu'il était pris dans la maladie du il ne faut pas que ça change, ou pas trop, et surtout pas trop vite, doublée du plaisir que justement rien ne changeait… parce que ça, c'était déjà une grande victoire… parce que depuis qu'il avait été licencié tout s'était barré en couilles, et il ne fallait plus le brusquer. Il allait s'asseoir devant la mer, il avait récupéré sur la plage un petit chien abandonné, tout frisé, qu'il appelait Frisette, le chien ne le quittait plus, il l'installait sur le réservoir de la moto, les flics tiraient la gueule,

mais il était craquant son Frisette, quand il le voyait enfiler sa veste, il savait qu'ils allaient partir, alors il se mettait à aboyer et à lui tourner autour, il sautait, arrête Frisette ! il disait ça pour la forme et l'autre en rajoutait, ils regardaient la télé ensemble, Frisette sur ses genoux, il le caressait, il n'y a qu'une chose que Frisette ne partageait pas, Frisette n'aimait pas regarder la mer, alors il tournait la tête vers la terre, à l'affût de tout ce qui bougeait et s'il me voyait arriver, il courait jusqu'à moi à fond les manettes, et il aboyait, il me tournait autour, arrête Frisette !
Avec Marianne on avait décidé d'espacer nos rendez-vous, trois soirs par semaine, pas plus. Je ne sais plus qui avait eu l'idée. Chat échaudé, ni l'un ni l'autre on ne voulait replonger dans ce qu'on avait connu. Trois soirs, au hasard de l'humeur du jour.
Remettre les couilles en marche, ça change tout, c'est rien que naturel d'accord, ça ouvre l'esprit, ça chasse les scories, y a rien de mieux. Je sautais en l'air comme Frisette, le Freddy, il ne se traînait plus, le matin, il était content de se lever.
La seule ombre c'était les drames, tous les jours il m'en arrivait, j'entendais une voiture qui cherchait, déjà je savais, merde encore une tumeur ! que des saloperies qui m'arrivaient. J'ouvrais ma boîte à parfum, je sniffais un coup. Bonjour, entrez, entrez...
On ne soupçonne pas, on ne voit que la moitié du monde, même pas. Frisette aboyait, mon père prenait le chien sous le bras pour l'emmener chez lui. Chacun chez soi... Entrez, asseyez-vous. Tous les jours, il en

entrait, j'ouvrais la porte à un peu de mort, elle a mille visages, mais la façon, toujours la même.
Ce devait être ça que j'avais si longtemps refusé, pas voir, pas foutre le nez là-dedans. Maintenant c'était fait, je ne pouvais plus reculer. Le souvenir de Daniel était là, celui de Marie, les gens mettent souvent une photo de ceux qu'ils aiment sur un meuble, ils sont là, et on finit par les voir sans les voir, je les voyais sans les voir. Ils avaient fait leur temps et ils étaient partis, nous on continuait.
Pas de nouvelle crise. Est-ce que la tempête était passée, est-ce que j'étais parti à nouveau pour vingt ans, vingt ans de calme, ça me mènerait à soixante, l'âge de mon père, mine de rien je calculais.
J'hésitais à changer de moto, tout me faisait envie, une moto, une bagnole, une femme. Je reluquais les femmes. Qu'est-ce qui te prend Freddy ? Il me prend que ça me prend, c'est tout, et ça ne me déplaisait pas que ça me prenne, après tout je n'avais rien fait pour, l'argent rentrait, il me rendait la vie facile et quand c'est facile on regarde la vie autrement, tout ça est lié, y a rien à redire, c'est comme ça. Il me semblait loin le temps de mes écrase-merde et je ne les regrettais pas, oh là, non !
Au printemps, j'ai quitté le Mercure, je ne savais plus où caser mes rendez-vous, les journées étaient trop courtes. Je repensais à mon père qui un matin n'est plus parti au travail, la différence c'est qu'à huit heures et demie on frappait à ma porte. La différence, c'est que je commençais à vivre.

Je passais beaucoup moins de temps au Rialto, je prenais des rendez-vous jusqu'à 7, 8, 9 heures du soir. Martine ne me gueulait plus dessus, maintenant elle descendait de voiture quand elle accompagnait Lucie, et il lui arrivait de rentrer, je peux ? je ne te dérange pas ? Et je voyais son regard qui cherchait si quelque chose avait changé.
Mais tout avait changé ! elle ne pouvait pas le voir, elle restait sur sa faim. Ça va ? Ça va, je lui répondais, rien de plus, elle m'avait trop fait chier, j'attendais qu'elle se barre. Il pouvait encore me venir des bouffées de colère, je prenais sur moi, j'avalais tout, si Lucie n'avait pas été là, je lui aurais peut-être dit deux trois choses, c'est fou ce que la rancœur est teigneuse... cette conne m'avait enfoncé au lieu de m'aider à sortir du trou, allez au revoir, dehors, dehors...
Les soirs où je n'étais pas avec Marianne, souvent je dînais avec Josiane. On avait pris l'habitude, elle faisait manger ses enfants et elle m'attendait. Les enfants chahutaient devant la télé, et ça gueulait, ils pouvaient bien se bouffer le nez, Nanar n'était pas là. Josiane en poussait une comme mon père avec Frisette, arrêtez, vous arrêtez !!! Ça ne changeait rien, l'important était ailleurs.
Avec Josiane non plus, je ne pouvais pas trop parler, Nanar l'avait cassée, elle en était toujours à remonter la pente, accrochée comme elle pouvait à trois fois rien, elle espérait encore, je suis sûre qu'il va revenir... ça ne peut pas tenir avec une fille de vingt ans, non, t'es pas d'accord ? J'en sais rien moi, je ne couche pas avec eux. Tu te vois toi, avec une fille de vingt ans ! J'en sais rien,

tu crois que je me voyais guérisseur ? De toute manière, vous êtes tous les mêmes… mais je suis sûre qu'il reviendra. Elle s'accrochait. Je ne pouvais pas l'aider, seulement lui passer l'enveloppe à la fin du mois.
J'ai appris que Marianne avait une fille de vingt-deux ans, mariée, un enfant. Marianne en avait quarante-trois, je lui en donnais trente. Elle n'imaginait pas d'où je venais. Elle aimait les restos, se montrer, voir qui était avec qui, elle me racontait, au bar beaucoup d'hommes se confient, lard ou cochon, ils parlent, tiens tu m'en sers un autre ? Ils viennent autant pour parler que pour boire.
Elle me nettoyait de ma journée, elle ramenait de la vie et puis du rire, parce que c'est pas triste un café, tu devrais donner tes rendez-vous dans des cafés. Qu'est-ce qui vous arrive ? Je suis condamné. Bon, très bien, garçon, un cognac ! Vous voulez une cigarette ?
Voilà ma vie. J'ai aussi chopé le virus des riches… oui, un samedi, je joue au loto, je n'y joue jamais, j'allais même l'oublier dans ma poche, et ton loto ? me demande Marianne. Je m'arrête au tabac, champagne ! dit la buraliste, je ne vous donne rien, il faut aller le toucher au centre, c'est au moins 5 000 €… C'était plus que ça, je ne l'ai dit à personne, l'argent va à l'argent, ça puait l'indécence.
Un soir, mon dernier rendez-vous était reparti depuis déjà un bon moment, j'hésitais, j'appelle Marianne, je ne l'appelle pas, j'ai entendu une voiture, ses phares ont balayé les murs, j'ai vérifié sur mon carnet, plus de rendez-vous. J'ai entendu les portières, et puis une voix de femme et puis mon père, c'est là, derrière vous.

J'ai ouvert avant qu'elles soient à la porte, c'était une femme au visage fin, élégante, avec une petite fille de six ou sept ans, c'était une voiture de série ordinaire, c'était la nuit, il y avait du mistral, je me suis écarté pour les laisser entrer sans rien leur demander. Excusez-moi, madame Astruc m'a parlé de vous, je n'ai pas pris de rendez-vous, je ne savais pas si je pourrais vous voir, je… Elle s'est arrêtée net. Ce qui s'était produit avec Marie recommençait, la même onde qui nous envahissait, nous traversait, je pourrais dire une bouffée de chaleur, ça y ressemblait, mais c'était tout autre chose…
Elle me regardait, saisie comme moi. Asseyez-vous. Je regardais la petite fille, son petit visage mangé par un bonnet de laine, la peau transparente d'une malade, elle n'était pas touchée, elle, par ce qui nous traversait, elle découvrait la pièce. Si je vous dérange, on peut revenir. Vous ne me dérangez pas, dites-moi…
La Chose tenait bon, c'est une sorte de crise, j'ai pensé. L'épilepsie m'enlève au monde, elle me laisse avec un trou, celle-là me remplit… d'amour ? Ce mot m'était venu dans mon rêve, je n'en trouvais pas d'autre pour cette Chose. Mais alors, un amour pas humain… pourtant c'était une femme qui était là, en face de moi.
Voilà…. je viens pour Émilie, elle a une leucémie. Je connaissais la suite. Je regardais cette femme comme je me regarde dans une glace, il devait en être de même pour elle, je ne l'écoutais qu'à demi, une pensée m'est venue, cette fois-ci, tu n'y couperas pas, nette, sévère, tu n'y couperas pas ! Et puis la Chose s'en est allée. Elle devait occuper le silence, parce que les sons sont rede-

venus normaux, je ne m'en étais pas rendu compte, ils avaient été envahis, eux aussi, enveloppés avec nous.
Je suis moi-même médecin, vous imaginez ce que je pense des guérisseurs. Mais c'est ma fille, et cette fois-ci, je n'y coupe pas… J'ai dit, oui. Je ne pouvais plus la regarder, c'était trop, j'étais totalement perdu, je ne savais plus quoi faire.
Ce soir, je suis fatigué, je ne sais pas si je peux faire quelque chose, je parlais comme si elle n'était pas là. J'ai posé mon front sur ma main, c'était trop, trop, tu n'y couperas pas… je me répétais.
La saloperie s'était attaquée aux poumons de la petite. Quel âge as-tu ? Six ans. Tu aimes les chevaux ? Oui, j'en ai un qui s'appelle Zébulon. C'est un poney, a dit la mère. Oui, mais c'est comme un cheval, le sien, il s'appelle Lucifer, et c'est un vrai grand cheval, et aussi j'ai un chien-loup, il s'appelle Victor, et ma tortue Mimi, parce que moi, je m'appelle Émilie, et si je m'en vais, ils seront tristes… je leur ai dit que c'était possible que je parte, alors, ils pleureront. Elle parlait les deux mains posées sur la table, elle jouait avec ses doigts. La saloperie n'avait pas honte.
Viens, je lui ai dit. Émilie est venue, j'ai ouvert mes jambes, je me suis penché en avant pour la serrer dans mes bras, mes mains posées sur son dos. Si je ne la guéris pas, je me suis dit… jamais je ne dis ça ! si je ne la guéris pas je me répétais… ce qui me faisait peur, qui me terrifiait, c'est que je n'avais pas réveillé Daniel.
Ça recommence, je me suis dit, si je ne la guéris pas… Je n'arrivais pas à finir ma phrase. Je m'en voulais de

ne pas l'avoir prise tout de suite contre moi, quand la Chose était là.
Elles sont très chaudes tes mains, elle a dit, je les sens jusque dedans. Tu vas me guérir ? Peut-être… T'es pas sûr ? On ne peut pas savoir. Pourquoi ? Parce que c'est pas moi qui décide… C'est qui ? Je ne sais pas… C'est le bon Dieu ? Je ne sais pas… Tu ne sais pas grand-chose. Avant de t'endormir le soir, tu penseras à mes mains comme elles te font chaud et tu auras chaud, et tu t'endormiras, tu veux bien ? Oui, parce qu'il est bon ce chaud. Voilà, tu vas bien t'en souvenir et tu le feras, promis ? Oui. Je pourrais peut-être essayer à Victor, peut-être qu'elles chauffent aussi mes mains. Essaye… Voilà, c'est fini, je te fais un bisou.
Je l'ai laissée rejoindre sa mère, j'avais fait ce que je pouvais. Combien je vous dois ? Rien. Mais si. Non, si vous revenez une autre fois, vous me laisserez quelque chose, d'habitude…
Elles sont reparties et je suis resté un peu comme après une crise, moins l'abattement, mais anéanti, et peut-être heureux, c'était trop neuf pour que je sache. J'ai écouté de la musique, le hasard du poste, un musique d'Église, une autre fois, j'aurais zappé, putain d'Église, putain de musique, où est-ce qu'elle m'a emmené celle-là !
Cette fois-ci, tu n'y couperas pas… à quoi donc ? Je voulais revoir cette femme, je n'avais même pas pris son nom. Je revoyais Marie, réveillez-le et je serai à vous… Pourquoi je me retrouve encore devant une femme confrontée au pire ? Lié à elle, rempli d'« amour »… Cette Chose capable de balayer tout le reste, qui ne se

laisse pas saisir, qui me laisse dans cet état, dans cette musique, là-bas où on ne mettra jamais les pieds, dans les champs d'étoiles, j'en pleure merde ! Je n'ai rien demandé… ce soir, je serais allé dîner avec Marianne, on serait montés dans son nid, on aurait fait l'amour, et là, je suis à pisser des larmes de je ne sais quoi. Qu'est-ce que c'est ce bordel ?
Je me suis servi un whisky. Si j'ai une crise, je l'emmerde ! J'ai appelé Marianne, je peux venir ? J'ai envie de toi. Une vieille colère, une qui me venait de très loin m'a remis sur pied. J'ai pris la moto, le mistral soufflait toujours, je laissais traîner mes pieds pour ne pas me casser la gueule.
Marianne regardait un film. Qu'est-ce que tu regardes cette merde ! c'est tout pourri. Qu'est-ce que t'as, t'es de mauvaise humeur ? J'ai essayé de regarder, c'était tout faux à vomir, c'était pitié après ce que je venais de vivre. J'aurais mieux fait de rester chez moi. Qu'est-ce que t'as ? Je ne sais pas. Je caressais son ventre, il était doux, la peau la plus douce que j'ai jamais eue sous mes doigts, mais elle ne pouvait rien contre la méchante humeur qui me tenait. Tu ne vois pas que c'est de la merde, t'entends pas ? C'est un film, elle a dit. Oui, c'est un film.
Je n'aurais pas dû venir, je me suis foutu sous le drap et j'ai essayé de dormir. Tu n'y couperas pas… D'accord, alors dis-moi ce que je dois faire ! Je veux revoir cette femme, je veux savoir, ce qu'elle est pour moi… Est-ce qu'il y a quelque chose que je n'ai pas fait avec Marie ? Je n'ai pas réveillé son Daniel, et puis ?… Qu'est-ce que

je dois faire avec cette femme ? Je ne sais pas guérir son Émilie, je n'ai jamais guéri personne, je ne suis pas fou au point de croire que j'ai le pouvoir de guérir, même Marianne ce soir, je la caresse, elle s'en fout, elle préfère regarder sa merde ! une fausseté, un mensonge quand je suis plein de vrai. Je ne veux rien d'autre, je ne supporte rien d'autre… un mot d'Émilie et je suis transporté, tes mains me font chaud dedans… alors tu ne sais pas si tu vas me guérir ?… tu ne sais pas grand-chose. Je sais qu'avec ces deux femmes j'étais vrai… j'étais ce que je suis… je ne veux être que ce que je suis, tout le reste poubelle, oubliettes, chiottes.

Rien que ce que je suis, je n'y couperai pas. C'est ça ? Comment savoir quand on parle à un mur ? C'est ça ? Rien que ce que je suis… Je veux revoir cette femme, tout le reste, c'est de la merde. De toute manière, Émilie, tu en feras ce que tu veux… Toi qui décides de tout, si tu ne veux pas qu'elle guérisse… Toi qui n'as pas voulu que Daniel se réveille… et les autres, tous ceux dont je n'ai jamais eu de nouvelles, on n'ose pas me dire… Tu feras ce que Tu voudras, mais laisse-moi revoir cette femme, laisse-moi voir qui Tu es… qui es-Tu pour disposer de nous, Tu nous trimballes, Tu nous retires tout ce qu'on aime, es-Tu fou ? Qui es-Tu pour faire souffrir cette femme, et Marie… Qui es-Tu pour essayer de me faire croire que j'ai un pouvoir ? Je ne marche pas… Tu te montres ou Tu me fous la paix.

Qu'est-ce qu'il y a ? demande Marianne. Avec qui tu parles ? Je me suis retourné, j'ai retrouvé son ventre, sa toison, sa chair, ma main revenait au connu. Qui es-Tu ?

Qui que Tu sois… J'ai bien failli me mettre à rire, moi qui ne sais même pas qui je suis ! Pardon. Peu importe qui Tu es, je veux revoir cette femme…
J'ai dû m'endormir, parce que quand je me suis réveillé dans la nuit, je ne me suis pas souvenu qu'on ait fait l'amour. Je me suis habillé, Marianne dormait. Dehors, le mistral soufflait toujours, il devait être 3 heures, j'ai longé la mer, la ville dormait, le camping dormait, les mouettes gueulaient, j'ai ouvert ma boîte à parfum. Où es-tu toi, dans les limbes ? Aide-moi, aide-moi bordel ! J'ai repris un zeste de parfum… j'avais cette femme dans le nez, tout entière, toute à moi, comme elle a voulu se donner, et je me suis endormi, apaisé peut-être.
Et puis Karine a débarqué. Un soir, j'entends la moto de mon père et puis une bagnole. Je sors, je vois une brune descendre de la voiture, mon père vient vers moi, je te présente Karine, c'est Freddy, mon fils, qu'il lui dit. Elle me tend la main. Elle est plus que baisable, elle est même pas mal du tout, il s'emmerde pas le vieux. J'en reviens pas, ça alors ! Je les regarde, l'un à côté de l'autre, il m'explique, Karine était la femme d'un collègue, était parce que le pauvre il est parti, son foie a pas tenu le choc, paix à son âme, voilà, il dit, c'est la vie, il faut tourner la page. Il semblerait bien qu'ils l'ont déjà tournée la page, ça alors !
J'ai rien vu venir. Ils ont l'œil qui pétille, lui tripote ses clés dans ses mains, elle, les siennes, Frisette aboie comme un dingue. Arrête Frisette ! gueule mon père. T'as encore des rendez-vous ? Il sait bien que j'en ai, il n'est pas 5 heures, il veut que je me casse, j'ai compris,

je rentre chez moi. Bon, peut-être à une prochaine fois. Sûrement a dit Karine, elle a une voix fraîche, elle est plus jeune que lui, je lui donne cinquante, elle le suit, quand je referme ma porte, je le vois qui la fait entrer, il m'aperçoit, il se marre. Ça alors ! j'en reste tout con.

Je suis content pour lui, ils vont se mélanger, elle n'est pas venue pour lui faire la vaisselle. Je le voyais le cul sur son panier de pêche jusqu'à la fin de sa vie. J'ai tout faux, évidemment, il n'a pas soixante ans, il est en forme, Karine, c'est mignon Karine. J'ai une demi-heure à attendre, je tourne en rond, alors j'appelle Marianne. Je dérange ? Elle a les piliers de l'après-midi, elle s'emmerde. Je lui raconte Karine, il fallait que j'en parle à quelqu'un, c'est trop, le vieux...

Marianne veut savoir comment elle est, brune, petite, grande, elle avait une robe ? un pantalon ? et quand elle t'a serré la main, elle serre ou elle laisse la main ? elle veut tout savoir. Elle me laisse pour servir un client, elle me reprend, elle se moque, tu croyais que ton père n'avait pas de zizi ? J'ai l'impression que les choses se remettent en place, mon père qui va refaire sa vie, moi qui ai une sorte de métier, mais toujours, je reste en dehors, je ne suis pas à l'abri d'une crise.

Mon père est seul, il rencontre cette femme qui est seule, ok, c'est simple, ils filent dans le pieu comme j'ai fait avec Marianne... oui et non, avec Marianne, c'est en pointillé et maintenant ça se complique affreusement. Oui, affreusement... parce qu'Émilie ne s'en sortira pas. Arrête, tu vois tout sombre. Oui, c'est pas

mon jour… ça fait cinq minutes que j'ai raccroché, mon rendez-vous n'est toujours pas là, qu'est-ce qu'ils foutent !
C'est vrai que je vois tout sombre, je me cogne partout. J'ai plein de pognon et c'est pas mieux qu'avant. Et ce qui me démolit, c'est que je ne reverrai peut-être pas cette femme. Elle a dit qu'elle était médecin, je vais appeler tous les médecins de la ville, cabinet du docteur machin bonjour ! ils ont des secrétaires, je ne pourrais pas reconnaître sa voix. Si seulement j'avais retenu le nom de celle qui lui a parlé de moi !
Ce n'est pas tout, ce n'est même pas elle, je vais l'avoir dans la tête pendant des semaines, d'accord, c'est surtout que je suis ramené en arrière… Je croyais être sorti de la grisaille avec Marianne, que j'avais tiré un trait, eh bien non, la revoilà, les jours tristes, rien qui change, le ciel s'est ouvert pendant quelques semaines et il se referme, peut-être même qu'il ne s'est pas ouvert, j'aurais rêvé que ça ne m'étonnerait pas. D'ailleurs, je dois faire de sales rêves parce que le matin, je me réveille embrouillé, du cirage dans la tête, le type qui a du mal à enfiler ses mules. Comme avant, tout pareil…
Karine rejoint mon père tous les soirs, elle est secrétaire dans un cabinet de construction, encore un vingt heures ! avec son mari ça pouvait lui suffire, mais avec la demi-retraite ça frise le rouge, avec mon père, elle sort la tête de l'eau, ils roucoulent, je crois qu'ils passent le plus clair du temps dans le pieu, ils rattrapent, et Frisette l'a adoptée.

Le soir, je vais boire une bière, je les retrouve, elle a de jolies jambes, elle est curieuse de ce que je fais, des jambes à mon goût, comment je fais ? J'en sais rien, je fais… Elle va essayer de faire embaucher mon père. Je ne le reconnais plus, il parle de retravailler !
Josiane est allée voir une avocate, qui l'a bien remontée, elles vont alpaguer le Nanar, il va casquer.
La vie devient plus facile quand on a un os à ronger. Et ton yoga ? Toutes les semaines, je me dis qu'il faut que j'y retourne, mais je manque de courage.
Une semaine est encore passée, et puis une autre, et je l'ai vue… j'étais à moto, je remontais une file de voitures, je suis passé devant, tu parles si je l'ai reconnue ! je me suis retourné, c'était bien elle, je suis revenu à sa hauteur, il faut que je vous parle. Les voitures sont reparties, je l'ai suivie, elle s'est garée à cheval sur le trottoir.
J'ai garé la moto, mon casque, elle est descendue. Comment va Émilie ? j'ai dit. Elle a fait la grimace. Ramenez-la-moi. Elle a baissé les yeux. Pourquoi ? j'ai dit, vous ne croyez pas que je peux faire quelque chose… si vous n'y croyez pas, je ne peux rien. Elle n'osait plus me regarder, elle avait peur, c'était évident. De quoi ? Que la Chose revienne, nous envahisse à nouveau ? N'ayez pas peur, ça ne reviendra pas… Qu'est-ce que j'en savais ? Elle a relevé les yeux et c'est revenu, beaucoup moins fort, mais c'était là. C'est quoi ? c'est vous qui… ? Non, je n'y suis pour rien, je ne comprends pas plus que vous. C'était très agréable, pas effrayant du tout, mais c'est quoi ? elle a répété.

La Chose a disparu comme une fumée. Plus rien que la rue et ses bagnoles, et nous, l'un en face de l'autre. Elle a passé sa main sur son front, je suis fatiguée, je ne dors plus. Il faut qu'on prenne le temps de parler, j'ai dit… pas ici, dans un endroit calme, allons sur la plage, vous avez un peu de temps ?
Il n'y avait personne sur la plage, les restaurants étaient encore fermés, on est passés à l'arrière de La Mandragore, pour se mettre à l'abri du vent. J'ai raconté mon accident, Daniel, le chien, Marie, avec elle, exactement la même Chose qu'avec vous… Je m'embrouillais pour éviter de dire que Daniel ne s'était pas réveillé, et que Marie était morte. Je lui ai quand même dit l'essentiel, quand je vous ai vue, ça s'est reproduit, j'ai pensé, cette fois-ci, tu n'y couperas pas… des mots comme ça vous marquent, je ne sais pas ce qu'ils cachent, mais je ne me défilerai pas. Pourquoi vous ? pourquoi cette femme dont j'ai renversé l'enfant, vous avez d'autres enfants ? Non…
Elle gardait le silence, elle semblait ne pas vouloir entrer dans la conversation. J'ai attendu, les mains posées sur la balustrade, j'avais peut-être trop dit. La mer avait son bleu d'hiver, les vagues venaient frapper le sable, l'une après l'autre, sans fin, avec la même chanson, tiens prends ça ! et puis je me retire.
Je n'aurais jamais dû venir vous voir, j'ai été folle de croire que vous pouviez la guérir… Je n'ai jamais dit que j'allais la guérir. Je ne vous reproche rien, c'est moi qui suis folle, j'espère l'impossible, je rêve, je suis prête à croire n'importe quel charlatan, je vous demande pardon… elle s'est reprise, vous avez l'air honnête, vous,

mais avouez que… Elle ne terminait pas ses phrases. Je ne sais pas ce qui nous arrive, le père d'Émilie ne croit plus à rien, n'espère plus rien, on dirait que je suis seule à vouloir qu'elle vive, il y a des jours, c'est trop… Elle essuyait des larmes. Qu'est-ce que j'ai fait pour mériter ça ? Même s'il n'y a rien à faire, je ne peux pas la regarder et… Elle s'est caché le visage dans les mains, je ne peux pas, elle a répété.

J'ai attendu. Est-ce que vous croyez en Dieu ? elle a dit. Non… Quand est-ce que vous pouvez la revoir ? Je me suis mis à douter. Vous ne voulez plus la revoir ? Avec elle, je ne peux rien faire… mais essayons avec vous. Avec moi ?… essayer quoi ? Je ne sais pas, je suis un charlatan, je ne suis pas médecin… avec elle, je ne ferai pas mieux qu'eux. Il se passe quelque chose avec vous, essayons… Vous pensez qu'elle est malade à cause de moi ? Je ne sais pas… Vous ne pouvez pas dire autre chose que je ne sais pas ! elle s'énervait. Si vous avez quelque chose derrière la tête, dites-le !

J'ai attendu qu'elle se calme. Vous me demandez une chose impossible, j'ai dit. Je ne sens rien avec votre fille, mais avec vous il se passe je ne sais quoi… alors, je vous dis essayons. Mais essayons quoi ? Je ne sais pas… Expliquez-moi, parce que si je ne comprends pas, je ne peux pas vous suivre ! Elle repartait dans sa colère, qu'est-ce que vous voulez essayer ? Pour l'instant, votre mauvaise humeur… j'allais très bien, et depuis que vous êtes venue me voir, tout repart de travers, vous me ramenez en arrière, qu'est-ce qu'il y a à comprendre là-dedans ? Je peux reprendre ma moto et partir de mon côté, mais ça ne va pas m'empêcher de penser à vous… il n'y a pas un jour où je n'ai pas pensé à vous. Et moi, comment voulez-vous que je pense à autre chose, ma fille va mourir, guérissez-la et je ferai tout ce que vous voudrez… Non, pas ça ! Ça recommençait ! C'était diabolique, je ne pouvais pas lui dire que Marie m'avait dit la même chose ! Je ne pouvais pas non plus lui dire, je crois que c'est vous qui tuez votre fille… parce que ces mots me sont venus, insensés, dignes d'un fou. Je détestais ce moment, j'aurais tout donné, tout lâché pour repartir avec ma tronçonneuse, du bruit plein la tête, les oreilles bouchées.

Laissons passer quelques jours et revoyons-nous. Pourquoi faire ? elle a dit. Elle n'en sortait pas de sa colère, elle en était prisonnière, infestée. Demain, est-ce qu'on peut se voir demain ? Je ne sais pas, peut-être… à 13 heures si vous voulez, mais je ne déjeune pas et je reprends à 2 heures. Très bien, où est-ce qu'on se voit ? 12, rue Paul-de-Roubaix, c'est tout de suite après la gare, c'est mon cabinet, attendez-moi en bas.

Elle est partie sans un au revoir, un geste, rien que cette humeur mauvaise. Je me suis assis devant la mer, une vague et puis une autre et encore une autre, encore. Voilà, c'est tout simple, je la revois demain et puis… et puis, je verrai bien.

Le lendemain, j'ai vu une autre femme, le sourire un peu crispé, je m'excuse, hier je n'ai pas été agréable, qu'est-ce que vous voulez faire, vous voulez manger un sandwich, je prendrai un coca… Vous ne mangez pas ?

On a marché jusqu'à une terrasse, toutes les places au soleil étaient prises, on est entrés. Moi aussi je prendrai un coca. Je n'avais rien à lui dire, elle était dans son métier, dans son café, dans sa ville, elle était redevenue une de ceux-là à travers lesquels je glisse. Elle aurait pu se lever, au revoir monsieur. Je ne me forçais pas, je ne disais rien, je vidais mon verre par petites gorgées. Elle non plus ne disait rien.

Avec Marie, je m'asseyais comme ça devant Daniel. Là, c'était un café avec ses clients anonymes, rien à voir avec le Rialto. Est-ce qu'on allait passer l'heure à ne rien dire ? Pourquoi pas ? Les secondes tombaient dans un trou, et plus le temps filait, plus le trou grandissait entre nous, plus il serait difficile de reprendre contact.

Pire, elle ne me regardait plus, j'aurais pu ne pas être là… elle devait être comme quand elle était seule. J'aurais sans doute dû parler ou lui prendre le bras, ou bien hurler, prendre à témoin le serveur ou un voisin, oui, mais j'en étais incapable, je vivais une crise, sans les gesticulations, les effets visibles, un trou se creusait, et je tombais dans une absence, un anéantissement, mais c'était elle qui m'y plongeait, qui me tuait. Jamais je n'avais vu aussi clair, cette femme me tuait. Est-ce qu'elle ne tuerait pas aussi sa fille ?

Je pouvais la regarder, elle ne me voyait pas… d'habitude on sent un regard, on se retourne, il est pire qu'une démangeaison, à moins d'être endormi ou mort, et elle n'était ni morte ni endormie, c'est donc bien moi qui était mis hors jeu, supprimé, et je ne peux pas dire que j'en souffrais, le temps aussi glissait sur moi, cela ne

durerait pas, j'allais bien revenir dans le monde quand elle m'aurait laissé ou que je l'aurai laissée aller, je n'aurais pas su dire.
Est-ce que je m'accrochais à elle ? Oui et non. Encore un je ne sais pas qui l'aurait insupportée, mais vous ne savez donc jamais ! Non… Qu'est-ce que j'aurais dû savoir ? Qu'est-ce qu'on peut savoir dans un trou, coupé du monde, non… pas du monde, coupé d'elle qui me coupait du monde. J'avançais pas à pas, je découvrais, et ça en était une, de découverte, celle-là ! elle qui me coupait du monde. Pourquoi ? Peu importe… Elle qui me laissait comme Daniel, vivant mais coupé du monde.
Je la regardais, je lui trouvais une beauté, mais elle m'ôtait l'envie de la toucher. Une beauté inutile en somme puisque je ne la désirais plus. Plus ? Je n'ai jamais ressenti de désir, aucun, y compris quand la Chose nous est tombée dessus, quand elle nous a enveloppés. D'ailleurs, elle s'appelait Bulle, Bulle Bertrand. J'ai cru que j'étais amoureux, follement amoureux, un amour quasi divin, rarissime… mais je ne la désirais pas.
Que je ne ressente aucun désir me surprenait, mais à demi, le divin l'emporte, je pensais, l'humain viendra plus tard et n'en sera que plus grand, plus fou. Rien ne viendra ! rien du tout… il n'y avait rien de divin, rien qu'une femme qui me laissait mort-vivant, pour un peu agonisant, elle n'aurait pas fait la différence.
Un homme qui la connaissait est venu la saluer, il m'a demandé la permission, il s'est assis pour lui parler deux minutes, il a dit, un collègue, ils ont parlé d'une

circulaire du ministre qui les couperait encore un peu plus des patients. S'il n'avait pas parlé de couper, je n'aurais pas retenu. J'ai essayé de suivre, impossible, là encore, lui aussi me rejetait, deux ou trois regards et je n'existais plus. Il a encore demandé des nouvelles d'Émilie et puis il s'est levé et j'ai cru qu'elle allait partir avec lui. Est-ce qu'elle s'est souvenue... ou bien je ne sais pas... oui, je ne sais pas pourquoi elle m'a sorti de ma pénitence. C'est l'heure, il faut que j'y aille ! elle a dit. Je m'excuse je n'ai pas été très bavarde, c'était pas le bon jour... Elle m'a dit au revoir, et je l'ai vue s'éloigner. Je suis revenu dans le monde, dans le café, je me suis rempli de ce que je voyais, j'étais à nouveau là.

9

Je ne racontais rien à Marianne, elle était mon rempart. J'arrivais chez elle pris de fringale, je voulais son corps, la sentir contre moi, la pénétrer, sentir la vie en elle pour reprendre contact. Il fallait qu'elle reste à l'écart, que je sache qu'à tout moment je pouvais revenir et me retrouver en elle. Parce que j'ai commencé à avoir peur. Ce qui s'est passé avec Bulle, eh bien, il n'y a pas qu'avec elle.

Tout de suite après avoir quitté Bulle, mon premier rendez-vous est une femme et son estomac, je souffre trop, on ne me trouve rien... Je ne sais pas quoi lui dire, je perds le contact. Alors elle se met à regarder par la fenêtre, elle aussi ne me voit plus, et je me retrouve comme dans le café une demi-heure plus tôt, tétanisé. Au bout de je ne sais combien de minutes, elle se lève, bon, vous ne pouvez rien faire vous non plus, c'est peut-être pas la peine que je reste. Combien je vous dois ? Rien. Vous êtes toujours comme ça ? elle me demande. Peut-être, je dis... je voulais lui dire que peut-être son estomac ne la ferait plus souffrir, mais je ne savais pas. Peut-être que je voulais lui faire plaisir, seulement ça, qu'elle reparte légère. Je me sentais tellement coupé d'elle que je ne suis pas allé plus loin.

Je devais lui faire peur, je le voyais dans ses yeux. Je peux m'en aller ? Oui, allez-y.
Heureusement, le suivant était un homme. J'ai posé mes mains sur ses avant-bras, mon Dieu qu'ils étaient raides ! La plupart des hommes se raidissent à casser, ils ne s'en rendent pas compte. Puis j'ai posé mes mains quelques minutes sur son sternum. Et vas-y mon gars ! maintenant, tu peux repartir gambader, là, j'étais sûr de moi, avec lui, j'étais là, bien présent, c'était moi qui aurais dû payer.
En fin de journée, je suis passé voir ma grand-mère. Je lui ai massé les pieds, elle en soupirait la pauvre, ses orteils se bousculent, se grimpent dessus comme des chiens. Elle m'a dit, il faut que vous reveniez plus souvent monsieur, parce que les infirmières me font trop souffrir, ils doivent manquer d'infirmières alors ils prennent des pauvres filles.
J'ai encore eu un rendez-vous et puis je suis passé voir Josiane. Elle n'était pas seule, j'aurais dû rebrousser, c'est bon je vous laisse, non tu restes, elle m'a quasiment assis, je te présente Viviane, pas mal du tout, ça partait bien, j'allais lui faire la causette et plus si affinités, et là, le néant m'est retombé dessus, je vais l'appeler comme ça, la Chose à l'envers, la chaussette qu'on retourne. Je me comprends…
La même absence, la pareille, comme avec Bulle dans l'après-midi… Je vous laisse, je vais coucher les enfants, a dit Josiane, elle est passée derrière le paravent, elle était là tout près, on l'entendait qui les calmait, l'un après l'autre, les amenait à la nuit. C'est vous le guérisseur ?

Oui. Josiane m'a parlé de vous. C'était fait ! Je ne trouvais rien à dire à cette femme… elle venait de me renvoyer dans mon vide, plus de contact, rien.
Le temps s'est étiré jusqu'au retour de Josiane, elle est revenue, elle a tout de suite senti, qu'est-ce qu'il y a ? ça ne va pas ce soir ? elle m'a demandé. J'ai haussé les épaules, ça, je pouvais encore. Et là, je l'ai senti nettement, l'autre la prenait, la tirait à elle, et je me suis retrouvé seul, abandonné… au milieu des tempêtes.
Ces mots me sont venus, ça ressemble je me suis dit, et je me suis souvenu… échevelé, livide, au milieu des tempêtes ! ma mère avait le livre, elle voulait que je l'apprenne par cœur, c'est bon pour ta tête, elle disait, quand je me sentais minable après une crise. Quand tu perds ton sang, il faut manger de la viande, quand tu perds ta tête, il faut manger des mots, il n'y a rien de mieux que ceux-là.
Ça lui venait de son père, celui qui lui avait passé le don, il pouvait réciter pendant des heures, il s'était sauvé comme ça quand il était au camp, tout Hitler qu'il était, l'autre n'avait pas pu lui enlever ses mots.
Mais moi, je n'ai pas de mémoire ! échevelé, livide au milieu des tempêtes, Caïn se fut enfui… oui, c'est ça, c'est Caïn ! l'œil était dans la tombe et regardait Caïn !
Maintenant je m'en foutais, la Viviane pouvait m'exclure, j'avais ces quelques mots, je n'étais plus tout à fait vide, je n'avais pas la force de partir mais cette pute ne me baiserait pas, parfois, je croisais son regard, elle devait me détester, qu'est-ce que je lui avais fait ?

L'œil était dans la tombe et regardait Caïn… lorsqu'avec ses enfants vêtus de peaux de bête, échevelé, livide, au milieu des tempêtes, tu peux me regarder connasse ! tu peux te la garder ta Josiane, elle aussi me tourne le dos maintenant ! avec tout ce que je fais pour elle ! elle me laisse comme une vieille chaussette, tout retourné, je ne serai pas là pareil… échevelé, livide, au milieu des tempêtes, Caïn se fut enfui. Je réussis à me lever, j'y vais, je suis crevé, je dis. Reste avec nous, on va manger. Non, je suis crevé, échevelé, livide, la tempête, tout le bordel, je rentre, bonsoir !
Dehors, c'était calme, des mouettes gueulaient au loin du côté de la mer. Je respirais, je l'avais échappé belle. Et surtout, tout seul ! Je n'avais pas attendu que l'autre se lève et me laisse. Parce que j'aurais pu attendre toute la soirée, parce qu'elles vont picoler ! J'étais bloqué là pour plusieurs heures, j'en serais sorti lessivé. Tout seul, je m'en suis sorti, échevelé, livide peut-être, mais la nuit était douce, et moi, j'étais tout neuf, tout frais.
J'ai aperçu de la lumière chez mon père, ils regardaient. J'ai frappé, entre ! Ils étaient au pieu, je m'en foutais. T'as encore le livre ? je lui ai demandé. Quel livre ? Hugo, ça ne lui disait rien, bien sûr, chez lui, ça ne lisait pas, et lui, je ne suis pas sûr qu'il ait jamais lu un livre. Je m'en foutais, je savais où il était, à moins qu'il l'ait balancé avec les fringues.
Je me suis accroupi, c'était tout au fond du placard, j'ai passé la main, je l'ai senti, reconnu, je l'ai. *La Légende*… et aussi *La Fin de Satan*. Ah, celui-là ! il a dit, qu'est-ce que tu veux en foutre ? Je te l'emprunte. Garde-le…

Il l'avait prise la Karine ! d'abord j'avais pas vu, la culotte, le jeans, le tee-shirt, le soutien, ils avaient commencé autour de la table, il l'avait déshabillée, là, un peu mangée, peut-être tout à fait, *La Légende*, tu parles s'il s'en foutait ! Je suis content qu'il ne l'ait pas bazardé.
Ils allaient bien ensemble, c'est sûr, il n'a pas osé éteindre la télé quand je suis entré, il aurait eu l'air de quoi devant Karine ? C'est bon, je ne vous embête plus, j'ai dit. Je lui ai tiré son petit sourire, l'œil était dans la tombe et regardait… mon père s'en foutait.
Je suis rentré chez moi et j'ai lu et relu le poème. Je vais l'apprendre par cœur… Trois fois aujourd'hui, je me suis retrouvé dans une tombe. Je n'ai pas tué Daniel, c'était un accident, et avant, personne je le jure, je ne suis pas Caïn ! Je me suis endormi en récitant ce que mon cerveau voulait bien retenir.
Bulle m'a appelé, en larmes, Émilie venait d'être hospitalisée, elle quittait l'hôpital, je ne sais pas pourquoi je vous appelle, si vous pouvez faire quelque chose, je vous en prie, je vous en supplie, faites-le.
Ce n'était plus la femme que je connaissais, ses larmes m'en arrachaient d'autres, aidez-moi, elle aurait été là, devant moi, je lui aurais pris les mains, elle est dans la chambre 302, passez la voir, elle vous réclame. J'ai dit oui, c'était une folie de croire encore, mais à une voix pareille, j'aurais dit oui à tout. Aujourd'hui, je ne peux pas, dites-lui que je passerai demain. Quand vous voudrez, mais faites vite, demain à quelle heure ? 2 heures. Très bien, j'y serai.

Le lendemain à 2 heures, je poussais la porte de la 302, Émilie dormait, la voir les yeux fermés m'a glacé, elle me rappelait Daniel et, surtout, le regard de Bulle m'a pétrifié. Je m'attendais à retrouver la femme que j'avais eue la veille au téléphone, moins les pleurs, mais la même émotion, la même chair si je peux dire, rien du tout, c'était l'autre, la femme du café, l'œil mauvais, elle avait réussi à me faire venir, maintenant elle m'assassinait, elle ne me laissait pas l'approcher, ni elle, ni sa fille.

J'aurais dû partir tout de suite, sans un mot ou seulement, vous êtes folle. Elle me dépossédait, je n'avais plus aucun pouvoir, je redevenais le Freddy qu'on ne voyait pas tout au bout du comptoir. J'aurais dû lui demander de sortir, laissez-moi seul avec Émilie, les mots me venaient, je savais, mais elle m'a stoppé net, elle refusait. Alors, il me revint ces mots, *sa femme fatiguée et ses fils hors d'haleine lui dirent, couchons-nous sur la terre, et dormons… ayant levé la tête, au fond des cieux funèbres, il vit un œil, tout grand ouvert.* Je ne voyais rien d'autre que l'œil de cette femme, il me fixait. J'étais trop près moi aussi. La fuir, je ne pouvais pas. Alors, quoi faire ? Les mots ne m'aidaient plus face à elle… Je ne peux rien faire, j'ai dit. Son œil était terrible, je suis reparti avec.

Dans la soirée, elle m'a rappelé, c'est moi… et puis le silence. Je l'entendais respirer, je voyais son œil *dans les cieux mornes. Cachez-moi cria-t-il, et, le doigt sur la bouche, tous ses fils regardaient trembler l'aïeul farouche…* Ici, dans cette même pièce, avec elle, j'avais ressenti la chose la plus précieuse, peut-être la main de... Dieu! l'émotion à l'état pur, non souillée, alors je ne tremblerais pas... venez, je vous attends, elle a dit. Où ça? Où vous voudrez. Sur la corniche, j'ai dit, le parking de la plage des Galets. Très bien, je peux y être dans vingt minutes.

J'étais fou, je lui donnais rendez-vous à l'endroit même où j'avais eu l'accident. Je me suis servi un whisky, pas pour me saouler, pour dire je m'en fous, je vous emmerde, tous les bien-pensants de la terre et d'ailleurs. J'ai rendez-vous avec... peu importe, avec je ne sais quoi qui me dépasse.

Je suis passé devant le Rialto, Marianne avait terminé son service, mais peut-être qu'elle traînait encore. J'avais rendez-vous... Il n'y avait pas un chat dans les rues. J'ai reconnu la Golf de Bulle, elle était déjà là. J'ai béquillé la moto derrière la voiture. J'ai jeté un œil, c'était bien là, un an auparavant, une éternité.

Bulle attendait dans la voiture, elle fumait. Attendait-elle que je vienne m'asseoir près d'elle? Je l'ai laissée pour marcher jusqu'à l'endroit. À ma droite, j'entendais la mer qui cognait les galets, cogne! La nuit était noire, sans étoiles, je marchais comme un fou, j'imagine que les fous sont poussés par une force, une idée qui les possède, je n'étais plus rien qu'une idée, je voulais revoir, je marchais, j'apercevais la grille par où le chien avait jailli, j'entendais des pas derrière moi, Bulle sans doute, tu viens si tu veux, je m'en fous, les voitures envoyaient leurs phares, je voyais son ombre me dépasser, s'allonger jusqu'à disparaître, les ombres ne savaient pas, Bulle

pas plus, viens si tu veux, je marchais, qu'est-ce qui aurait pu m'arrêter ?
Je suis arrivé devant la grille, la maison était dans l'ombre, il n'y avait personne, je ne retrouvais rien, je ne me souvenais que de ma visite, plus tard, quand j'ai vu Marie pour la première fois, tout ça était mort, rien ne viendrait de ce côté-là, mais c'était bien que je sois venu et que je le sache, rien… Je me suis retourné, Bulle était là, tout près de moi. Qui habite là ? Elle est morte. C'est qui ? Une femme avec qui j'ai vécu la même chose qu'avec vous. Elle est morte ? Oui… On ne vit jamais deux fois la même chose, elle a dit. Ne restons pas là, j'ai dit.
Il y avait une allée qui menait à la mer, on l'a prise, on s'est enfoncés dans l'obscurité, la vraie, la noire. Je n'étais jamais venu là. De quoi elle est morte ? elle m'a demandé. Je ne sais pas. Vous l'aimiez ? Plus que ça. C'était étrange de m'entendre dire ça dans l'obscurité près de la maison où Marie avait vécu, j'ai continué, je n'ai jamais aimé que cette femme… et je ne suis même pas sûr que c'était de l'amour. C'est quoi qui nous est tombé dessus ? Elle n'a rien dit, je n'entendais que nos pas. J'aurais pu mourir sur cette route et je n'aurais rien su. Vous auriez pu ne jamais venir chez moi… je n'aurais eu que mon rêve, j'aurais pensé que mon cerveau avait tout fabriqué. Pourquoi êtes-vous venue ?
On apercevait la mer, moins noire que notre chemin. Je marchais devant, sûr de moi pour une fois, elle ne me baiserait pas, elle ne me balancerait pas, quoi qu'elle fasse, je suis vivant et personne, plus personne, je ne laisserai plus à personne le droit de me traiter comme

un chien, de me marcher dessus, de me laisser au bout du comptoir, qui que tu sois, tu viendras à moi ou tu foutras le camp, mais je ne te laisserai pas me piétiner.
On a rejoint le chemin des douaniers, à l'arrière des propriétés, on a longé la mer. Un jour Marie est venue là, un jour Marie a été envahie par la Chose et elle n'a rien voulu savoir. Alors, je dis à Bulle, qu'est-ce que vous comptez faire ? Ce n'est plus moi, c'est elle qui est toute ratatinée, minuscule. L'écume éclairait les rochers. Je ne peux rien pour votre fille, c'est peut-être vous qui la tuez… Vous êtes fou… Peut-être, mais moi je ne fuis pas. Je pourrais vous dire, dormez tranquille je vais la guérir, vous me croiriez ou pas, c'est facile. Je n'ai pas fait d'études comme vous, je ne sais rien de rien. Un jour, un type s'est servi de moi, il pissait le sang, il se vidait, il a pris ma main et l'hémorragie s'est arrêtée. Il ne voulait pas mourir. Vous, je vous tends la main et vous ne la prenez pas.
Je suis allé trop loin, avec des mots assassins. Je me vengeais, elle payait pour tous les autres. Je pouvais encore lui demander pardon, mais la haine est féroce, sans pitié. Elle aussi, elle pouvait…
Voilà, je m'y suis jeté tout seul dans la fosse, j'y retrouvais Caïn, tu le vois ? Oui, l'œil était dans la tombe et nous regardait. La mer cognait, l'écume recouvrait les rochers. J'ai froid… J'ai entendu ces mots, je me suis retourné, j'avais oublié qu'elle était ce bout de chair, cette voix, un être comme moi. Je lui ai passé mon blouson. Je vous ai dit des choses affreuses, non ? Oui. Je vous demande pardon. Enfin, j'ai pu le dire.

On a encore marché le long du chemin, par endroits c'était rien que des rochers, elle allait devant moi, une femme perdue dans une veste d'homme, des cheveux de femme, un cul de femme, des pieds de femme. Je venais de la meurtrir, il y a tant de façons. Elle était venue me trouver et elle n'avait pas été comme j'aurais voulu. Est-ce que tout venait de là ? Non, non, je ne suis pas seul dans l'histoire, elle était folle elle aussi, elle devait avoir ses raisons. Une femme normale ne m'aurait pas tenu à l'écart, elle m'aurait parlé, elle m'aurait demandé, qu'est-ce que vous avez, ça ne va pas, qu'est-ce que vous avez ?
On est arrivés, elle a pris une cigarette dans la voiture. Vous voulez ? On a fumé, adossés à la voiture, face à la mer. Vous voulez peut-être votre blouson ? Non. J'ai cru que vous me détestiez, alors je me suis défendu, j'ai dit. Vous ne vous êtes pas trompé, je vous déteste, et peut-être même que ce que vous m'avez dit est vrai… si je veux la mort d'Émilie, c'est terrible… mais pas impossible. Oubliez ça, j'ai dit. Non. Quand elle est née, je l'ai détestée, jamais je n'ai haï quelqu'un comme elle. Je devenais folle, je ne lui donnais plus à manger, je partais dans les rues, on a dû me la retirer. Et puis, c'est passé, j'ai cru que c'était terminé, mais je crois que vous avez raison. Non, méfiez-vous de moi, je ne sais pas pourquoi j'ai dit ça… Mais moi, je sais, ça me parle. Je boirais bien quelque chose, vous avez du temps ?
Je ne comprenais pas cette femme, la même qui me rejetait devenait aimable. Elle a repris sa voiture, je l'ai suivie. Elle ne voulait pas des cafés, trop ouverts sur la

rue. Ça vous dit de manger une pâtisserie ? On est entrés dans un restaurant, on voudrait seulement le dessert. La serveuse nous a déshabillés... là, cette table, ça vous ira ?
Bulle a commandé un armagnac et un gâteau au chocolat, pour moi ce sera une bière et une crème brûlée. Vous ne voulez pas un alcool ? Je ne lui ai pas donné la raison, elle ne saurait rien de moi, le minimum.
Elle portait des vêtements de prix, un collier de pierres bleues, elle devait aller régulièrement chez le coiffeur, pas de bague, pas de boucle d'oreille, de jolies mains, les ongles faits, les yeux noisette qui n'hésitaient pas à se laisser regarder.
On est restés sans rien dire et j'ai craint le pire, l'aimable avait déjà disparu de son visage, et il me semblait que les muscles du mien étaient moins souples que d'habitude, est-ce que je lui dis ce qu'il faut faire si j'ai une crise ? Je n'avais plus mon assurance du bord de mer, j'étais au bord du précipice.
La serveuse a apporté l'armagnac et une Leffe. Bulle a bu tout de suite. Si c'est moi qui la tue, qu'est-ce que je peux faire ? Elle n'attendait pas de réponse. C'est un curé que j'aurais dû aller voir, un exorciste ! Elle en a ri et elle a bu pour la deuxième fois. Elle buvait rapidement. Vous aimez l'alcool ? Oui. Elle l'a dit sèchement.
Les pâtisseries sont arrivées, on a commencé à manger. Je ne l'ai pas vue vider le verre, elle en a commandé un autre. Vous voulez une autre bière ? Oui. Vous m'excuserez, je vais fumer une cigarette. Elle est sortie, je la voyais dans l'encadrement de la fenêtre, elle fumait tranquillement.

Quand elle est revenue, elle s'est lampé une gorgée, elle m'a demandé, vous avez des enfants ? Une fille de quatorze ans… ça ne l'intéressait pas. Si je disparais, est-ce qu'elle vivra ? Elle buvait comme elle mangeait. Je n'attends rien de la vie, j'en ai assez vu, c'est la même chose qu'il y a trente ans, cinquante, cent cinquante, rien ne change, vous n'êtes pas de mon avis ?… disons que si je lui sauve la vie, on pourra dire que j'ai servi à quelque chose, non ? Non… Pourquoi ? Toute mère donnerait sa vie pour épargner sa fille… je ne comprends pas que je n'y aie pas pensé plus tôt, je l'offre à Dieu, au diable, peu importe, je m'en débarrasse, je sauve ma fille, je la débarrasse… Elle a eu un méchant petit rire, elle a fait signe à la serveuse, un autre ! Maintenant, je sais pourquoi je suis venue chez vous, vous voulez soulager les gens et moi, je vous colle ma mort sur la conscience… Vous êtes saoule, j'ai dit. Pas encore, je m'échappe. J'ai saisi le verre qu'apportait la serveuse, elle a assez bu. Elle me l'a arraché, moitié renversé. Vous pouvez me laisser maintenant ! je n'ai plus besoin de vous. Alors, je me suis levé et je suis parti.
Il était encore tôt, j'ai appelé Marianne, elle n'a pas répondu. J'ai passé une sale nuit, ni vraiment réveillé, ni endormi. Cette femme ne me laissait aucune place, elle me paralysait. Une autre, je l'aurais ramenée à la raison. Elle, elle s'emparait de mon idée et me la renvoyait à la figure. Vous me dites que je tue ma fille, très bien, je vais me supprimer, vous l'aurez voulu ! Toute la matinée, j'ai attendu son coup de fil ou un message, et puis l'après-midi. En fin de journée, je l'ai rappelée.

Venez me voir. Non, vous ne m'aurez pas comme ça, elle a dit. Pourquoi vous refusez que je vous aide ? C'est trop tard… elle a raccroché. J'ai rappelé. Elle n'a plus répondu.

Le lendemain, j'ai rappelé. Le lendemain soir, je suis passé à l'hôpital, Émilie m'a accueilli avec le sourire. Tu te souviens de moi ? Oui, c'est toi qui a les mains chaudes, je pense à toi tous les soirs. Ta maman est venue te voir ? Non. Elle t'a appelée ? Non. Émilie m'a donné une adresse, je m'y suis rendu, ce n'était pas la bonne.

Je suis passé à la gendarmerie, j'ai expliqué, le planton m'a dit qu'il ne pouvait rien faire. Je suis retourné à l'hôpital, il était tard, on ne m'a pas laissé entrer. Je suis retourné rue Vaillante, j'ai fait tous les numéros, j'entrais dans les immeubles, je me tapais les boîtes aux lettres. Pas de Bulle T. J'ai recommencé. Je l'ai trouvée au 82, troisième étage D, je suis monté, j'ai sonné. Rien. J'ai appelé. Rien. J'ai sonné chez le voisin, un nain m'a ouvert, qui ne comprenait rien, oh ! mais vous savez si on commence à s'occuper des affaires des autres, on n'a pas fini.

Je suis redescendu, j'ai appelé les pompiers, il était 11 heures, je les emmerdais, ils ne pouvaient rien faire… Alors j'ai inventé, je suis un ami, on avait rendez-vous, c'est pas normal, sa voiture est sur le parking. Je crache le morceau, elle ne va pas bien, j'ai peur qu'elle ait fait une bêtise. Elle a sûrement d'autres amis, vous les avez appelés ? Je ne les connais pas. Ils me coincent, ils n'ont pas envie. Ils ont peut-être raison, elle est peut-être bourrée au fond de son lit. Qu'est-ce que je suis allé ouvrir ma gueule, lui dire qu'elle tuait sa fille. Je suis fou !

Je ne dis pas la nuit ! À 9 heures, je suis à son bureau, je sais où il est puisqu'elle m'y a donné rendez-vous. C'est un cabinet, ils sont trois médecins à se partager l'étage. La secrétaire me regarde en coin, non elle n'est pas encore arrivée, oui elle sera là dans la matinée, c'est pour un rendez-vous ? Non, c'est personnel, je suis un ami. Un ami ? Oui je me suis occupé d'Émilie. Vous êtes médecin ? Non. Il n'y a rien à faire, je ne lui plais pas.
Un des collègues de Bulle vient à ma rescousse. Je pue un peu moins. Mais il me garde à distance. J'apprends que la veille elle n'est pas venue et qu'elle ne répond pas aux messages. Je raconte que sa voiture est sur le parking, et que j'ai appelé les pompiers. Vous n'avez pas un double des clés ? je demande. Non. Et son mari ? Ils se regardent, qui est-ce qui l'appelle, pile ou face, c'est le collègue, il rentre dans son bureau.
J'apprends qu'elle ne vit plus avec son mari depuis un an, que la leucémie d'Émilie l'a démolie. L'autre revient, le mari passera voir dans la journée. Mais c'est peut-être urgent, je dis… je jette le trouble mais personne n'en veut, ne dramatisons pas. Je n'ai plus qu'à repartir, je suis de trop, il n'y a plus qu'à attendre le mari, je laisse mon téléphone, je vous promets que je vous appelle dès que je sais quelque chose. C'est très aimable à vous, mais c'est la moindre des choses, il faut que je dégage, au revoir, la secrétaire me raccompagne à la porte, le téléphone sonne, oui, au revoir.
Je reprends la moto. Je fais un détour pour passer devant l'immeuble, je ne m'arrête pas, je n'ose plus penser, ce ne sont que des horreurs qui me viennent. Mon rendez-

vous m'attend, une blonde qui ne dort plus, je m'excuse, j'ai une amie qui ne va pas bien, je dis. Elle comprend, elle a été opérée d'un cancer à l'utérus, personne va bien, tous ceux qui viennent ici ont un pied dans la tombe, je la regarde et je ne sais plus, je la vois morte elle aussi, je pense à Bulle forcément, j'ai envie de repartir, de défoncer sa porte. Je ne peux rien faire pour cette femme, je ne suis pas en état. Je ne peux pas lui dire ça… du calme Freddy.
Je reprends ma boîte à parfum, je la lui tends pour qu'elle respire. Ça vous plaît ? Oui, c'est très spécial. On parle parfums. Qu'est-ce que j'ai à me préoccuper de mon état ? En état, pas en état, de toute manière ce sont eux qui guérissent, pas moi ! je fais la farce, je ne fais rien d'autre. Ce serait insupportable de se voir dans une glace, et l'autre en face, l'image te dit, réflexion faite je vais te guérir… ou bien le contraire, cette fois-ci, mon vieux, c'est la bonne, on va aller à l'abattoir, t'es prêt ?
Alors je dis, l'utérus, oui… toute chiffon qu'elle est cette femme, c'est probable qu'elle s'en tire, tant mieux, un jour je la croiserai à Casino, elle viendra vers moi, vous me reconnaissez ? Je dirai oui, pas sûr, elle me dira, vous permettez que je vous embrasse, vous m'avez guérie. Ça m'est arrivé la semaine dernière, une femme qui m'a refilé un peu de son bien-être. Je l'ai savouré comme un bonbon, je l'ai fait durer tant que j'ai pu, alors l'utérus oui… je vais lui prêter mes mains et que votre volonté soit faite, je me suis mis à réciter un Notre Père qui êtes aux cieux, que votre volonté soit faite sur la terre comme au ciel. Donnez-nous aujourd'hui…

Jamais je ne récite, seulement les mains, jamais je ne fais appel à Dieu. Pour Daniel, je l'ai fait…
Pourquoi suis-je allé dire à cette femme qu'elle tuait sa fille ? À moins que ce soit elle qui me l'ait suggéré, soufflé, vas-y dis-la-moi, la vacherie ! Mais c'est un peu facile, je m'en lave les mains, démerdez-vous. Si elle a fait une connerie, c'est moi qui suis responsable… Voilà, je suis reparti à penser affreux.
Toute la matinée, j'ai attendu le coup de fil, et puis le déjeuner, enfin, je l'ai eu, je suis la secrétaire du docteur Touvenel, dès le premier mot, j'ai su. Elle s'est mise à pleurer, combien elle regrettait de ne pas avoir appelé son mari la veille, tout de suite. Elle m'emmerdait, ses regrets éternels, j'ai dit, je vous remercie de m'avoir appelé, mais c'est la moindre des choses, oui merci, merci.
La police m'a appelé, la secrétaire a donné mon nom, vous pouvez passer au commissariat ? Quel était votre lien avec madame Touvenel ? Vous avez passé la soirée de lundi avec elle, elle a bu, vous l'avez quittée au restaurant… Est-ce qu'elle avait l'habitude de boire ? Si elle avait bu, pourquoi l'avez-vous laissée seule ? L'inspecteur se faisait un film. Mais tout ce que je peux te dire n'expliquera rien, le reste… c'est mon secret.
Je suis allé à l'enterrement, et j'ai vu le mari… oui pourquoi pas, ils allaient bien ensemble, je les imaginais, mais je savais déjà trop, alors j'imaginais la rupture, arrête de boire ! je t'emmerde ! C'est peut-être lui qui a commencé à la tuer, ou bien elle qui s'est servie de lui comme elle s'est servie de moi. J'ai vu ses sœurs, son

père, sa mère, du beau linge, et puis les collègues, la secrétaire et les autres, les restes d'une vie, ils vont la trimballer dans leur tête, moi aussi. Elle est morte pour sauver sa fille, en temps de guerre, on l'aurait décorée, pour tous, elle restera une femme au bout du rouleau qui n'a pas supporté… Je suis reparti de l'église l'humeur méchante, elle laisse du désordre, rien qui est à sa place, je me suis dit.

Je n'en sortais pas, sur ma moto, tout le trajet, du désordre je pensais, une pièce en bordel, la vaisselle pas faite. Je la revoyais quand elle était venue la première fois, j'étais tellement surpris… cette fois-ci tu n'y couperas pas ! J'ai cru que j'allais vivre avec elle l'histoire que je n'avais pas vécue avec Marie, l'histoire de ma vie, celle qui me changerait, j'ai cru qu'elle m'ouvrirait au monde, que je la tiendrais dans mes bras, que j'avancerais avec elle, que tout deviendrait simple. Et puis non… un sale désordre.

J'ai pris tout ce qui me tombait sous la main et je l'ai fourré dans la machine à laver. Je ne supportais plus mon canapé, les draps, les rideaux, mes trois chaises, j'aurais bien tout jeté, je vais le faire, ça ne changera rien, mais l'œil glissera autrement.

Josiane a débarqué. Aide-moi, s'il te plaît. Qu'est-ce que tu fais, tu le jettes ? Oui. On a sorti le canapé, ça ne pouvait pas attendre. Je le prendrais bien, si j'avais de la place. Oui, mais t'as pas de place ! Je ne voulais plus le voir, ni chez moi, ni chez elle, plus le toucher, on l'a transporté au bord de la route, avec un peu de chance, quelqu'un l'embarquera.

On a déplacé la table, les chaises, c'était déjà mieux. J'aurais bien jeté davantage, mais quoi ? Martine ne m'a pas fait de cadeau, elle ne m'a laissé que notre désordre, j'ai vécu dans notre saleté, je ne veux plus rien, plus rien… J'aurais bien tout vidé, là, tout de suite. Mon rendez-vous est arrivé, la machine à laver tournait, entrez, excusez-moi, c'est un peu le déménagement.
Celui-là j'allais le guérir, c'est sûr, le débarrasser. Qu'est-ce qui ne va pas ? Mes pieds me brûlent, le dessous des pieds, je n'arrive plus à dormir. Vous avez vu un docteur ? Bulle était dans sa caisse… L'hôpital vous a fait un prélèvement et on vous a dit que c'est une attaque du système nerveux, je répète ce qu'il me dit. De quoi je me mêle ! de toute façon je n'y comprends rien, tout ce que je sais moi, c'est qu'il faudrait le passer à la machine à laver celui-là aussi, m'explique pas, tu parles trop, je ne sais pas comment l'arrêter, alors je ne l'écoute plus, j'opine du chef, oui bien sûr, est-ce qu'il veut guérir ?
Je me suis encore fait piéger, j'ai cru que j'allais le débarrasser… jamais croire !!! S'il guérit, je n'y suis pour rien ! il faut que je m'y tienne… Eh bien, on va les regarder ces pieds… Vous me les montrez ? La machine tournait, j'allais tout vider, tout, et sans tarder.
Je suis allé déjeuner au Rialto, Marianne prenait le service et je l'ai trouvée belle. Je te ferais bien l'amour, là, tout de suite, je lui ai dit. Arrête, tu vas me donner des idées.
Marco est arrivé, tu manges ici toi ? il m'a dit. Il s'est assis en face de moi, qu'est-ce que tu manges ? La blanquette. C'est une idée, il a dit. Il se désolait de n'avoir

toujours pas de femme, à midi ça va encore, mais sur le soir la solitude devient lourde. Ça devait être bien le bordel chez lui aussi. Je regardais Marianne, j'avais de la chance, elle me regardait elle aussi, on pensait à la même chose.
Je suis allé boire mon café au comptoir, j'ai dit à Marco, je suis pressé et à Marianne, je te trouve très belle. Ça va être long jusqu'à ce soir, elle a dit. C'était des mots lancés quand elle passait près de moi, je suis reparti avec. Le voilà le bon ordre, j'ai pensé, je te veux, tu me veux. Je n'ai plus pensé qu'à ça et l'après-midi en a été moins long.
À 5 heures, j'ai reçu un SMS, très envie de toi. Tes seins dans ma bouche, je lui ai répondu. A suivi une série de plus en plus chaude… fais-moi jouir, je te fais jouir, il n'y a aucun désordre là-dedans, c'est même peut-être le seul ordre qu'elle supporte, dame nature. Celui qui parle de désordre amoureux est foutu à l'envers ! tout biscornu… c'est le seul ordre, le seul.

10

J'aurais pu déménager, prendre un appartement en ville, j'y ai pensé, mais je me sentais bien là, à côté de mon père et de Josiane, la moto y allait toute seule. J'ai tout remplacé à l'intérieur du mobil-home et c'était bien comme ça. Lucie ne pleurait plus, mon père roucoulait, le matin il repartait sur sa nouvelle moto, Karine l'avait fait embaucher dans son entreprise, Josiane parlait moins de Nanar, Marianne me plaisait. Mes crises… ça restait le point noir. J'en ai encore fait deux autres, des minis, moins violentes, toujours chez Marianne, personne d'autre qu'elle sait.

Après la première crise, elle m'a demandé, à qui est-ce que tu parlais ? À personne… je ne me souvenais pas d'avoir parlé. Tu répétais, non je ne veux pas ! tu hurlais, je ne suis pas arrivée à comprendre la suite. Aucun souvenir… Après la deuxième, même chose. Je crois que tu parles à Dieu, elle a dit. À Dieu ? Qu'est-ce que j'ai dit ? Que tu veux prier, ou bien que tu ne sais pas prier. Allons bon, voilà autre chose !

Que je parle à Dieu ou que je bave, ça ne changeait rien pour moi… que j'ai cru ! Parce que quelques jours plus tard sur la plage, après le déjeuner j'ai pris l'habitude de marcher une petite heure les pieds dans l'eau, j'étais

dans mes pensées, je revenais, quand j'ai aperçu un drôle de type, une barbe pas comme les barbes qu'on peut voir dans la ville, d'où il vient celui-là, on dirait un moine, qu'est-ce qu'il fout là ?
Plus je le détaillais, plus il avait l'air d'un moine sans sa soutane, un qui n'avait pas l'habitude d'être en pantalon et chemise, avec aux pieds des brodequins, un modèle qu'on ne voit plus depuis des années, et puis un sac à dos posé sur le sable, une vieillerie aussi, en toile beige, sorti d'un stock de l'armée, à moins que ce soit un légionnaire, j'ai pensé, oui ça collait aussi un légionnaire, ils portent de ces barbes. J'ai croisé son regard, je me souviens très bien, il a sûrement lu que je pensais à lui, j'ai même cru qu'il allait me parler. Mais non, on n'a fait que glisser.
Le lendemain, j'espérais le trouver à la même place, il n'y avait plus que le sable, et la mer qui se marrait, elle se foutait de ma gueule. Tu croyais qu'il allait t'attendre ? Pourquoi t'es pas allé vers lui ? J'ai repris la moto et j'ai filé à l'église.
L'air était frais à l'intérieur, et doux, et silencieux. J'étais seul, je me suis arrêté à l'écart devant une vierge tenant un enfant. « Vierge à l'Enfant », j'ai lu sur le socle, parce que l'enfant n'était pas encore le Christ ? Je me suis assis. Sur l'autre mur, il y avait un grand Christ en bois noir, sur sa croix.
Je regardais la Vierge tenant son enfant, toutes les femmes tiennent leur enfant comme cela, ma mère m'a tenu, Daniel a été tenu, Émilie. La dernière fois que je suis venu ici, Bulle était dans l'allée centrale, dans sa caisse, raide, finie, c'était encore tout frais dans ma mémoire.

Les souvenirs revenaient, mais rien de plus. J'étais venu ici avec l'espoir… l'espoir de rien, mais tout de même on ne sait jamais ! si pendant mes crises j'essaye de m'adresser à Dieu, c'est bien que dans les profondeurs, il se joue quelque chose, non ? Rien ?
Rien du tout, il se jouait. C'est quoi ce monde pour qu'on en revienne toujours à ce rien ? Quand je ne serai plus rien, moi aussi dans ma caisse, ici au milieu de cette allée, est-ce que j'en saurai davantage ?
Et puisque rien ne change, quoi qu'on fasse, que je sois ici ou à boire une bière au Rialto, ou entre les cuisses de Marianne, j'aime autant être entre ses cuisses.
Ce don qui m'est venu, pourquoi à moi qui n'en voulais pas, et maintenant quoi en faire ? J'ai cru à un signe quand le chien m'a sauté dessus, dans mon rêve, et puis avec Marie, et puis Bulle… Elles sont mortes toutes les deux, je leur ai dit des choses terribles. J'ai cru qu'il fallait que je les dise. J'ai été fou…
Peut-être que je devrais aller trouver un prêtre, mon père, je veux me confesser… Est-ce que ça ne suffit pas que je le dise ici, tout bas devant cette vierge ? Si j'ai péché, pardonnez-moi, je n'ai voulu que leur bien. Non, je mens ! J'ai voulu les aimer, est-ce un crime ? Un péché ? J'ai cru que la pluie qui nous tombait dessus, cette grâce, cette Chose, était sacrée, qu'une main nous désignait. J'ai cru, c'est une faute, quand il n'y a rien à croire. J'ai cru qu'enfin le moment était venu, que j'allais pouvoir aimer.
Si je dis ça à un prêtre ou à quelqu'un de sensé, j'ai cru que Dieu me faisait un signe, je vois déjà la tête ! Pour-

tant ce n'est pas plus fou que de croire que le corps du Christ est dans l'hostie, ceci est mon corps, c'est dans mon corps, moi, que j'ai ressenti, et je n'ai pas été le seul. Oui, mais Marie n'a rien voulu m'en dire, seulement que ça n'a pas d'importance. Est-ce que ça lui était déjà arrivé ? Joseph dit à Marie, quoi !!! Ça ne me fait plus rire… alors rien ? Pourtant je guéris des malades… c'est pas rien, ça doit marcher puisqu'il y en a de plus en plus qui viennent. Ça n'a pas d'importance ? D'accord… ça n'a pas d'importance.

Je suis sorti de l'église avec ces mots… *Depuis quatre mille ans il tombait dans l'abîme… il cria : Mort ! les poings tendus vers l'ombre vide, ce mot plus tard fut homme et s'appela Caïn.*

J'allais enfiler mes gants quand j'ai senti quelque chose sur ma main, une coccinelle qui venait de se poser, les ailes encore fraîches, à peine elle pouvait voler. Tiens, une bête du bon Dieu ! ma mère disait ça. Mais ça n'a aucune importance. J'ai enfourché la moto et j'ai revu mon barbu, le bras tout entier dans une poubelle. J'ai attendu pour ne pas l'effrayer, avec un peu de chance il allait venir vers moi, *le ciel plein de soleils s'éloignait, la clarté tremblait, et dans la nuit le grand précipité, nu, sinistre, et tiré par le poids de son crime, tombait, et, comme un coin, sa tête ouvrait l'abîme.*

Il m'a aperçu, il m'a souri, et il est venu. J'ai pensé au chien de mon rêve, il va me sauter dessus ce con ! et j'ai eu peur parce qu'il ne souriait plus, il avait le regard de celui qui veut se venger, je n'aurais pas dû le regarder, je l'avais humilié. *Quelqu'un d'en haut lui cria – tombe !*

les soleils s'éteindront autour de toi, maudit ! T'as une cigarette ? il a dit. Non. Une pièce ? J'ai sorti un billet de ma poche et je le lui ai tendu. Il l'a retourné dans sa main, sans plaisir, sans merci, encore je l'humiliais, il grommelait des mots, des sons, des roulements incompréhensibles. Est-ce qu'il avait encore sa tête ?
J'ai vu son autre main, il la tenait cachée, elle avait doublé de volume. Qu'est-ce que vous avez à cette main ? Il a encore grogné. Faites voir ! Je suis descendu de moto, je me suis avancé et je lui ai pris la main, elle était violacée, brûlante, vous avez de la fièvre, je lui ai dit, il faut voir un docteur.
Ducon ! il ne verra un docteur que si on l'embarque de force, ou bien quand il s'écroulera par terre. Si seulement je pouvais le guérir ! Mais rien, je peux rien faire ! rien… et de toute façon, ça n'a pas d'importance !
J'ai effleuré sa main comme j'ai l'habitude de faire. Il me regardait de ses yeux mauvais. Ça ne sert à rien, elle est pourrie ! j'ai cru comprendre, mais peut-être qu'il a dit autre chose, il a retiré sa main, et j'ai cru qu'il allait me la lancer à la figure, et il est reparti, *depuis quatre mille ans, il tombait dans l'abîme.*
Sur le chemin du retour, je me suis arrêté devant le chantier où travaille mon père. Il m'a aperçu, il m'a fait signe de venir. Il m'a présenté, c'est lui le plus vieux, j'ai pensé, ils sont déjà marqués par la journée, encore deux heures à tirer ! D'où tu viens ? J'ai dit n'importe quoi, j'allais pas lui dire j'étais à l'église. J'aurais dû être comme lui, ouvrier sur un chantier, j'aurais travaillé dans le bâtiment, alors j'aurais choisi la peinture, parce

qu'on voit ce qu'on fait, parce qu'une pièce bien peinte, c'est reposant pour l'esprit, c'est net, ça ne peut pas l'être davantage.
Ce doit être ce que j'aime dans la vie, un espace nu, j'aime les arbres bien taillés, nets, j'aimerais être comme une pièce qu'on vient de peindre, je crois que je suis un peu comme ça, j'attends toujours que quelqu'un vienne m'habiter. Pas Dieu tout de même ? Est-ce lui qui tente de forcer ma porte ? Non, je n'y crois pas… s'il existe, il se moque des portes et des murs, et de nous aussi !
J'ai retrouvé mes rendez-vous et puis Marianne. Elle a voulu sortir, on est allés au Macumba. Comme je ne bois plus, rien, pas une bière, je me suis collé à un baffle pour que la musique m'emporte. Tu vas te péter un tympan ! a dit Marianne. Ce sera toujours ça, j'ai dit. Qu'une force m'empoigne, la musique ou autre chose, je me sentais glisser, *depuis quatre mille ans, il tombait dans l'abîme, de plus en plus seul.*
Marianne ne pouvait plus rien. Je la regardais qui dansait, j'étais déjà remplacé. Est-ce qu'on appartenait au même monde ? Ce doit être la musique qui me coupe, Marianne a raison, j'en ai eu assez, je suis revenu près d'elle, j'aurais bien balayé, soufflé d'un coup le corniaud qui lui tournait autour. Je l'ai un peu bousculé, il m'a regardé de travers, qu'est-ce qu'il y a, qu'est-ce qu'il y a ? Il y a qu'il s'est pris mon poing sur la gueule ! Je dansais, j'étais plein de rythme, il ne savait pas d'où je venais, quatre mille ans que je tombe ! Et puis un autre, il s'en est pris parce qu'il jouait au mec, j'aurais eu la tronçonneuse dans les mains, je l'élaguais, tu ne feras plus d'ombre ducon !

Marianne non plus n'a pas compris, elle s'est ramassé une baffe. Ah, je n'étais plus vide du tout ! j'aurais dit une crise, mais pas comme les autres, je m'accrochais à tout ce qui passait près de moi.

On m'a jeté dehors, j'ai cru que Marianne resterait à l'intérieur et que c'en était fini, que je ne la toucherais plus. Là c'était sûr, je tombais. Et j'ai eu peur. Mais t'es complètement fou, qu'est-ce qui t'a pris ? Elle était là devant moi à me gueuler dessus, elle avait raison, j'avais les oreilles encore pleines de rythme, et ça cognait, il n'y a pas que les vagues… il fallait que je la prenne pour m'arrêter de tomber, dans mes bras, que je la prenne !

Marianne, pardon ! Ne me laisse pas, pardon ! pardon ! Elle s'est laissé prendre, toute dure, toute nerf, du fer d'abord, mais je l'avais dans mes bras. Si je pouvais lui dire d'où je venais, elle comprendrait. On est allés sur la plage, je ne voulais que la prendre, une idée fixe, me fourrer en elle, ça, elle pouvait le comprendre, me sauver Marianne, je l'embrassais comme un fou, tu es fou, oui.

Le sable était trop froid, on est revenus à l'arrière du Macumba, sur les planches, l'été, ils servent là aussi, Marianne je te veux, oui elle voulait, elle n'était plus dure, tout le contraire, je retrouvais le grain de sa peau, trop douce, tes jambes me rendent fou, caresse-moi encore, elle a dit, j'aime trop tes mains, je l'ai caressée, et je me suis fourré tout dedans elle, dans sa chaleur, plus douce encore que ses cuisses, la crise était passée, je ne tombais plus, je n'étais plus seul.

C'était toute la différence avec les autres crises, je n'étais plus seul et je n'en sortais pas anéanti, au contraire, j'avais trouvé la paix. La paix de Dieu, j'ai dit à Marianne. Pour moi, il n'est pas dans une église, le silence de l'église n'est pas la paix. Elle ne peut être que vivante, insaisissable, la paix qui ne vient pas du corps n'est pas la paix. Qu'est-ce que tu racontes ? elle a dit. Faites l'amour pas la guerre, j'ai dit, je déconne…

Tout de même, ça s'éclaircissait dans ma tête, jamais auparavant je n'avais senti la chute, je tombais et puis c'est tout, ramasse les morceaux. J'avais senti… Je ne découvrais rien, mais là où il n'y avait rien, je pouvais mettre des mots, j'avais le souvenir, la sensation de la chute. Va pas t'accrocher aux mots maintenant ! ils ne remplaceront jamais Marianne. Parce que Marianne se donnait, à la différence de Véra, ça je ne l'ai pas encore dit.

Et c'est peut-être là le secret, ou l'injustice, ou la diablerie de notre monde, tout le monde ne peut pas se donner. Martine ne s'est jamais donnée, Josiane, je demande à voir, Marie… quoi !!! Marie, je n'en sais rien, Bulle non plus, Marianne, je sais… Et moi ?… Si je ne me donnais pas, est-ce que je tomberais ?

Les beaux jours sont revenus et les envahisseurs, et les méduses certains jours. Je passe deux après-midi par semaine au Mercure, Lucie est un peu plus star que l'an passé, son corps change, elle profite de la piscine de l'hôtel.

Les riches la fascinent, je ne suis pas riche et ne le serai jamais, mais je ne suis plus pauvre et elle le sait, et ça fait son chemin dans sa tête. Comment tu fais pour guérir les gens ? Je ne fais rien, je lui explique. Mais moi, si je veux le faire, ça ne marchera pas, donc tu as

quelque chose que je n'ai pas… Je n'aime pas ces questions, j'essaie de lui répondre gentiment, tout le monde a quelque chose que les autres n'ont pas, tout les êtres sont différents, tu ne trouveras jamais deux feuilles d'arbre exactement pile poil pareilles. Ça ne la convainc pas. Je n'arrive pas à lui dire qu'évidemment j'ai quelque chose que les autres n'ont pas, je n'arrive pas à lui parler de mes crises, que je me cogne à la vie, je voudrais lui dire, je glisse, je tombe. L'être dont je devrais être le plus proche, je n'arrive pas à l'approcher. Les jours passent.
Un après-midi au Mercure, je ne l'ai pas reconnu tout de suite, c'est lui qui est venu vers moi, bonjour Frédéric, j'avais une excuse, je ne l'avais jamais vu à poil, une serviette autour de la taille, vous ne me remettez pas ? Le père de Daniel, oh, pardon ! Il s'était laissé pousser une fine moustache qui le vieillissait pas mal. Je ne savais pas que je vous trouverais ici et patati. Il venait pour des problèmes de dos, de stress, lui a dit son médecin, et j'ai entendu dire qu'il y avait ici un guérisseur, un garçon dont les mains font des miracles. Oui, c'est moi, mais vous savez, je ne fais pas de miracle, et patati…
Je me suis retrouvé à le masser, à dénouer un dos dont j'aurais pu dire que certains nœuds, je les avais sans doute faits moi-même. Ce n'est pas rien d'entrer en contact avec une vie dont on connaît les drames. La gêne nous a rendus bavards pendant quelques minutes et puis chacun s'est mis à penser de son côté.
Il était de ces corps dont les muscles foutent le camp assez tôt dans la vie, ils commençaient, mais la peau

restait élastique. Quand j'ai pensé que Marie l'avait caressée, avait sans doute un jour massé ces muscles, comme je le faisais là, j'ai été pris d'une grande sympathie. Dès le deuxième massage on reconnaît un corps, les mains en gardent une mémoire très exacte, eh bien je peux dire qu'il en était ainsi, comme si la mémoire de Marie était déjà passée dans mes mains.

Il avait des jambes fines et robustes, plus solides que le torse, fragile en haut, solide en bas cet homme, j'ai failli écrire cet arbre ! je les connais mieux que les hommes.

Il m'a invité à venir déjeuner chez lui, samedi si vous êtes libre ? Ça me ferait très plaisir. Il a insisté, je ne pouvais pas refuser, si vous avez des enfants, emmenez-les, ils joueront avec les miens.

Le samedi à 13 heures, je sonnais à la grille. Le chien est arrivé en courant, et puis lui, Adrien, qui est venu m'ouvrir. Il faisait chaud, il portait une chemisette vichy, un short beige, des tongs, les cigales remplissaient l'air. Je m'excuse, je n'ai rien apporté. Vous avez bien fait, assez Jimmy !

Je retrouvais le parc, la maison, inchangés comme lorsque je suis venu il y a plus d'un an. Les enfants n'ont pas couru vers moi, je savais que Marie n'apparaîtrait pas à la porte. Adrien était-il aussi ému que moi ? Il m'a fait entrer, les volets étaient tirés pour arrêter la chaleur. Les enfants ! il a crié. Ils ont déboulé dans l'escalier, ils ont tendu leurs joues pour que je les embrasse, le malheur n'avait pas laissé de trace. Alors, est apparue une jeune femme venue de la cuisine sans doute, je vous présente Vanessa qui s'occupe des enfants. Fille au pair, c'était

la copie conforme de Marie… le même style je devrais dire, la même allure, Marie dans un corps de vingt ans ! Je restais sidéré. Elle m'a tendu la main, elle faisait partie de la famille comme les autres.
Est-ce qu'il se la fait ? tout de suite, j'y ai pensé. Il l'a choisie sur catalogue ! ils sont trop faits l'un pour l'autre, la même en plus jeune ! Quoi !!!… L'autre n'aurait jamais remonté la pente… Ce genre de conneries affluait dans ma tête.
La table était mise dans une pièce tout en fenêtres, il y faisait plus chaud que dans le salon, un courant d'air s'amusait, au loin derrière les pins j'apercevais le bleu de la mer à midi. Je copiais sur Adrien, je faisais tout comme lui, avec un poil de retard. Je m'y attendais, avant de s'asseoir, bénissez Seigneur ce repas, ceux qui l'ont préparé, et procurez du pain à ceux qui n'en n'ont pas. Ainsi soit-il. Chaque enfant répétait, Vanessa aussi. Adrien s'est assis. Vous savez que je ne souffre plus du tout du dos ! Vous avez vraiment un don. Il a embrayé là-dessus, et patati, les enfants ont entamé une autre messe, Vanessa se partageait entre les deux.
Une mama tunisienne a apporté une salade de tomates, concombres, féta, olives, servez-vous ! Il a voulu savoir comment m'est venu ce don. Ah, déjà votre mère ! On m'a dit au Mercure que vous aviez arrêté une hémorragie. Je ne dirais pas ça, disons que c'était un concours de circonstances. Vous êtes trop modeste. Je m'aperçois qu'il en sait beaucoup trop sur moi, il a commencé par me tester et maintenant il se lâche. J'ai parlé de vous à notre curé, il est très intéressé, si vous n'y voyez pas

d'inconvénient, il viendra prendre le café avec nous, tout à l'heure.
Le con ! tout ça m'ennuie, je veux qu'il me parle de Marie ou bien de lui, et vous ? si je peux me permettre, qu'est-ce que vous faites ? d'où il le tire son pognon ? c'est colossal cette maison. Il est administrateur de biens, et puis aussi dans les assurances maritimes, et puis je ne sais quoi dans une banque liée au Vatican. Je ne crois pas qu'il y ait une intention de sa part mais il m'explique, et je n'apprends rien, si ! la foi l'a sauvé. Êtes-vous croyant ? Non… Il hoche la tête, la foi aussi est un don, vous l'avez ou vous ne l'avez pas, vous ne savez pas pourquoi. Mes parents me l'ont transmise, j'aimerais la transmettre à mes enfants, Vanessa ne croyait pas quand elle est arrivée, aujourd'hui elle s'intéresse, demain le Seigneur lui fera peut-être cette grâce, il lui donnera la foi. Quoi !!!
Il commence à me gonfler, toujours rien sur Marie. Le poulet est excellent, les haricots verts fondants, vous aimez ? Oui, c'est très bon. Je ne sais pas ce qu'il faut dire, je n'ai pas le don de la politesse, ni de la bonne éducation. Avez-vous eu d'autres crises ? Il avance, il ne se gêne pas, j'ai bien tort de ne pas demander moi aussi, vous avez beaucoup de chance d'habiter une si belle maison, la pièce où nous déjeunons est plus grande que mon mobil-home.
Oui, c'est une chance, il sourit souvent en direction de Vanessa, j'ai surpris plusieurs regards, j'ai pas besoin d'un dessin, il la saute, j'en donnerais ma main… C'est plutôt facile d'avoir la foi dans ces conditions ! Je

m'aperçois que je n'en ai pas fini avec Marie et l'enfant que j'ai renversé… Je pense souvent à Marie et à Daniel, je dis. Un froid est passé jusqu'aux enfants, je n'entends plus que des bruits de fourchettes.
Ne vous tourmentez pas pour eux, Dieu dans sa grande bonté a pris soin de leur âme, on n'a plus la chance de les avoir parmi nous, mais on ne les oublie pas. Ça sonne faux, j'ai envie de me lever et de foutre le camp. On ne peut pas dire ça de la femme avec qui j'ai partagé tant de silences, tant de… je n'ose pas dire d'amour. Regrets éternels ! on écrit ça sur les plaques mortuaires. Charabia ! Je retrouve ce que j'ai détesté lors de la cérémonie d'enterrement, il louche sur la gamine, et il me sert qu'il n'oublie pas ! Mais t'es jaloux mon pote ! je me dis… t'aimerais être à sa place, voilà … il est dans la vie lui ! il tombait, et il a trouvé à quoi s'accrocher… il a fait quatre enfants, un est mort, c'est toi qui l'as tué, il lui en reste trois, il les met dans les mains d'une grande sœur avec qui ils se marrent, et toi, qui n'as qu'une fille, tu la vois en pointillé, elle pleure pendant six mois, tu la regardes pleurer et tu viens lui faire la morale ! il se sert de Dieu d'accord, et ça lui réussit plutôt bien. J'ai du mastic dans la tête ! il m'invite… Oui justement, pourquoi il m'invite ? Parce qu'il vaut mieux avoir son ennemi en face de soi. J'ai tout de même du mal… je suis dans la maison de cette femme… ce qui s'est passé entre nous, je ne l'ai tout de même pas inventé, si ? Non, tu l'as fabriqué ! Comment est-ce que je peux fabriquer un chien qui me saute dessus et me remplit d'amour ? Quand tu rêves que tu serres la main

à Barak Obama pour le féliciter de son élection, alors qu'il n'est même pas élu, tu ne vas pas me dire que tu ne fabriques pas. C'est peut-être un rêve prémonitoire. Peut-être, mais tu ne lui serreras jamais la main, tu fabriques. T'aurais pu rêver que tu gagnais au loto, t'as préféré un chien qui te remplissait d'amour… et ensuite, tu es allé te raconter des salades. J'ai tout fabriqué ?
J'étais remonté à bloc, le curé est arrivé, bonjour, enchanté, Adrien m'a beaucoup parlé de vous. Figurez-vous mon père que j'ai rêvé d'un chien qui me sautait dessus et me remplissait d'Amour… j'en étais si bouleversé, que même après le réveil, toute la journée, j'étais dans un état second. Est-ce possible que Dieu ? Je n'ai pas terminé ma phrase, les deux hommes me regardaient avec trop d'yeux, les rêves ont leur place dans la Bible, a dit le curé. Et la Chose s'est reproduite avec une femme, mais là je ne rêvais plus, comment expliquez-vous ça ?
Les voilà bien emmerdés avec ma Chose, rempli d'Amour, répète le curé, et qu'est-ce qui s'est passé avec cette femme ? Là, c'est moi qui suis dans la merde ! Rien, j'ai dit. Je n'allais pas lui dire, elle est morte, etc., il ne s'est rien passé que ce moment de stupeur ou de délice ou de je ne sais quoi.
Ils pataugeaient, le curé, la lumière de Dieu ne l'éclairait pas, et l'autre pas mieux. J'en avais plus rien à foutre de ces deux-là, ils ne me servaient à rien, ils savaient rien, ils pensaient, c'est tout. J'étais ivre et ils avaient vaguement entendu parler d'alcool, mais ils n'en avaient jamais bu, ni même vu de leurs yeux. Marie n'avait rien dit à Adrien,

elle se serait donnée, c'est sûr, si Daniel s'était réveillé, et si elle s'était donnée… va savoir, peut-être rien du tout, du cérébral c'est tout, pas du chaud, pas de corps qu'on rencontre comme avec Marianne, pas d'autre donc, pas de paix… pas de paix !
Je les ai laissés, j'ai repris ma moto, elle n'en savait pas moins qu'eux, on allait glisser à travers la ville, il n'y avait rien d'autre à faire. Je suis passé voir ma grand-mère. État stationnaire, vents faibles, précipitations nulles, nébulosité maximum, pression élevée, houle forte de 4 à 7, prévisions médiocres pour les quarante-huit heures…
Et puis on est rentrés au camping, je ne pense jamais aussi bien qu'à moto. Je me serais donc trompé sur tout… et en manque d'amour, parce que je n'aimais pas Martine, comment aurais-je pu aimer, rencontrer une femme qui ne se donnait pas, en manque d'amour donc, je rêve, je fabrique le rêve sublime d'un chien – pourquoi un chien ? –, qui me remplit d'amour, et pas n'importe lequel, le plus beau, le plus pur et pour cause, je ne connais pas l'autre, l'humain, un matin je me remplis d'amour. Jusque-là tout va bien, c'est la suite qui me rend dingue… parce que ça recommence, la même sensation, la même transe, je la vis direct, les yeux grands ouverts, avec une femme, et ce n'est plus un rêve… la femme dont je viens de secouer l'enfant, lui et moi liés, dans les bras l'un de l'autre, on roule, il tombe, moi aussi je tombe, je me réveille, je reviens anéanti, mais je reviens, pas lui, sa mère meurt… ma mère !!!

Oui, elle vient de mourir. Ma mère meurt alors je meurs, je l'enfant, je Daniel, je le fils de Marie, Marie la sainte, quoi !!!… Marie la sainte, ma mère ! La moto va son chemin, je n'ai jamais vu aussi clair, je pourrais fermer les yeux. Et puis ça recommence. Pourquoi Bulle ? Une femme qui me rejette, qui me laisse… qui me laisse anéanti. Ma mère qui me laisse anéanti, échevelé, livide au milieu des tempêtes. Elle meurt, je la tue. Ai-je rêvé que je la tuais ? L'œil ! l'œil était toujours là dans la tombe. Je suis arrivé, je me jette sur le lit. Je tombe… je suis une tombe, et l'œil toujours me regarde… et Bulle… ça devient trop compliqué, je me perds.
Comment Marie savait-elle que « ça » n'avait pas d'importance, qu'il fallait oublier ? Avait-elle déjà été remplie d'Amour, parce que son Adrien… je ne le sens pas ce type, tout dévot, tout bon Dieu et je me tire la Vanessa ! Peu importe que je sois jaloux, je me suis trompé… j'ai tout fabriqué et j'ai été assez fou pour le croire.
Ne jamais, jamais croire !
Avec Marianne, je ne crois pas, je bande et au bout, je trouve la paix. Oh, merde, merde… je n'aurais donc jamais aimé, ou si peu, juste un chien, mais de femme aucune, Marianne peut-être tout de même quand son corps lui commande. Voilà ma vie. J'aurais pu ne couper que des branches, émonder, abattre des arbres morts, un chien m'a aimé…
Je ne tombais plus et il n'y avait plus d'œil pour me regarder.
Mon père a frappé, c'est moi. Entre. Qu'est-ce que tu fous ? Je me repose. Karine veut aller au Luna Park ce

soir, ça te dit ? Non. Comme tu voudras. Y a longtemps que je n'y suis pas allé… Il est reparti comme il est arrivé, il s'en foutait que je vienne ou pas, je me demande pourquoi il m'a proposé. J'ai appelé Marianne, on se voit ce soir ? Non, je dîne avec ma sœur, je te l'ai dit. C'est vrai, j'ai oublié.
Je me suis réveillé dans le noir, la nuit était là, 9 heures ! J'ai traversé le parking, Josiane regardait avec les enfants. Je suis entré, ressorti, elle m'a rejoint sous la tonnelle, qu'est-ce qu'il y a ?
Elle reprenait du poil, la pensée de Nanar la lâchait. T'aurais pas une bière ? Elle est partie, revenue avec deux 16. T'as mangé ? J'ai pas faim. Qu'est-ce qu'il y a ? elle a redemandé. Je lui ai pris la main, je ne l'avais jamais fait. J'aurais bien tout pris, c'était un corps qu'il me fallait. J'ai pas la pêche, j'ai dit, demain ça ira mieux. J'en ai marre d'être seul, toi, tu as tes enfants, c'est plus simple. Disons ça remue l'air, elle a dit. Elle a pris ma main, oui, qu'elle la prenne, qu'on s'occupe de moi, et qu'elle prenne tout, pourquoi pas elle, je me suis dit. Je continue chaque mois à lui glisser une enveloppe. Je vis comme un con, je ne comprends rien à rien. Tu veux qu'on aille faire un tour ? Je couche les enfants et on va manger une glace sur le port, ça te dit ? Si tu veux. Si j'étais parti au Luna Park avec mon père et Karine, je ne serais pas dans cet état. À nouveau, je tombais. J'ai retenu sa main, tu préfères qu'on discute ici ? Non, une glace c'est très bien. J'ai terminé la 16, les moustiques pourrissaient l'air. Il devait y avoir un match de foot à la télé, ça aussi ça

pourrissait, chacun balance ses miasmes, je tombais, c'est sûr.
On a pris la voiture de Josiane. Il y avait du monde sur le bord de mer, à reluquer les étalages d'une chiée de vendeurs de tout et n'importe quoi. Notre monde quoi ! Tous ces gens n'ont donc rien de mieux à faire, je les regardais comme si un visage allait soudain m'éclairer, me faire comprendre ce quelque chose qui me pourrit la vie. Je n'espérais rien mais une sorte de réflexe me poussait.
Josiane me surveillait, tu ne vas pas nous faire une crise, elle a dit. Non, c'était autre chose, même là, avec elle, au milieu de tout ce monde, je continuais à être seul. Parce que Marianne dînait avec sa sœur ? Parce que je l'aurais voulue pour moi tout seul, parce que. Parce que tout est pourri ce soir.
Pour avoir une glace, il faut se taper dix minutes de queue, se bouffer les conneries du monsieur qui se croit drôle, et puis les deux gamins insupportables, et la mère qui leur crie dessus. Josiane fait ce qu'elle peut. Un couple s'embrasse, je tends le bras, je les touche, c'est pas une glace que je veux, c'est une femme, pourquoi c'est si compliqué, quel parfum voulez-vous ? La blonde là avec ses jolies jambes, je la veux… j'aime beaucoup son nez, il est à mon goût. Il n'y en a pas beaucoup qui le sont, pas celle-là, ni celle-là, je vois de la laideur partout, mais cette fille qui embrasse ce garçon, je l'embrasserais bien, pousse-toi c'est à moi maintenant ! on est là comme des cons à attendre, pourquoi il est seul à la goûter, je tends le bras, elle est si proche, Josiane aussi ferait l'affaire, je

me dis, non je la connais trop, et l'autre con derrière moi qui raconte qu'il est allé à Tahiti, on s'en fout de son Tahiti ! et sa meuf, elle est tarte, t'en vante donc pas connard de ton Tahiti ! c'est rien que pour te chauffer les neurones, parce que tu dois salement te faire chier avec celle-là ! je ne sais pas pourquoi je fais la fine bouche, Josiane est bien mieux que toutes ces mochetés, sauf la blonde ! quand elle sourit, elle est même très jolie Josiane, ce soir, elle sort ses seins, il y a des jours plus que d'autres, c'est ce qu'elle a de plus beau, ses seins, elle a une plus belle poitrine que la blonde ! en fait, c'est pas la fille qui me plaît, c'est qu'ils sont amoureux, ils sont heureux, je voudrais être heureux, tout le reste, je m'en fous, il y en a combien qui sont heureux là, je commence à un bout et je remonte, ces deux-là bof, et ceux-là non, pas ceux-là non plus, je ne vois que des absents, l'un d'un côté, l'autre de l'autre, partout des regards qui courent après je ne sais quoi, comme moi sans doute, alors que les deux amoureux ne voient rien d'autre qu'eux, j'en ai assez de voir, il y a trop à voir, un autre est peut-être en train de s'exciter sur la poitrine de Josiane, Nanar en faisait des caisses, il la faisait rougir, il ne se gênait pas, il la pelotait devant tout le monde, elle en a gardé la posture, c'est quasi un appel, ça fait plusieurs fois qu'elle me frôle, les autres m'intéressent moins, qu'est-ce que tu prends toi, j'hésite, vanille ou chocolat, prends les deux, les deux ? Pourquoi pas, elle dit, et toi, qu'est-ce que tu prends ? Framboise et… j'hésite, citron ou pistache, ou bien citron et pistache, alors je change, je vais prendre pistache moi aussi, et chocolat, je ne sais plus, elle me trouble à me frôler, je ne sais pas si elle me veut, ses yeux ne se barrent plus sur les autres, elle commence à me sortir son sourire, mais on se connaît trop, ce n'est pas tu me plais, je te plais, mais je suis seul, tu es seule, la belle affaire ! on part d'où on peut, tu es là, je suis là, tu me frôles, je te frôle, je paye les glaces, on s'écarte, on lèche, on n'attend pas, c'est bon ? Très bon, tu veux goûter ? Je goûte, très bon, et toi tu veux ? Elle goûte, on marche, on se rapproche, je dis, en fait on ne se connaît pas, elle me regarde en biais avec une pointe de sourire, qu'est-ce que tu me racontes là ! je n'attends pas qu'elle dise, je continue, je dis on se connaît sans se connaître, à force de se voir on ne se connaît plus, on oublie, on ne se voit pas, t'es pas d'accord ? t'es Josiane, la fille au bout du camping avec ses enfants, j'entends ta voiture, tiens c'est Josiane ! tu viens pleurer chez moi, je viens pleurer chez toi, on se connaît trop pour… pour quoi ? elle dit, elle savait bien pour quoi… Je ne tombais plus, j'avais trouvé quelqu'un à qui m'accrocher, c'est si simple, mon Dieu, si simple.

J'ai posé une main sur son sein… *une roche sortait du noir brouillard comme un bras qui s'accroche, il la prit, et ses pieds tombèrent des sommets.*

Mon grand-père pouvait réciter pendant des heures, est-ce que lui aussi tombait ?

11

Tout ce temps pour en arriver là, tu te rends compte d'un gâchis ! On en riait. Je ne me lassais pas de caresser la poitrine de Josiane, de la sucer, de la prendre. Aussi con l'un que l'autre ! englués qu'on était par des cerveaux malades, oubliant l'évidence.
Je lui racontais le rêve du chien, mais c'est toi le chien ! vas-y saute-moi dessus, on riait comme des gamins, ça aussi trop peu… tout ce qui est bon, on avait trop peu, surtout moi. Toi, avec ton Nanar, tu n'as pas perdu ton temps. Oui, oui… il y avait à redire là aussi, oui, c'est vrai qu'on se retrouvait sur l'oreiller mais il rentrait à pas d'heure, pas toujours de bonne humeur, l'alcool n'arrange rien, on ne peut pas avoir une vie normale avec Nanar.
Le mâle en prenait un coup, ça ne me déplaisait pas d'avoir pris sa place, on se fait tout un plat de ce qu'on ne connaît pas. Il n'a pas su le goûter son plat, il l'a salopé. Voilà, ça changeait bien des choses.
Quand je me suis réveillé au matin, j'étais seul, Josiane était retournée avec ses enfants. La lumière était fraîche, une belle eau à boire, le café meilleur, j'ai entendu partir mon père et puis un peu plus tard Karine. J'avais encore dans mes mains le souvenir des seins de Josiane, et puis

sur ma poitrine, et puis son intérieur, son chaud, son jus, et puis j'étais heureux, voilà, c'est tout.
J'ai senti que c'était le jour, depuis des semaines je reculais, allô, cabinet médical bonjour ! bonjour, je suis Frédéric, j'étais un ami de Bulle, je ne sais pas si vous vous souvenez. Mais très bien, comment allez-vous ? Très bien merci, j'appelle pour avoir des nouvelles de sa fille. Mais elle va beaucoup mieux, c'est le docteur Baudi qui la suit, un collègue de Bulle, on croise les doigts, ça tient du miracle, vous savez. Elle est retournée chez son père ? Non, la sœur de Bulle l'a prise avec elle, elle s'est toujours beaucoup occupée d'elle, et puis baratin, et puis, et vous comment allez-vous ? Mais très bien, j'ai hâte de retrouver les seins de Josiane. Pourquoi ne dit-on pas ces choses-là ? Oh, mais ça ne me regarde pas, c'est trop intime ! Le monde serait différent, non ? Mon premier rendez-vous est arrivé. À midi, je suis allé déjeuner au Rialto, Marianne avait pris son service, deux fois elle m'a demandé, pourquoi tu me regardes comme ça ? Mais parce que j'aime bien te regarder. Je comparais avec Josiane, elles sont très différentes et c'est très bien comme ça.
Ça changeait tout… là encore, j'en avais la preuve. Je n'allais rien dire à Marianne. Est-ce que Josiane allait me demander de choisir ? Où tu vas là ? J'étais déjà dans la suite alors que je ne l'avais pas encore revue… J'étais soudain pressé de rentrer au camping. On se voit ce soir ? a dit Marianne. Je te rappelle en fin de journée, j'ai dit.
Dehors j'ai aperçu mon moine légionnaire clochard, son bras dans une poubelle. Je suis allé vers lui, son œil

était toujours mauvais. J'ai sorti un billet de vingt, il l'a pris de sa main malade qui avait bien dégonflé, elle était sale mais plus violacée, l'avant-bras aussi avait retrouvé sa grosseur normale. Ça va mieux votre main ? Il m'a regardé autrement, ah, c'est toi, je ne te remettais pas ! tu te souviens, il me dit, tu as passé ta main comme ça, il faisait le geste avec son autre main, eh bien, tu m'as guéri ! c'est pas fort ça ? je ne suis pas allé à l'hosto, pas vu un docteur, pas mis de pommade, rien ! Alors, il s'est mis à rire, il a pris le premier passant à témoin, ce type m'a guéri ! oui, oui, c'est pas fort ça ? et il recommençait avec un autre, ils fuyaient tous, gênés, prêts à mordre si l'autre s'avançait un peu trop près.

Tiens, regarde mon pied là comme il est moche, il me fait un mal de chien, regarde voir ce que tu peux faire, ils vont finir par me le couper, regarde voir, je ne veux pas finir en poussette, regarde…

Je me suis accroupi pour examiner le pied, j'ai passé ma main… je voulais caresser les seins de Josiane et me voilà avec cette horreur sous la main ! Tu sais, tu ferais bien de voir un docteur, ça ne marche pas à tous les coups mon histoire.

Mais si ! regarde-moi ça ! il me montrait ses deux mains, tu te souviens la différence ? tu te souviens comment elle était celle-là, tu me l'as sauvée ! Alors il a pris ma main pour l'embrasser. Je ne savais plus quoi faire pour me libérer, il faut que j'y aille, je suis pressé, des larmes coulaient de ses yeux, sa voix s'est mouillée, le Seigneur soit avec toi… je n'ai pas le droit de prier mais Seigneur, prends soin de lui. Il ne lâchait plus ma main, il me tirait à lui, viens là, il faut que je te dise, écoute-moi, il puait l'alcool, il prenait de grandes inspirations comme s'il allait se lancer et puis rien, il répétait, écoute-moi, je vais te dire, il s'essoufflait, tu ne sais pas à qui tu parles, écoute-moi, il faut que j'y aille, j'ai dit, il a chassé l'air avec sa main et il avait raison, j'avais l'air d'un con avec mon il faut que j'y aille, quand lui avait sa détresse à me dire, sa barbe avait poussé, elle virait broussaille, en quelques mois il avait dû tomber, un autre, je me suis dit, il s'accroche, t'as pas le droit de le laisser, *une tête sortit de la brume profonde, aveugle, énorme, horrible, à l'autre bout des cieux, ayant deux gouffres noirs à la place des yeux, se dressa, pâle, et dit, je ne veux pas, déluge!* alors, les mots sont sortis, la tête a dit, pendant trente ans, j'ai vécu enfermé, je n'ai fait que prier, j'étais moine, j'ai donné ma vie à Dieu, à la Vierge Marie, je lui ai donné ma vie, pendant trente ans je me suis levé à 3 heures du matin et j'ai chanté pour elle, je n'ai pas parlé à dix personnes, trente ans! j'avais la foi dis donc, j'étais rempli de la lumière divine, tu aurais pris ma main, je t'aurais rempli d'amour, et une nuit, j'ai tout perdu, la lumière, tout est devenu sombre, tout le monde a vu que je ne chantais plus, alors, quatre-vingts moines ont prié pour moi, parce que je ne pouvais plus prier non plus, je ne dormais plus, et quand j'arrivais à dormir, le sommeil m'épuisait, je n'étais pas le premier, c'est l'épreuve on disait, le malin qui est entré en toi, j'ai tenu vingt-trois ans, vingt-trois années de souffrance, je me levais avec les autres et je les écoutais chanter, ensuite j'écoutais le silence, il est terrible, ils priaient pour moi, que la main de Dieu me délivre, ta main m'a guéri, leurs prières n'ont rien fait, j'étais condamné, c'est long vingt-trois ans dans cette solitude, une bête n'aurait pas résisté, il a fallu que je me durcisse comme le fer, et je souffrais toujours, alors un jour, j'ai dit stop, l'humain revenait, il disait stop, je ne suis pas parti tout de suite, ils ne me lâchaient pas, j'ai dû m'enfuir, sans rien, sans vêtements, sans argent, une femme m'a pris dans sa voiture, en trente ans, je n'avais vu que ma mère et ma sœur, une jeune femme tout étonnée de ce que je lui racontais, parce qu'il fallait que je le dise à quelqu'un de chair et d'os, on n'est plus des hommes là-bas, on ne peut être que Lumière ou fer, un être de chair à qui j'ai pu tout dire, elle descendait dans le Sud, je n'avais nulle part où aller, elle m'a acheté un pantalon et une chemise, on a dîné dans un restaurant, je suis allé me changer dans les toilettes, on a encore roulé sur l'autoroute, les voitures n'étaient plus celles que j'avais connues, plus rien ne ressemblait, elle était fatiguée, elle a pris une chambre dans un hôtel sur la route, je suis resté dans la voiture, et j'ai dormi comme un bienheureux, j'aimais cette femme, elle m'avait sauvé, rien que ses yeux en me regardant m'ont sauvé, je me suis réveillé de bonne heure, j'ai vu le jour se lever, j'ai marché, c'était bon, j'étais vivant, j'étais libre, je ne savais pas qu'elle était morte mon vieux ! poignardée dans son lit ! t'imagine, on m'a soupçonné, je n'avais pas de papiers, pas d'argent, rien que ma barbe de sauvage, ils voulaient que ce soit moi, tout m'accusait, moi tuer une femme ! tuer l'amour ! ils n'avaient tout de même pas de preuves, alors ils m'ont laissé aller, voilà, maintenant tu sais d'où je viens, tu es le seul avec cette fille, elle s'appelait Jacqueline, des salopards l'ont tuée, pourquoi laisses-tu faire des choses pareilles, toi ? il s'adressait au ciel, si tu veux mon pied, tu le prends, tu prends tout ce que tu veux, je m'en fous, mais tu n'auras pas mon âme ! je n'aimerai que cette femme, je n'aurai aimé qu'elle, prends ! prends ! Alors seulement, il m'a regardé, noir, sinistre, qui es-tu toi pour me guérir ? l'autre veut ma peau et tu guéris mon bras ! méfie-toi ! Il a lâché ma main et répété, méfie-toi ! Et il est parti boquillonnant vers une autre poubelle.

J'ai repris la moto, je suis rentré chez moi. J'étais en retard, mon rendez-vous m'attendait, Josiane l'avait aperçu de loin, elle était venue, tu étais où ? elle m'a demandé.

Je n'ai pas eu beaucoup de temps pour penser, mais tout l'après-midi, je suis resté rempli de cet homme. Son histoire m'effrayait et plus que tout, j'avais l'impression d'avoir entendu la mienne. Rien ne ressemblait pourtant, si ce n'est une femme qui disparaît, la ressemblance devait être ailleurs… et puis j'avais guéri son bras, pourquoi je ne guérirais pas son pied ?

Cet homme prêt à tout donner à son enfer de Dieu avait peut-être une furieuse envie de vivre. Sa détresse ? Ma vie n'était pas aussi douloureuse, aussi fragile. Mes crises qui me laissaient anéanti ? Avait-il tenu des seins comme ceux de Josiane ? La chute ? Il n'a pas prononcé le mot mais il tombait, depuis vingt-trois ans, il a dit, depuis quatre mille ans, il laissait derrière lui un grand vide, moi aussi après chaque crise.

Je n'en finissais pas de me rapprocher de lui, *cent fois, cent fois, cent fois, j'en répète l'aveu, j'aime ! et Dieu me torture et voici mon blasphème, j'aime à faire trembler les cieux !*
Hugo a dû beaucoup aimer pour cracher ces vers, aimer et être rejeté. Je n'ai eu qu'une tronçonneuse dans les mains, mon grand-père ne m'a jamais récité de vers, il est mort bien avant d'avoir pu le faire, je ne l'ai pas connu, peu importe, aujourd'hui, j'ai les seins de Josiane et la peau si douce de Marianne pour m'accrocher, et je ne suis plus seul, elles ne savent pas à quel point elles me tiennent, peu importe... je ne suis pas comme cet homme à fouiller les poubelles, l'argent me tombe du ciel, je n'ai rien fait pour, c'est comme ça, c'est à n'y rien comprendre. C'est facile d'expliquer et de croire... Jamais croire ! Tout n'est pas égal, oh que non !
Dieu, ou je ne sais qui, je ne sais quoi, m'a mis là, avec un don dans les mains, et plus j'avance, plus j'y vois un cadeau empoisonné. J'ai eu cinq rendez-vous tantôt, cinq condamnés, cinq fois j'ai vu comment la mort s'y prend, par quels chemins elle s'amène, cinq regards déjà ailleurs.
J'en ai abattu des arbres morts, une quantité, c'est tellement plus facile. Je me bats contre la mort, celle des autres pour l'instant, elle s'approche de moi, elle ne me laisse pas le choix, c'est sans doute son chemin avec moi. Je vais dire comme le moine, fais donc comme tu voudras, prends, vas-y, je m'en fous. C'est peut-être ce qui me rapproche de cet homme, *j'aime à faire trembler les cieux ! quoi ! c'est en vain ?* Je m'en fous.

Les jours tombent heureusement, et la nuit nous reçoit. J'ai appelé Marianne, ce soir je ne peux pas, je reste dîner avec mon père, je suis crevé, à demain, je t'embrasse. Voilà, je peux aller chez Josiane, j'arrive, les enfants sont à table, elle, debout derrière eux, tu manges ici ? Oui, voilà... son chemisier n'en peut plus, il sait plus comment il s'appelle, Nanar a bien fait de se tirer, les enfants s'envoient des coups de pieds sous la table, vous allez arrêter oui ! elle peut crier, ils s'en foutent, ils ne savent pas encore qu'un jour ils tomberont. Arrêtez !
Ils ne sont pas si cons, je suis sûr qu'ils savent déjà, ils savent lire, le chemisier, les regards qu'on s'envoie, ça devait arriver, ça ne les étonne pas, ils m'ont toujours vu là. J'aurais dû avoir des enfants c'est sûr, cinq, six, une chiée déconnante, Julien a craché sur Lætitia, elle pleure, Josiane l'avait prévenu, alors ça pleut, il en garde la joue toute rouge, et il en pâlit de surprise, il n'y croyait pas, maintenant tu vas te coucher et fissa ! maintenant il saura que quand la poitrine déborde, il faut se garder, Josiane n'a plus de patience.
Allez, au lit tout le monde ! Une chiée... Nanar en a eu assez, et moi j'en redemande. Josiane a ressorti une jupe d'autrefois, je la connais, elle repartirait bien en arrière elle aussi, on efface tout et on recommence. Oui, mais voilà, on n'est pas des jupes, on ne sait pas attendre gentiment dans un placard que les beaux jours reviennent.
Au lit les morpions ! faites pas chier, on a à faire. Ils veulent pas, ils le font exprès, ils sautent tout droit sur les lits, Nanar serait là, ils fileraient doux. Ça lui en boucherait un coin de me voir gonfler la poitrine de sa

Josiane, on se croit unique, les jupes n'ont pas cette prétention.
Josiane a préparé une salade de tomates, ça te va ? Très bien, j'ai dit, t'as des olives ? On a mangé sous la tonnelle, genou contre genou, on mangeait d'une main, l'autre occupée à se caresser, ça valait tous les plats, tous les repas de riches, les recettes les plus précieuses, les grillons déliraient, la nuit était encore chaude.
Plus tard, on est partis marcher dans la campagne, on aurait pu se croire amoureux tant on ne voulait que ça, la nuit en a été témoin, on s'est aimés, et aussi l'herbe, qui déjà suait sa première rosée quand on l'a laissée, le ciel était immense, nous aussi.
Il ne se passait pas un jour sans que je parte à la recherche du moine, le voir de loin me suffisait, j'ai fini par cerner son territoire, il dormait sur la plage, le muret, à un endroit, fait une niche, il n'était pas le premier à dormir là, avec les vagues qui n'en finissent pas de venir pour répéter la même chose, il s'en était trop bouffé du silence, il préférait le raffut. Je le voyais, ça me suffisait, une sorte de c'est bon, il est toujours là, un jour j'irai vers toi, demain, plus tard, je reculais… un jour, c'est sûr.
Ça n'a pas duré longtemps, un soir j'ai aperçu la moto de Nanar. Le lendemain matin, elle était encore là, j'ai compris, il a remis les mains sur les seins de Josiane.
Trois jours plus tard, je l'ai vue traverser le camping en courant, elle voulait me parler, j'avais déjà enjambé la moto. T'as vu, il est revenu. J'ai vu, oui… Elle a haussé les épaules, pincé les lèvres, désolé, ça voulait dire. Je lui ai rendu la pareille… ça voulait dire, n'en parlons plus.

J'avais le casque sur la tronche, j'ai donné un coup de kick et puis j'ai posé mon cul sur la selle, Josiane m'a regardé partir, quand je me suis retourné, elle traversait le camping dans l'autre sens.

Il revient, elle me jette ! D'accord, c'est le père de ses enfants… c'est surtout qu'elle me jette ! et j'ai beau me raisonner, j'en crève encore et encore. Tiens, j'aurais préféré une crise ! au moins je ne laisse rien derrière et je me demande si je ne préfère pas ce rien. Qu'ils aillent se faire !… Je n'ai que ma colère pour moi, qui ne me lâche pas, elle !

Je filais à moto, fais pas le con, je me répétais, j'allais trop vite. Marianne a bien senti, j'étais tout de travers, tu veux vraiment qu'on se voie ce soir ? J'ai repris la moto, qu'elle aille se faire, elle aussi.

Tout bouge autour de moi, mais rien ne change. Tous les jours, il en vient qui s'accrochent à moi, à l'espoir que je vais les guérir, à la vie, cette merde ! Je cherche mon clodo, c'est peut-être le moment. Il n'est pas dans sa niche, je ne le vois nulle part. Lui aussi, quand j'ai besoin de lui, il a à faire. Je glisse, je passe entre les voitures, je traverse la ville.

L'infini se laissait pousser comme une porte, et tout le premier jour se passa de la sorte. Qu'est-ce qu'il me raconte là, l'infini ?… Il chie dans la colle, même Hugo m'abandonne, je n'ai plus le cœur à réciter.

Alors, je reviens au Rialto, Marianne vient de partir on me dit, je fais la route jusque chez elle, pas de Marianne. Je laisse un message, où es-tu ? J'aurais dû écrire, j'ai besoin de toi… C'est toujours pareil.

Je reviens à la plage, j'ai peur de m'arrêter, de descendre de moto, au moins ça bouge dans la ville, je traverse de la vie. Je pense à ma grand-mère, il est trop tard pour que j'aille la voir. Mon père ? Il est avec Karine, il ne peut rien pour moi. Alors, je rentre et je me jette sur le lit. J'en pleure, mais trois fois rien, je garde ma douleur.
Et le lendemain la comédie recommence, on a tout essayé, alors on vient vous voir, s'il y a une chance, il faut tout essayer, n'est-ce pas ?... Oui, toute petite, alors je m'exécute, je joue le jeu, je pose mes mains sur les douleurs, et ça marche, ça marche pas. Et les jours passent.
Au courrier j'ai une lettre, c'est l'écriture d'un enfant, « Merci Monsieur, vous m'avez sauvé la vie, tous les soirs avant de m'endormir je pense à vous, Émilie T. »
Elle avait dessiné un champ coupé en deux par une rivière, un arbre sans feuilles, avec une sorte de hibou noir, et un grand soleil. Le soleil est entré dans ma tête. Il n'en fallait pas plus, tout s'est remis en place dans ma caboche, une chiée de petits qui savent encore sourire... plus tard on fait des phrases, Hugo en a fait des chiées, Hugo et les autres, pas une qui vaut un sourire.
Je lui ai répondu, j'ai pas eu à chercher les mots, je lui ai dit j'aimerais bien te revoir, tu sais moi aussi j'ai besoin de soleil, et ton soleil, c'est un vrai soleil.
Je n'ai pas attendu longtemps. Bonjour, je suis la sœur de Bulle T., Émilie vient de recevoir votre lettre... Elle me propose de passer les voir un mercredi après-midi, ou un samedi. On est lundi, après-demain c'est bien, je dis, de 13 à 15, je suis libre. Elle me donne l'adresse, eh bien, à mercredi...

En fin de journée, Marianne m'a appelé, on se voit ? Pas ce soir, je suis crevé. Les femmes ont la migraine, les hommes sont crevés. J'avais mon soleil, je ne voulais rien d'autre.
Après mon dernier rendez-vous, j'ai filé au bord de la mer. Le vent soufflait bien, les planches avaient des ailes. Un jour, je m'y mets ! J'ai promis à Lucie et je ne l'ai pas fait, je suis nul. Le mistral nettoyait l'air, le pic de l'Ours paraissait plus proche, et plus loin les Préalpes. J'ai marché jusqu'à l'entrée de la nuit, il n'y avait plus de planche sur la mer.
Je pensais à Émilie, à Bulle, à sa sœur, je me remplissais d'air et de mer et de ciel, on n'arrive pas les mains vides quand on vous offre un soleil. La sœur, je l'avais probablement vue à l'enterrement, je n'en gardais aucun souvenir, idem le mari. Émilie, non plus… je ne l'ai vue qu'une fois, je regardais sa mère, par contre je me souviens très bien de ce qu'elle m'avait dit.
Le mercredi matin, je me suis réveillé avec ces mots, « l'enfant parle »… les restes d'un rêve, sans doute. J'avais deux rendez-vous, deux petites filles ! Je ne cherche pas à comprendre, c'est toujours comme ça…
À 13 heures, j'ai sonné, j'ai entendu la voix de la sœur, Émilie, il est là ! C'était un appartement, au dernier étage, l'œil passait au-dessus de trois pins parasols, des rescapés du béton.
Émilie a ouvert, je l'ai reconnue, elle avait grandi, son visage s'était allongé, alors le temps s'est arrêté, combien, je ne sais pas, quelques secondes qui m'ont paru des minutes. Est-ce que sans moi ces yeux se seraient fermés à jamais ? Basta !… elle était là, et bien vivante.

On va manger du gâteau au chocolat, elle a dit, c'est moi qui l'ai fait. Elle m'entraînait déjà, pressée de me montrer. Entrez ! a dit la sœur. Elle ne ressemblait pas, je ne retrouvais pas grand-chose de Bulle, plus grande je dirais, plus âgée, pas de drame dans le regard.
Je l'ai suivie sur le balcon, Émilie nous attendait. Nappe blanche sur une table ronde, trois assiettes déjà prêtes... Je peux vous offrir du thé, ou du café, ou un jus de fruit, a dit la sœur. Moi, j'aime avec du lait, a dit Émilie. Alors je vais faire comme toi. Je vais chercher le gâteau Tatali ? Elle n'a pas attendu la réponse, elle est partie en courant. J'espère que vous aimez le gâteau au chocolat ? c'est très important pour elle, depuis hier elle ne parle que de ça. J'ai senti monter des larmes, tu ne vas pas te mettre à pleurer ! j'étais à vif, on va où là ? Vous avez une belle vue, j'ai dit... pour regarder les pins parasols, le temps de remettre de l'ordre dans ma tête, c'est bien commode de pouvoir dire n'importe quoi, on a parlé des arbres et de la nature, je ne pourrais pas vivre sans entendre les oiseaux le matin, a dit Tatali, mais bien sûr que si, tu pourrais ! on peut tout, j'ai pensé à mon moine et à sa niche sur la plage.
Émilie est revenue, les yeux sur le gâteau, regarde devant toi, lui disait Tatali, elle allait à petits pas, deux jours qu'elle y pensait à ce moment. Et maintenant, tu restes avec l'invité, parce qu'on ne le laisse pas seul, c'est pas poli.
Tatali est partie dans la cuisine, Émilie continuait à regarder son gâteau, les yeux brillants d'émotion, elle me lançait des regards pour vérifier que moi aussi, je le trouvais très beau. C'est très gentil de m'avoir fait un

gâteau. T'en fais toi ? Non, je ne sais pas. Tu ne fais jamais de gâteaux ? Elle m'a regardé, les yeux remplis d'inquiétude et d'incompréhension, tu veux que je t'apprenne ? C'est facile, tu sais, alors elle m'a récité la recette, sérieuse comme une adulte, tu te souviendras ?
On a mangé le gâteau, il est très bon, j'ai dit. Je ne mentais pas. J'ai appris que Tatali n'avait pas d'enfant, et qu'elle s'était toujours occupée d'Émilie, Bulle était souvent malade, dépressive, j'ai cru comprendre. La vie continue, j'ai pensé, comme chez Daniel, comme partout.
Comment tu fais pour guérir ? Je voudrais que tu m'apprennes, a dit Émilie. Je ne sais pas comment je fais, c'est un don. C'est quoi un don ? J'ai expliqué, mais qu'est-ce que j'en sais, certains ont la main verte, d'autres pas. Est-ce que ça ne serait pas la même chose ? T'as une plante qui crève ici, tu la donnes à la voisine, elle pète le feu, juste tu la changes de mains, c'est tout, pourquoi on serait différents ?
Émilie était dans de bonnes mains, c'est sûr. On peut tuer et on ne le sait pas. Et aussi il y a les mains qui te donnent à boire et puis c'est tout, tu vis mais c'est tout juste, tu fais des fleurs mais sans grâce, sans flamme, tu n'iras pas loin, à la fin de la saison on te jettera, tu n'intéresseras plus… alors, il y a les plantes qui n'ont besoin d'aucune main, les sauvages, je vous emmerde, marche ou crève, qui connaissent les jours sans pluie, le vent, le froid, elles courbent le dos, se ratatinent, à peine si on les remarque sur les chemins, mais vas-y, il se met à pleuvoir, un rayon de soleil les touche, et tu les vois exploser, magnifiques, insensées, sauvages quoi, et dire

qu'il s'en trouve qui viennent les cueillir ! alors elles finissent tiges coupées, noyées d'eau, pour faire un joli bouquet sur le guéridon derrière une fenêtre, un musée pareil, pas de chance, elles sont tombées sur des mains assassines, insensibles encore, même les fleurs sauvages ne sont pas à l'abri.

Je suis reparti tout content. Je reviendrai, c'est promis. Tu me fais comme tu m'as fait chez toi ? Elle voulait… elle est venue, et je l'ai prise contre moi, elle respirait à peine pour mieux sentir mes mains dans son dos, si t'avais fait pareil à maman, peut-être tu l'aurais guérie. Peut-être. Pourquoi tu ne l'as pas fait ? Je ne sais pas. Tu ne savais pas qu'elle était malade ? Je n'ai rien dit… Il faut que tu fasses à Tatali, maintenant, il n'y avait pas à discuter, j'ai pris Tatali dans mes bras, il y avait un corps sous le tissu, je l'avais presque oublié, probablement sauvage, j'ai pensé.

Voilà comment j'avançais, tout boiteux, un jour j'ai fini par croiser Nanar, tu vois je suis revenu. Jusqu'à quand ? Arrête tes conneries ! il m'a dit. C'est toi qui es dans la connerie, pas moi. Il voulait que je le prenne au sérieux, ce gland !

Je suis retourné boire des bières sous la tonnelle, Josiane lui tenait la main, elle pouvait lui tenir tout ce qu'elle voulait, maintenant je savais.

Un soir où on était tous seuls, Nanar m'a parlé de son étudiante. On ne parle pas la même langue, je me suis dit. On se croit pareils, mais non, il voit vert, je vois bleu. Tu sais Nanar, je t'ai vu connard, alors maintenant, tu peux faire tous les ronds de jambe que tu veux, je ne

te verrai plus autrement, je ne le lui ai pas dit, bien sûr… tu ne me fais plus rêver, tu te fais des films, tes châteaux, à la première vague, il n'y a plus rien. De toute façon, rien ne tient…
Rien. On va s'arrêter là m'a dit Marianne… c'est la loi des séries, j'aurais dû me douter, au minimum craindre. Josiane, c'était que le début, la série des pertes, pertes et fracas. Je ne comprends pas, j'ai dit. C'est pourtant clair, elle m'a dit, toutes les histoires ont une fin. Tu as quelqu'un ? Oui. C'est qui ? Tu ne le connais pas. Alors tu peux me dire, où tu l'as rencontré, qu'est-ce qu'il fait ? Laisse tomber Freddy, on ne va pas commencer à se faire du mal. Tu ne veux pas me dire ?
Je n'ai pas aimé sa façon de me regarder, c'est bon Marianne, ne me dit rien. J'aurais bien fait une crise là, rien que pour l'emmerder, bien obligée de s'occuper de moi, mais c'est jamais quand ça m'arrange.
Très bien, j'ai dit, je n'irai plus boire ma bière au Rialto ! Pourquoi je veux que ce soit très bien ? Alors, je me suis dit, merde c'est injuste, sa peau est si douce, je vais me retrouver à caresser les draps. Tu parles si je connais ! Je croyais en être sorti de cette prison. Très bien… puisque Tu le veux comme ça. Je ne sais pas qui Tu es, mais Tu ne me loupes pas ! c'est très bien…
Je suis passé devant le moine. Ça va, ce soir, j'ai mon paquet, je ne vais pas me charger davantage. Mais c'est très bien, très bien… J'y revenais. Avant les tempêtes on tire les volets, on les cloue, on s'enferme. C'est très bien comme ça, je ne la toucherai plus, mais j'aurai toujours dans les doigts le grain de sa peau, ou les seins tendus

de Josiane, personne ne me les enlèvera. C'est très bien, les voilà mortes comme Marie, comme Bulle…
Ce n'est pas moi qui suis mort, moi je roule, je freine et c'est très bien… c'est bon d'être vivant. J'étais devant une sacrée découverte, ça peut paraître rien du tout, mais j'étais vivant ! Attends donc demain matin quand tu te raseras devant la glace…
J'ai entendu mon père partir au travail, il était 7 h 30. Et puis Karine, donc 7 h 50, je ne dormais pas… et puis des coups à ma porte. Merde, je me suis endormi ?
J'arrive, j'ai crié… J'ai enfilé mon jeans, un tee-shirt, échevelé, livide au milieu des tempêtes, j'ai ouvert, excusez-moi, je ne me suis pas réveillé ! C'était un jeune homme, il n'avait pas trente ans, livide lui pour de vrai, un cancer, je ne peux rien pour lui, tout de suite j'ai pensé. Je l'ai écouté, et puis j'ai posé mes mains sur sa poitrine. Je peux vous aider, mais je ne peux pas vous guérir. Je suis perdu, c'est ça ? Je ne sais pas, il n'y a qu'un docteur qui peut vous le dire. Il m'a regardé de ses yeux fatigués, je vous déteste ! il a dit, il s'est levé d'un coup, il est parti, laissant la porte grande ouverte derrière lui.
Deuxième rendez-vous, un couple, une femme si grosse qu'elle force sur les montants pour passer la porte. Je ne peux rien pour elle… Troisième, encore un couple, je ne peux rien pour lui.
Je n'ai pas déjeuné, je suis parti marcher dans la campagne. Et puis ça a recommencé, je ne peux rien, je ne peux rien… la phrase revenait têtue. Tout l'après-midi, je me la suis répétée. Alors, j'ai pris la moto et j'ai filé sur le port, je savais où j'allais, je voudrais prendre un

cours de planche à voile, je vous préviens, je ne suis jamais monté sur une planche et je dois être bien rouillé. Le moniteur m'a reluqué des pieds à la tête, alors pourquoi vous voulez faire de la planche ? Parce que quand je les vois sur l'eau, ils me donnent envie, et puis j'ai promis à ma fille.

On a pris rendez-vous pour le lendemain, mais j'aurais bien commencé tout de suite, et ce soir, c'est pas possible ? Il est trop tard. Et si je vous paye deux leçons… il m'a encore regardé de haut en bas, mais cette fois-ci, je ne l'ai pas laissé penser, j'ai de sales idées à chasser, j'ai dit, je crois que ça pourrait m'aider. Il a regardé sa montre, histoire de dire qu'il réfléchissait. Bon… eh bien, je vous équipe et on y va.

J'ai donc pris ma première leçon. J'ai dû boire cinq litres d'eau. Je me suis fait engueuler un nombre incalculable de fois, il s'énervait ce con, qu'est-ce que j'en avais à foutre, toute la journée je m'étais retrouvé devant des êtres finis, des regards déjà voilés, adios amigo ! pose ton sac t'es arrivé ! alors, il pouvait gueuler l'autre, je m'accrochais à la voile, je me cassais la gueule, je buvais mon quart de litre, je recrachais et je remontais sur la planche en toussant à m'arracher les poumons.

La leçon terminée, je me suis payé une moule frites, arrosée d'une Leffe. J'avais le feu au visage, mal aux bras, aux cuisses. Je vous emmerde ! je pensais, pas besoin de citer les noms… il y a vingt ans que j'aurais dû faire ce que je fais, je suis un attardé. Tant pis. J'ai vécu timoré, sans jamais oser parce que ci et ça, toujours une bonne raison pour m'empêcher. Et si j'ai une crise en mer ? Eh

bien, je coule et on n'en parle plus ! C'est bon de penser comme ça. J'aurais bouffé le monde. J'ai commandé une autre Leffe et un gâteau au chocolat.
Ensuite, j'ai traîné. J'ai aperçu le moine, je me suis approché pour voir son pied. Il m'a reconnu, ah c'est toi ! regarde… il tendait la jambe devant lui, tu peux recommencer ! regarde-moi ça, comme il est moche ! Tu devrais aller marcher dans l'eau, j'ai dit, si ça ne fait rien, ça te lavera. Vas-y si tu veux, toi ! c'est toi qui me guériras ou personne… allez, vas-y guéris-moi ! Il tendait toujours sa jambe, je me suis accroupi, j'ai pris son pied dans mes mains, il était brûlant, on va aller tous les deux marcher dans l'eau, j'ai dit, viens… Va me chercher à boire plutôt, j'ai soif ! il était bloqué, je lui ai laissé un billet et je suis reparti, il était dans le coton, il n'en sortirait rien de sensé.
J'ai commencé à me demander ce qu'il fallait que je croie de son histoire, il était mangé par la solitude, fou. Depuis le début, il délirait et je n'y avais vu que du feu, et je m'étais enflammé avec lui.
Je n'avais pas envie de rentrer. Je suis passé à l'Ambassy, j'ai aperçu Nanar, un plateau à la main, enchaîné là jusqu'à minuit j'ai pensé, et puis surtout, la voie est libre, je vais voir Josiane, j'ai envie de tenir ses seins, de la pénétrer, putain, j'y vais !
J'ai garé la moto, même pas pris le temps de déposer le casque à l'intérieur, direct j'ai traversé le camping. Josiane regardait, les gosses étaient couchés. Elle a eu l'air surprise de me voir, qu'est-ce que tu fous ? Comme toi, je m'emmerde, j'ai dit. Je ne m'emmerde pas. Tu

parles Charles ! Je n'insiste pas, elle me suit dehors. Tu ne devineras jamais ce que j'ai fait ce soir ? Vas-y. J'ai pris une leçon de planche à voile. Et alors ? Alors, c'est bien… Elle ne mesure pas, elle est à des kilomètres, encore avachie d'avoir trop regardé, les seins au garage.
Il faut que je la ferme, que je la laisse venir, sinon je vais me noyer de paroles et tuer le désir. On s'assoit sous la tonnelle, qu'est-ce que t'as fait aujourd'hui ? Oh… elle bâille avant de me répondre, oh excuse-moi, pas grand-chose, comme tous les jours. Et toi ? Sale journée, j'en peux plus de voir des gens qui vont crever. Elle bâille encore. Oh, excuse-moi ! Nanar travaille ? je dis, hypocrite. Oui jusqu'à 1 heure.
Je laisse le temps aller son train. Elle regarde le camping, c'est tout noir, les Mathiau regardent, les Filhol, tous les mobil-homes sont sous le charme, les lumières sautent partout en même temps. Il y a du foot ce soir ? Oui… Enfin, elle me regarde. J'aime pas le foot je dis, tes seins sont tristes ce soir. T'es sûr que c'est pas toi qui es triste ? Je suis triste de voir tes seins tristes.
Voilà, on était sur les rails. Je n'allais pas lui expliquer, et d'ailleurs, elle savait… je ne restais plus comme un con au bout du comptoir, j'avais pris ma première leçon de planche, et là, je prenais la main de Josiane, la mort m'avait pourchassé toute la journée, voilà ce que j'en faisais. Il n'y a rien d'autre à faire.

12

La planche m'a bien occupé pendant trois mois. L'autre ne me gueulait plus dessus. L'hiver est arrivé et je suis passé au windsurf ou flysurf, c'est comme on veut. Je n'avais toujours rien dit à Lucie. Nanar avait opté pour les soirées, pour échapper aux enfants, et puis aux tête-à-tête avec Josiane, et puis il avait toute la journée pour lui.

Alors Josiane frappait à ma porte. Ça m'allait. Et puis, je n'avais pas eu d'autre crise, mine de rien, je me refaisais un corps.

Les rendez-vous se bousculaient, je ne savais plus comment les faire entrer dans une journée. À peine je voyais, je savais… celui-là c'est la hanche, celui-là le foie, la prostate, et je me trompais rarement. Il n'y a rien de magique, c'est une question d'œil, je dois être fait pour ça, c'est tout.

Mais je ne m'habitue pas à la mort et à ce qui va avec, l'injustice. T'es vieux, t'as fini ton temps, c'est bon, mais j'en vois arriver qui ont à peine trempé leurs lèvres, c'est moche, c'est à n'y rien comprendre. Je passe voir ma grand-mère, j'en ai assez de l'entendre dire qu'elle veut partir, pourquoi ils ne me piquent pas, qu'est-ce que j'en ai à faire ? Oui, pourquoi ?

Alors, la planche me remet les idées en place, mais la tronçonneuse faisait aussi bien l'affaire. Le problème, c'est que je suis dépendant, je n'ai pas de voiture pour transporter la planche.
L'autre problème, c'est toujours la solitude, et pourtant ça défile dans mon home, même Josiane n'y peut rien. Je finis par me dire que c'est une maladie comme une autre. Et plus je travaille, moins j'ai de chances de rencontrer celle qui me guérira.
Un rendez-vous m'a dit, il faut aimer sa vie, il a ajouté, je l'ai toujours aimée, c'est pas maintenant que je suis malade que je vais la détester, je ne lui en donnais pas pour six mois, est-ce que tu vas l'aimer jusqu'au dernier jour ? l'aimer encore quand elle te lâchera ? quand elle te bousillera, te remplira la tête de coups de marteaux et autres saloperies ? J'écoute, je gobe et puis je réagis tout seul dans un coin de ma tête.
Toujours aimé la vie ? Qu'est-ce que tu me racontes là… moi, je dirais que je l'ai plus souvent haïe qu'aimée, ne me donnez pas une balance, je préfère le flou. Et quand elle me lâchera… oh ! elle m'a déjà lâché… et pas qu'une fois ! ce n'est pas ça qui m'effraie… mais alors, je voudrais qu'elle soit brutale, très brutale.
Je suis retourné au Rialto, je voulais savoir qui m'avait remplacé, qui se caressait sur le ventre de Marianne. Le soir, je termine trop tard, Marianne est déjà partie quand je sors, alors je suis allé déjeuner, Marianne m'a vu entrer, elle n'a pas bronché, elle a porté ses deux salades niçoises en terrasse.

Elle est revenue, elle m'a embrassé sur la joue, ça va toi ? Les piliers qui savaient me regardaient en coin. Je te sers un demi au bar en attendant une table ? Oui, Marianne. Le patron s'approche, il faut que je vienne te voir, j'ai une douleur à la gorge. T'as vu un docteur ? Oui, c'est pas bon…

Un autre cocu de la vie ! il a trop fumé, trop bouffé la fumée des autres, il a tout pris. Approche voir ! Je pose ma main sur sa mâchoire, la peau est râpeuse et épaisse, il a fait du lard. Ils parlent de me faire des rayons… il dégringole, la pente est raide. Freddy, c'est pas le moment, il a peur de tout… Je suis peut-être en train de le guérir et lui pense à ses clients, il faut qu'il rende la monnaie, c'est pas le moment, je te dis ! mais c'est jamais le moment ! je dis. Il n'ose plus bouger, il regarde l'un l'autre, il avoue à tout le monde, dis-moi, je suis cuit, je vais y passer à la casserole…

Bouge pas ! je lui dis, et puis… avec qui elle sort Marianne ? Il débarque, il ne pense qu'à son cou et à ses clients… Francis. Quel Francis, je ne vois pas… Un grand brun qui travaille dans les assurances. Bouge pas !… Me dis pas que t'es en train de me guérir là ! Tu veux que je te fasse une ordonnance ? Et elle est comment avec ce Francis ? Laisse tomber, c'est pas une fille pour toi. Qu'est-ce que t'en sais ?

Je l'ai encore gardé dans mes mains, juste pour le faire chier, ah, tu veux la rendre ta monnaie ! c'est peut-être ça qui le sauvera, mieux que mes mains. J'ai peut-être aidé à réveiller un désir secret, je me dis, le pognon !

toujours le pognon ! Pourquoi on tombe malade, pourquoi on guérit ?
Marianne m'a préparé une table. J'ai commandé une niçoise. Ça marche bien avec Francis ? Très bien. On ne la surprend pas comme ça. On ne pourrait pas se revoir, un de ces soirs ? Elle a secoué la tête, c'est bien fini... la niçoise est passée de travers. Je suis allé payer au comptoir, tu crois vraiment que tu m'as fait quelque chose ? a demandé le patron, en me rendant la monnaie. On verra bien.
J'ai évité Marianne, j'ai filé, je suis trop con d'être revenu ! j'ai repris ma bécane. Qu'est-ce que j'ai aujourd'hui à courir en arrière ? Le vent se levait... ce soir je ne vais pas faire de la planche, alors je m'en fous... d'ailleurs, tout me fait chier !
J'ai commencé l'après-midi par une angine de poitrine. Elle m'emmerde ton angine ! j'ai failli lui dire. Un type qui me regarde, l'œil vitreux, faut arrêter l'alcool, je lui dis. Oh, mais je ne bois pas beaucoup... Tu parles ! Il s'inquiète pour son cœur et ses artères, c'est le foie qui va lâcher. Au suivant.
J'ai fini à 9 heures, j'ai traversé le camping, je devais avoir les yeux à côté des trous, Josiane m'a servi une 16 sans que je demande. Tu veux des pâtes ?... de toute manière, j'ai rien d'autre.
Il fallait me laisser le temps de revenir, je la regardais comme je regarde mes rendez-vous, elle sentait la femelle, je le lui ai dit. T'es con ! elle m'a dit, qu'est-ce que ça veut dire ? Je revenais lentement... ça veut dire que ça fait du bien de voir quelqu'un qui va bien, qui a le

sourire et qui m'excite. Je n'ai pas articulé le dernier mot à cause des enfants.
Je soufflais pour chasser un trop-plein d'air, je dois accumuler pendant mes rendez-vous, parce que chaque soir je passe une bonne demi-heure à souffler.
J'ai mangé les pâtes, Josiane s'est assise en face de moi, elle me regardait, la tête posée sur une main comme on regarde un mari. J'en faisais trop, les retours étaient de plus en plus longs. Alors, j'avais besoin de la chair de Josiane, saine, évidente, je sentais ses seins me frôler, j'avais déjà fait la moitié du chemin. La dernière moitié est la plus longue. Enfin… je soufflais encore un bon coup.
Et le lendemain à 9 heures, j'ouvre ma porte, entrez ! tiens, voilà un estomac qui brûle, asseyez-vous. C'est reparti. Le soir, je soufflerai. Est-ce que toute ma vie, je vais devoir supporter ces camions de miasmes ?
Je ne tenais que parce que j'espérais une rencontre extraordinaire, Marie, Bulle, l'inconnu qui nous tombe dessus. Est-ce que je ne connaîtrai plus ce moment ? Sois déjà content que ça te soit arrivé.
Je ne l'ai pas dit, mais maintenant je peux le dire, j'allais sur leurs tombes, elles n'étaient pas très loin l'une de l'autre, j'espérais un signe, quelque chose. Rien, je n'ai jamais ressenti qu'un ennui profond, rien.
Voilà… les jours filaient, il ne se passait rien. Alors vraiment, pas de balance ! est-ce qu'un être sensé peut dire, j'ai toujours aimé la vie ? Autant dire, j'ai toujours aimé l'eau qui coule, mais il suffit qu'elle soit trop chaude ou trop froide, on a vite fait de fermer le robinet. Bref, on passe son temps à dire n'importe quoi.

Je suis repassé au Rialto, le patron n'avait plus de cheveux, un teint de craie. Tu vois, ton truc a pas marché, il a dit. C'est pas moi qui décide, j'ai dit. Il ne bougeait plus de sa caisse, le cul sur un tabouret, il suivait les serveurs, l'œil à tout il grognait, devenu un animal malade, et tout le café semblait contaminé. J'ai bu mon demi et je suis parti déjeuner sur le port, les bateaux en hiver sont plus nombreux que les clients. Je ne voyais plus le moine, avait-il changé de ville, l'avait-on amputé ?

J'étais assis en face d'un miroir, il était assez loin pour que l'image ne soit pas désagréable, j'avais hésité à m'asseoir là. J'ai d'abord aperçu une blonde derrière moi, je me suis retourné, il n'y avait personne. C'est bon, j'y ai droit, je me suis dit.

J'ai appelé le serveur, tout de suite monsieur ! mais ce con a disparu dans les cuisines. Il était trop tard pour que je foute le camp, alors prévenir… mais qu'il se grouille ce con ! J'ai revu la femme derrière moi, mais cette fois-ci, je ne me suis pas retourné. Alors, je l'ai vue passer devant moi, elle n'était plus dans le miroir, j'aurais pu me lever et la toucher et l'appeler. Pas la peine, elle s'est retournée, pour s'asseoir à deux tables de moi. J'ai croisé son regard et l'inconnu est revenu… la Chose, aussi intense qu'avec Marie, tout le corps envahi, je dirais nettoyé, bouleversé.

J'ai voulu me lever pour aller vers la blonde, je m'y attendais mais je résistais de toutes mes forces, mes mâchoires, merde ! si ça part dans les mâchoires, je ne peux plus rien… elles se sont durcies, c'était un autre qui s'emparait de moi, tous mes muscles qui se remplissaient, se tendaient.

J'ai parlé à la blonde et elle m'a répondu, mais je n'ai pas gardé ce qu'elle m'a dit. Je me souviens que j'ai envoyé valdinguer la table devant moi et puis l'éternité, *l'obscurité semblait gonfler sa vague énorme, c'était on ne sait quoi de submergé, c'était ce qui n'est plus, ce qui s'en va, ce qui se tait, et l'on n'aurait pu dire, en cette horreur profonde, si ce reste effrayant d'un mystère ou d'un monde, pareil au brouillard vague où le songe s'enfuit, s'appelait le naufrage ou s'appelait la nuit, et l'archange sentit qu'il devenait fantôme, il dit, Enfer ! et déjà le soleil n'était plus qu'une étoile.*
Je me suis réveillé allongé sur le carrelage qui me glaçait les os. Je cherchais la blonde, j'aurais aimé lui dire que je l'aimais, mais je n'avais la force ni de parler, ni de me redresser, ni même de comprendre ce qui se disait autour de moi. Je voyais des yeux effarés, j'avais dû être impressionnant à voir, je ne me suis jamais vu, je ne peux qu'imaginer. J'étais cassé menu, tout à recoller, mille morceaux, là, je n'y arriverai pas, un enfant qui vient de naître doit avoir plus de force que moi, je reviens, mon Dieu qu'est-ce que vous avez fait de moi ? qu'est-ce que vous me voulez ? qu'est-ce que je peux faire d'autre pour vous être agréable ? Je suis si fatigué, je pourrais être mort, ça ne doit pas être très différent.
Ils me fatiguent à s'occuper de moi, j'aimerais leur dire que j'ai froid, mais les mots sont trop lourds à lever. J'ai peut-être réussi à le dire parce qu'on me recouvre d'un manteau, mais c'est le carrelage ! c'est trop lourd à dire. J'entends une sirène, ils ont dû appeler les pompiers, *quelqu'un, d'en haut, lui cria, tombe ! les soleils s'éteindront autour de toi, maudit ! et la voix dans l'horreur immense se perdit.*

Pourquoi cette femme ne se montre-t-elle pas ? C'est pire que la fatigue, je ne comprends pas pourquoi on ne la laisse pas s'approcher, pourquoi elle ne se rebiffe pas... Oh si, je comprends et trop bien, elle n'existe pas ! c'est encore un fantôme, je déteste les miroirs... mais cette fois-ci je l'ai eue devant moi, j'aurais pu la toucher. Pourquoi me faire ça ?

Mais non, elle est là... je la vois qui se penche, encore, encore, vas-y plus près, viens. Pourquoi reste-t-elle si loin ? Je n'ai pas la force de tendre la main pour qu'elle comprenne. Je la vois, ce n'est pas un fantôme, je me dis. Oh... c'est trop compliqué à penser, un homme se penche sur moi, je le reconnais. Oui, c'est ça, emportez-moi, sortez-moi de là. Je ferme les yeux, faites de moi ce que vous voudrez.

J'ai passé la nuit à l'hôpital, et puis encore un jour, et puis mon père est venu me chercher avec Josiane et sa voiture. Je suis monté à l'avant, Josiane conduisait, tu veux bien passer par la plage ? La mer était d'un beau bleu, je crois que c'est pour ça qu'on dit d'azur. J'aime cet azur. J'ai voulu toucher l'eau. Je revenais, je laissais un trou derrière moi, peut-être un trou d'épingle, peut-être une catastrophe, ça ne change rien, un trou n'a pas de dimension.

Ils marchaient sur le sable à côté de moi, on aurait pu être les deux premiers hommes et la première femme à marcher sur la terre. Je revenais, je reprenais contact, je me suis déchaussé, l'eau était très froide à bloquer les chevilles. Je me suis rempli du bruit des vagues, j'en avais besoin, depuis quatre mille ans les vagues tombaient

dans l'abîme, bien plus que ça... Alors on est rentrés au camping, Frisette aboyait, arrête Frisette !
Josiane m'avait acheté des roses, un bouquet rouge sur la table, je revenais, ça allait recommencer, les rendez-vous et tout le reste, je ne suis pas sûr d'avoir envie. Josiane m'écoute, je lui explique. Avoir plusieurs vies, ça ne veut rien dire, je sais de quoi je cause, on recommence comme un ressort qu'on tend, et retend, il n'a qu'une vie le ressort, et un jour il pète, ou bien il saute, et on ne le retrouve plus.
J'étais rempli du bruit des vagues, des milliards de vagues, autant que d'étoiles, toute cette poussière, c'est à rire d'en faire un drame.
C'est gentil ces roses, peut-être que je t'aime, je lui dis. Je le dis rarement, je ne sais pas le dire, la faute aux vagues. Tout est à sa place et tout est différent, c'est toujours comme ça quand on revient.
Elle va devoir me laisser pour aller chercher les enfants à l'école. Vas-y. Tu es sûr ? Oui, je vais très bien, je vais peut-être dormir. Tu passeras ce soir me faire un câlin. Il faut être faible pour goûter la tendresse, c'est un plat trop délicat, les bien-portants l'ignorent.
Des milliers de vagues sont venues s'échouer. C'était un matin gris de février, mon père était déjà parti, je n'avais pas entendu sa moto. Le mistral n'allait pas tarder à balayer les nuages, on l'entendait déjà qui soufflait.
Karine avait annulé mes rendez-vous de la semaine, les roses me rappelaient que je n'étais pas seul, des vagues toute la journée viendraient s'échouer, je me suis levé

pour prendre mon Rivotril et je suis allé chez mon père lui piquer du lait pour mon chocolat.
Le téléphone a sonné. Non, pas de rendez-vous avant le mois prochain, il se désole, il s'énerve, je n'ai que deux bras, je prends le nom, vendredi 12, 11 heures, oui c'est ça, il répète, moi aussi, au revoir.
Si le mistral pouvait tout emporter ! Encore ça sonne ! Je débranche. J'ai de l'argent, pourquoi je ne partirais pas avec Lucie, n'importe où, une semaine, dix jours, je ne suis jamais parti, je n'ai jamais pris de vraies vacances, ou bien tout seul, partir avec le mistral, loin, n'importe où.
Quand mes mâchoires durcissent, je pars aussi, n'importe où, et puis je reviens. Je ne sais partir que pour mourir, je ne sais pas vivre. Au secours !
Je pousserais bien un grand cri, que quelqu'un vienne à mon secours…
Je passe mon temps à faire semblant de guérir les autres, je suis plus malade que vous. Au secours !
Ça serait bon d'être sur une planche avec ce vent, mais ce matin j'ai pas la force. Je ne pense plus qu'à la femme blonde aperçue dans le miroir. Je sais, elle n'existe pas, le docteur m'a expliqué, avant une crise vous avez souvent une hallucination. Eh bien, je vous le dis, il n'y a pas de différence entre le vrai et l'hallucination. Si… et elle est de taille, je ne pourrai jamais toucher cette femme.
Ma vie n'est pas autrement, je n'arrive pas à la toucher. Et les seins de Josiane, la peau de Marianne ? Oui, oui… il n'y a que dans ces moments où je me sens vivant, à toucher une femme ou à être à l'intérieur d'une femme.

Je me suis lâché, j'ai dit ça au toubib. Très bien, maintenant il va valoir apprendre à en sortir, d'habitude on commence par là, on appelle ça naître, il a dit. T'as peut-être raison, tu ne serais pas en train de me dire que je ne suis pas né ? Ça me fait une belle jambe, tiens ! des mots, des mots…

Je me suis recouché et j'ai dormi jusqu'à midi. On frappait. Ouais ! C'était Nanar, excuse-moi, je te réveille ? Non c'est bien, entre. Le soleil était déjà depuis longtemps dans la pièce, assieds-toi. Il me regardait depuis sa belle santé, il ne pouvait pas comprendre.

Il a pris une chaise, il a assis son paquet de muscles, posé ses pognes sur la table, il m'a attendu, il se frottait la tête. Je suis dans la merde Freddy, la petite me relance. Je ne l'ai pas écouté, j'ai fait un café, il attendait mes questions, rien, je ne le relançais pas, mais il s'en foutait, il continuait tout seul, vas-y, il ne pensait qu'à lui, vous ne pouvez pas savoir ce que je vis, deux couches, trois couches, il étale Nanar, moi je ne tiens pas sur mes jambes, il faut que je me recouche, et il continuait, Nanar je ne t'entends plus, je dors, même comme ça, même le dos tourné, il m'abreuvait.

Lucie est venue dormir. Tous les soirs de la semaine elle est venue, et je me suis fait plus faible que j'étais pour la laisser me veiller. Je la verrais bien infirmière.

J'allais la chercher au collège, elle faisait ses devoirs, sans télé, sans bruit pour ne pas me fatiguer, et puis elle m'aidait à préparer le repas.

Elle finissait tout de même par allumer, je ne mets pas trop fort, comme ça, ça te va ? Tout m'allait… elle me

posait des questions sur ma mère, mon père, et moi, vous m'avez voulue ?
Oui, et je lui ai raconté que le jour où elle est née, quand je l'ai vue, pour la première fois de ma vie je me suis senti responsable, maintenant tu ne peux plus faire n'importe quoi j'ai pensé, mais pas qu'un peu, la grande affaire qui efface tout, tu repars à zéro, maintenant tu n'es plus seul, tu n'as plus le droit.
Le droit de quoi ? elle m'a demandé. De faire n'importe quoi. Mais t'as jamais fait n'importe quoi. Pas vraiment, mais je pouvais, tout était encore possible, et là, fini. Je ne comprends pas, elle a dit, qu'est-ce qui était possible ? Tout, mal tourner, boire, me défoncer, partir en vrille. Avec tes crises, tu ne pouvais pas. Et pourquoi pas ?
J'avais deux copains, des jumeaux diabétiques graves, obligés de se piquer matin et soir à l'insuline, ils se shootaient à l'éther et puis tout ce qu'ils pouvaient trouver, ils sont morts. Au lieu de se soigner ils se sont déglingués.
Toi, t'aurais pu ? Je ne l'ai pas fait, mais avant que tu naisses, j'étais si peu sûr de moi… Alors, t'étais content que je naisse. Très, et je suis très content que tu sois là aujourd'hui, qu'on puisse parler…
Tu n'imagines pas combien tu comptes pour elle ! j'ai pensé. Je n'imaginais pas… j'étais devant un être tout fragile encore, et peut-être parce que je l'étais moi aussi, on pouvait se parler autrement. Je découvrais que je n'étais pas seul, que j'étais toujours responsable, que je ne pouvais pas faire n'importe quoi, je l'avais oublié. Ils sont si fragiles ces fils, pas plus solides que de la soie.

Alors, je lui ai dit, tu sais que je me suis mis à la planche ! je te l'avais promis, je l'ai fait. Quel cachottier ! Et depuis quand ? Je suis resté flou, je crois que je vais t'épater. Tu me montres quand ? et c'est difficile ? et moi, tu crois que je pourrais en faire ? On revenait dans le présent et c'était bien.
Ce soir-là, l'enfant a disparu, j'étais devant une jeune fille et j'avais à être son père. Jamais je n'avais parlé comme ça avec mon père, elle me fabriquait sans le savoir, c'est elle qui m'a incité à faire de la planche, je me suis trop écarté d'elle, je me suis dit.
C'est peut-être ça une famille, on ne sait pas trop ce qui s'y passe, comme moi quand je pose mes mains sur un malade, parfois ça marche, mais pour que ça marche, il ne faut pas être trop loin les uns des autres.
Un soir, elle m'a rejoint à la plage, je l'ai vue me faire de grands gestes, elle m'avait reconnu. Oui, c'est moi… et moi aussi je me suis reconnu, voilà c'est moi, aucun miroir n'aurait pu me renvoyer cette image. J'étais presque aussi vivant là qu'à l'intérieur de Josiane, presque…
Je veux en faire moi aussi. Je l'ai inscrite pour un essai, et maintenant tous les mercredis en fin d'après-midi, on se retrouve à la plage. Elle apprend plus vite que moi, mais elle a moins de force dans les bras, elle découvre qu'elle est une femme, moi aussi, je découvre.
J'ai repris mes rendez-vous, j'offre mes mains, parfois une idée folle me vient. Lucie ne me pose plus de questions, elle est retournée dans son monde, je sais qu'elle n'est pas loin, je crie elle arrive… oui, mais

l'arrivée de la nuit reste toujours pour moi un problème, ce soir, qu'est-ce que je fais ?
Josiane ne vient pas tous les soirs, je ne passe plus au Rialto pour ne pas voir le cadavre derrière son comptoir, il expose sa mort, il faut que tout le monde en profite. J'en rencontre des plus dignes.
Marco s'est trouvé une moitié, on ne le voit plus.
Alors je varie, un soir ici, un autre là, je n'arrive pas à m'ancrer. Samedi, je suis allé au casino, j'ai essayé voilà... les machines à sous me laissent froid, la roulette, tout le reste, c'est pas pour moi, c'est pas mon monde.
Je regardais les têtes, parce que c'est une tête que je cherche, un corps, une vie à pénétrer. Mais plus tu chercheras moins tu trouveras ! oui, mais si je reste chez moi, je ne vois pas venir la vie.
Alors, je glisse dans la ville, et quand j'aperçois une connaissance, je m'arrête. Salut, qu'est-ce que tu fous ? Je m'invente des prétextes, des trajets, on boit une bière, on salive pour rien. Quel merdier !
Je me dis que ça ne peut pas durer. Mais si, mais si, je suis resté comme ça pendant des années, et même avec Martine, ce n'était guère mieux, je jouais avec Lucie, ça faisait comme des trous, j'oubliais, je disparaissais. Est-ce que c'est ma nature, ma maladie, mes crises, ou bien tous les hommes sont-ils comme moi ?
Il est malade mais il pourrait faire un effort, un jour j'ai entendu ça dans la rue et je l'ai pris pour moi, faire un effort, quel effort ? Il y a de plus en plus de misère dans les rues, des mots nouveaux fleurissent, la précarité ! un pas de plus, t'es à la rue, voilà ce que ça veut dire, on

veut pas voir, pas dire. Moi, je ne suis pas à la rue, je ramasse du pognon que mon banquier me sert du Monsieur à chaque phrase… alors fais un effort, merde ! Mais je ne fais que ça !

Pendant des semaines, j'ai glissé dans la ville. Un accident ? Tiens, pourquoi pas ? Il a fallu que je renverse Daniel pour que je rencontre Marie. J'aurais pu être fou de cette femme… je l'ai été.

Un accident, j'y pensais de plus en plus. Il m'en venait des contractures dans les bras, je commençais à avoir peur de la moto, mais c'était ça ou rester enfermé dans ma tôle.

C'est alors que j'ai revu la blonde du restaurant, pas le lendemain, pas une heure plus tard, non là, au moment où je pensais à l'accident, à Marie, elle traversait la route devant moi. Là, tu ne rêves pas ! je me suis dit, ce n'est pas une hallucination.

J'ai tout de même commencé par douter, c'est une qui lui ressemble et toi tu t'enflammes ! J'ai vite largué la moto pour ne pas la quitter des yeux, et je l'ai vue entrer dans un bar, j'ai couru, je l'ai retrouvée devant un verre de vin blanc, j'ai tout de suite pensé, une femme seule, au comptoir à 9 heures du soir devant un verre de vin blanc…

C'était bien elle, j'avais beau me creuser, oui c'est elle. Elle a levé les yeux vers moi, elle se souvenait forcément, mais rien ne transpirait.

J'ai d'abord commandé une mousse, vous étiez dans le restaurant quand j'ai eu une crise d'épilepsie, j'ai dit. Ah, c'est vous ! elle a dit comme elle aurait dit ah, t'es

là à un de ses amis en passant devant lui, pas besoin de le regarder davantage, elle regardait le serveur ou rien du tout, je n'existais pas. M'avait-elle reconnu ?
Elle a vidé son verre, et j'ai bien cru qu'elle allait me planter là. A-t-elle hésité ? J'ai aperçu son regard dans le miroir, elle était partagée, ça pensait fort dans sa tête, elle n'était pas tranquille, un autre s'il vous plaît, elle a dit en levant la main, et puis elle l'a laissée retomber, vaincue, je n'y peux rien, j'ai bien essayé de résister, mais il me faut encore un verre.
Elle a attendu longtemps avant d'y toucher, elle le regardait, puis ailleurs, puis à nouveau le verre, vite fait, et puis encore ailleurs, est-ce qu'elle résistait ?
Ce n'était pas son premier verre, son visage n'était pas marqué par l'alcool, elle portait un tailleur bleu marine, des talons mi-hauts, elle avait des jambes fines, une femme d'affaires, j'ai pensé, mais quelles affaires ici ? Une femme qui règle ses affaires ? Je m'amusais à rêvasser, je la voyais dans un aéroport tirant sa valise, mais il n'y a pas d'aéroport ici.
Je ne me sentais pas rejeté comme si souvent, c'est elle qui était passée de l'autre côté, elle qui s'était mise hors jeu. C'est une femme qui boit, une alcoolique, où est-elle ce soir, dans quelle sphère ?
Vous n'êtes pas d'ici, j'ai dit. Non et vous ? Moi oui, je suis d'ici, j'ai cru que vous n'existiez pas, avant les crises il m'arrive d'avoir des hallucinations. Ça m'arrive souvent moi aussi, je me demande où j'ai bien pu voir cette tête, ça n'a aucune importance évidemment, les têtes qu'on voit, il vaut mieux les oublier, vous n'êtes pas de mon

avis ? Vous ne vous souvenez pas de moi ? j'ai dit. Elle a dit non, sans prendre la peine de me regarder. Combien je vous dois ? elle a demandé au garçon. Elle a réglé, au revoir, et le fantôme est reparti.

Je l'ai suivie jusqu'à la gare, elle est montée dans un taxi, ma moto était trop loin pour les suivre. Je suis retourné au café et j'ai demandé au barman, la blonde qui était là, vous la connaissez ? Non, jamais vue.

Maintenant, j'ai pris l'habitude de venir dans ce café, le patron n'a pas inventé la poudre, le serveur non plus et les habitués non plus. Qui se ressemble s'assemble. J'ai cessé de demander au serveur s'il avait revu la blonde, il a fini par comprendre pourquoi je viens.

Ici ou ailleurs ? Je m'installe à une table, je bois une bière, deux, je regarde. Marie, Bulle, cette blonde, je cours après des fantômes… des femmes qui ne sont plus tout à fait là, Nanar ne les verrait même pas, il glisserait. Je continue à me tenir à l'écart, au bout d'un autre comptoir. Merde !

Alors, je n'ai plus mis les pieds dans ce café, j'ai repris mes habitudes à l'Ambassy où Nanar officie.

La jeunesse ça change tout, elle vient là, comme les étourneaux, tous sur le même arbre, ils volent ensemble, la différence est là, les plus cons, les faiblards, les tordus sont pris dans le mouvement, à la fin de leur vie ils y reviendront et ce sera un autre mouvement, ensemble encore, tous les mêmes on dirait. Entre les deux c'est chacun pour soi, on se vole vite dans les plumes, et on voit vite qui est qui. Bien sûr, il reste des groupes, et on voit encore des vols mais ça ne vole plus pareil, fini les beaux ensembles, la grâce, les changements de direction insensés, ça ne rit plus, tout ça devient lourd, de plus en plus lourd, oiseaux de malheur, grises mines, les traversées sont difficiles.

En six mois, Nanar a prit un coup de vieux. On le voit à des riens, c'est le corps, c'est lui le traître qui dit l'heure, l'horloge terrible.

Et j'ai enfin vu sa gamine, je devrais dire sa poitrine, Josiane quinze ans plus tôt, la poitrine qui déborde, poussée en avant, tu ne vois que ça, cette charge, ce trésor qu'elle offre malgré elle et qui lui donne de ces regards gênés, gourmands, un peu honteux, mais ravie aussi, pas mécontente d'être celle-là.

J'ai pas résisté, je lui ai dit, dis donc c'est Josiane bis. C'est le démon ! il m'a dit. Si tu poses tes mains sur ma tête, tu crois que j'y verrais plus clair ? J'essaye sur la mienne, ça ne marche pas, j'ai dit.

Ici ou ailleurs… la bière avait le même goût de pisse d'âne et quitte à se mêler, la jeune sève à meilleur goût, elle est moins écœurante. Voilà comment j'ai glissé ici.

Un jour, le moine est réapparu tout frais tondu, habillé de propre. Je suis allé vers lui, il m'a reconnu, il n'était pas alcoolisé, il avait la voix claire, l'œil domestique, il m'a montré son pied, regarde ça ! ils ont voulu me le couper ! j'ai dit, il ne m'appartient plus, vous n'y touchez pas ! et regarde si j'ai bien fait, regarde comme il est bien revenu ! il a son caractère, lui aussi ! j'allais pas leur dire qu'il était déjà en guérison, que je te l'avais donné ! Le voilà qui part d'un grand éclat de rire… J'aurais tout donné dans ma vie, dis donc, tout ! il ne me restait que

ce pied et t'as vu dans quel état... personne en voulait, il se mourait, il a suffi que tu le prennes dans tes mains, et v'là le travail !
On a bu une cannette, assis sur le muret devant la mer, je lui ai dit, quand on se donne à Dieu, on se donne tout entier, pourquoi tu ne lui as pas donné ton pied ? Mais jamais de la vie ! je me suis jamais donné à Dieu ! tu parles d'un zozo celui-là ! je l'ai trop vu au travail ! j'y étais moi au Rwanda, à Rutobwe, à Gitarama, à Nyawata, au Gongo... ici, il prend des gants, mais là-bas il ne se gêne pas, à la machette, mon gars ! mon pied, il ne faisait pas un pli... chlac !... tu ne peux pas savoir combien j'en ai vu sur le bord des routes, des jambes, des têtes, des bras, partout des pièces détachées à pourrir la terre, mais elle s'en fout la terre.
Qu'est-ce que tu foutais là-bas ? Mon travail... j'avais donné ma vie à la patrie, j'étais à son service. Tu m'as dit que t'étais moine. C'est un peu la même chose, non ? il s'est repris, je t'ai dit que j'étais moine ? Soudain, il a retrouvé son œil fou, mauvais, j'avais dû toucher un nerf. Peut-être bien que j'ai été moine aussi... tu sais qu'ils vont finir par me rendre dingue ! Qui ça ? Il n'a pas entendu ma question, il était déjà reparti au Rwanda ou ailleurs, tu ne peux pas imaginer la saloperie humaine, là-bas elle se montre, ici elle se planque, mais c'est partout la même chose. Je l'ai laissé, *il tombait dans l'abîme, les poings tendus vers l'ombre vide, l'ombre avait rongé le firmament, tous les soleils étaient morts, d'épouvante il ferma ses paupières.* Je l'ai laissé, il ne reviendra plus, il est trop loin, il me fait peur.

Qu'est-ce que j'ai à toujours vouloir sauver des êtres qui ont passé la ligne ? Je n'étais pas comme ça. C'est depuis que l'autre dingo croit que j'ai stoppé son hémorragie, non c'était avant… depuis l'accident, depuis Marie… non, c'était encore avant, c'est depuis que ma mère est morte.

J'étais à moto, je rentrais, cette pensée m'a arrêté net. Je me suis garé sur le bas-côté pour poser mes mains sur le réservoir tout chaud, depuis que ma mère est morte, je me répétais. C'était clair, évident, depuis qu'elle était morte…

Mon père l'a remplacée, tout va bien pour lui, et moi… j'ai pris sa place, ou plutôt, j'essaye de la faire revivre, et tous le moyens sont bons, j'avance comme un aveugle, je reprends le flambeau, le don que lui a laissé son père, et là ça commence à déconner. Merde !

J'en suis lourd, épais, de cette découverte, je pèse mon poids sur la moto. Faire revivre ma mère ! Je découvre que je ne suis jamais aussi vivant qu'à l'intérieur d'une femme… pourtant, ni Marianne, ni Josiane ne ressemblent à ma mère et je ne les confonds pas. Ni Marie, ni Bulle. Non, je me trompe. Je pense très vite là, sur le bord de la route. Oui, c'est depuis qu'elle est morte, mais ce n'est pas elle que je veux faire revivre… c'est l'enfant, c'est Daniel… c'est Émilie… c'est moi. Moi ?

Me faire revivre ? Moi et mon corps qui peut me lâcher à tout moment, moi qui ne sors du coma que dans le chaud de Marianne ou celui de Josiane. Est-ce que je suis dans le coma, à passer mon temps à dire que je ne vis pas ?

J'ai gratté à la porte de Josiane, tu viens ? Elle m'a rejoint chez moi. Je ne lui ai pas dit ce que je venais de découvrir, seulement, tu me sauves la vie. Elle a dû penser que j'avais bu une bière de trop.
Peu importe, j'étais vivant.

13

Il me semble que dans les jours qui ont suivi, j'ai reçu plus d'enfants que d'habitude. Un qui a avalé de l'eau de Javel, un autre qui s'est pris une casserole d'eau bouillante sur la tronche, un de onze ans qui sort d'un coma éthylique, un autre qui a passé sa main sous la tondeuse, et puis les saloperies habituelles, tumeurs et j'en crève.
Moi, je vais bien, je ne déjeune plus, de 13 à 15 je file sur la planche, mon corps en redemande, mon ventre devient aussi plat que la planche, et les embruns me lavent la tête, le mercredi, le dimanche, je passe prendre Lucie. Je suis sa victoire, elle n'en finit pas de me le rappeler, c'est moi qui ai eu l'idée, sans moi tu serais un gros patapouf gras du bide.
Pourquoi la contrarier, elle a retrouvé le sourire, le reste n'a aucune importance, le vent s'en chargera, le mistral force les humeurs, on souffle un bon coup et adieu les nuages, le sourire revient.
Un soir j'étais à l'Ambassy, accoudé au comptoir, je lançais les dés d'un 421, je jouais comme ça avec Nanar quand il n'était pas de salle, et qu'il n'avait que le comptoir à s'occuper, alors entre deux commandes il ramassait les dés, les jetait, et là, je la vois qui entre, elle s'installe à une table, elle commande une coupe.

Tu la connais ? je demande. Qui ça ? La blonde, là... Je le savais, il ne l'avait pas vue, il a passé le mot à l'autre serveur, tu la connais ? Ni d'Ève, ni d'Adam, jamais vue. Alors, tu joues ? J'avais plus envie, je suis allé vers elle, vous vous souvenez de moi ?
Elle m'a regardé, d'abord méfiante, elle a secoué la tête. Je vous ai aperçue dans un restaurant sur le port, c'est moi qui ai fait une crise d'épilepsie, vous vous souvenez ? Et puis il y a quelques semaines dans un café près de la gare... Je me souviens oui, elle a dit, son visage s'est ouvert, je n'en croyais pas mes yeux... oui, je me souviens, je vous regardais, et vous avez renversé une table, j'ai cru que vous étiez en colère, une grosse colère... vous allez bien maintenant ? Oui.
C'était très étrange, je la revoyais exactement comme je l'avais vue au restaurant, elle venait de s'asseoir, ça aurait pu être la suite, c'était la suite ! Je lui ai dit, j'allais me lever, je voulais aller vers vous. Vous ne voulez pas vous asseoir, elle m'a dit, je vous offre une coupe ?
Je me suis assis, elle a commandé une coupe. Elle a voulu savoir, c'est comment une crise ? Je lui ai raconté l'absence, la sorte de mort pendant quelques secondes, et puis le trou quand je reviens.
C'est très étrange, je lui dis, j'ai l'impression de vous retrouver au restaurant, comme si j'étais venu m'asseoir à votre table, comme s'il n'y avait plus de trou derrière moi, et plus je parlais, plus je la regardais, plus je me sentais sûr de moi, est-ce le mot ? plein, je me sentais plein et j'ai posé ma main sur la sienne, elle était fraîche, une belle main aux doigts fins et longs.

Je ne savais plus très bien ce que je faisais, ou je le savais très bien, il n'y avait plus aucun nuage dans le ciel, ou pas de trou derrière moi, c'est pareil. Je crois que je me serais assis en face de vous et que j'aurais pris votre main, j'ai dit.
Vous ne buvez pas ? elle a dit. Je ne sais pas si c'est très prudent. Avec moi, vous ne risquez rien, maintenant je sais ce qu'il faut faire… je n'aurais plus peur, c'est très simple, il n'y a rien à faire. Oui, c'est ça, il n'y a rien à faire, j'ai dit. On a ri, j'ai terminé ma coupe, elle en a commandé deux autres.
Pourquoi buvez-vous ? j'ai demandé. Je ne lui avais pas lâché la main, les mots me venaient sans retenue, on aurait dit que je pouvais tout me permettre avec cette femme. Pourquoi je bois ? elle a répété, et elle a bu une gorgée. C'est vrai que je bois, je suis devenue une femme qui boit… je vais dans les cafés et je bois, elle a rajouté, et depuis longtemps… elle m'a regardé avec le sourire de la femme d'aujourd'hui, elle a laissé l'autre, l'enfantin, l'a-t-elle perdu, est-il enfoui trop profond, trop secret pour le servir à un inconnu ?
Mon sourire d'enfant ? Vous voyez ça, vous ? Oui. Je pouvais tout lui dire sans jamais la blesser. Je lui ai dit ça aussi. C'est vrai, parce qu'il n'y a pas de méchanceté chez vous, elle a dit. C'était vrai, je le découvrais avec elle.
Je me suis arrêté de boire, mais elle, je n'ai pas pu l'empêcher. Vous ne voulez pas manger quelque chose ? j'ai dit. Pourquoi faire ? Alors j'ai vu son sourire de petite fille… Maintenant, je le vois, j'ai dit. Ah bon ? Elle était tout étonnée, pourtant je ne suis pas saoule,

pas encore, peut-être que ce soir, je vais m'arrêter là… à nouveau l'enfant s'est montrée. Je veux le voir ce sourire, vous allez faire une photo, et elle a sorti son téléphone, vous appuyez là, allez-y.
Ça n'a pas marché, la petite fille n'a plus voulu. J'ai oublié de dire, elle s'appelle Nina. Tant pis, peut-être que je n'y ai pas droit, elle a dit, alors je l'ai vue triste, un voile soudain a recouvert ses yeux, on va partir, j'ai dit. Oui, vous avez raison, soyez gentil, prenez mon bras, le décollage est toujours un problème, c'est pour ça que je préfère boire au bar.
On a marché jusqu'à la gare, elle est montée dans un taxi. Je veux vous revoir, j'ai dit. Oui, bien sûr. Quand ? Je ne sais pas, un soir, maintenant je sais où vous trouver, elle a dit. Le taxi l'a emportée, une Mercedes grise 2833 BVC 83, elle a pris la route de la corniche.
Et je me suis retrouvé seul sur le trottoir, sa main n'était plus dans la mienne, je lui ai tenu la main toute la soirée, je me suis dit. J'étais encore sous le choc, non le charme ! le charme de ce visage, de ce corps, mais le choc de ne plus l'avoir près de moi, dans ma main.
J'ai repris la moto. Je roulais, je ruminais, j'aurais pu lui demander son numéro de téléphone, j'ai le numéro du taxi, je le répétais dans ma tête, j'aurais dû attendre qu'il revienne, j'y retourne, il n'est que 11 heures, il va revenir, il me dira où il l'a conduite…
J'ai fait demi-tour. Il n'y avait pas de taxi, la gare était déserte, plus de train à venir. Un jeune type sorti de je ne sais où m'a demandé une clope, je ne fume pas, t'as pas une petite pièce ? Son chien me regardait, l'œil gentil,

j'ai vidé ma poche, tiens. Merci, c'est classe. J'étais pareil à cette gare, tout vide, inutile.
Le lendemain soir, je suis repassé à la gare avant d'aller à l'Ambassy, le taxi n'était pas là. Nanar et le serveur m'ont chambré, ah dis donc, le Freddy il était chaud bouillant hier soir ! c'est pas mon genre, mais faut reconnaître, elle dégage ! a dit le serveur, Freddy, il est comme ça, faut se méfier de l'eau qui dort, a dit Nanar, tu l'as sautée ? Je te parie qu'il l'a pas sautée !
J'ai jeté les dés, j'ai descendu une bière, le temps de sentir l'air, elle ne viendra pas ce soir, j'ai pensé. J'ai encore traîné quelques minutes, j'ai dit à Nanar, j'y vais, si elle débarque tu m'appelles ? Il s'est approché, t'es en délire là, j'allais pas lui dire le contraire.
Je me suis enfermé avec Hugo. *L'enfer, c'est l'absence éternelle, c'est d'aimer, c'est de dire, hélas ! où donc est-elle, ma lumière ? où donc est ma vie et ma clarté ?* Je n'avais pas choisi, j'avais seulement ouvert le livre. La suite m'emmerdait, je l'ai refermé.
J'ai traversé le camping, tous ils regardaient, Josiane aussi. Je me suis assis près d'elle sur le canapé, je lui ai pris la main. Ce n'était pas la main de Nina, et alors ? Ce soir, c'est comme ça, demain on verra. J'y revenais, ce soir c'est comme ça…
Josiane m'a souri, elle ne regardait plus, ce n'était pas un sourire de petite fille, et alors ? J'ai dit, ce soir c'est ce soir… Oui, ce soir c'est ce soir, elle a dit. Peut-être bien qu'elle pensait comme moi.
J'ai repensé à Hugo, j'ouvre le livre et c'est la bonne page, pareil avec Josiane, ce soir c'est ce soir ! j'ai redit,

et elle a répété, oui, ce soir c'est ce soir… et on s'est mis à rire, et j'ai continué, ce soir c'est ce soir !… et encore en traversant le camping, on riait de plus belle, et puis chez moi, ce soir c'est ce soir… et on ne se trompait pas, oui, c'était un bon soir.
Les jours passaient tranquilles. Chaque soir, je passais à l'Ambassy, je traînais ou pas, Nanar était reparti dans les affres, la petite venait lui faire des scènes, mais tu la quittes, bordel ! t'as des couilles, tu l'envoies chier ! tout le monde lui disait, parce qu'elle le flagellait devant tout le monde… alors quand c'était trop, il la tirait à l'arrière, derrière plusieurs portes, et on n'entendait plus qu'un méchant grondement, et on le voyait revenir, la colère dans le corps, il se mettait à laver les verres ou à briquer la machine à café, alors elle filait pleurant l'écume, traînant l'air derrière elle, et il en restait toujours un silence désagréable, on se sentait mal à l'aise, je m'empressais de jeter les dés, il fallait vite reprendre la main ou une conversation pour en finir avec cette mocheté. Ne cherchez pas l'enfer, Nanar a l'adresse ! je disais ça, ou n'importe quelle connerie, mais nos plaisanteries ne le faisaient plus rire, il avait des regards de bête furieuse, qui me rappelaient le moine, elle me rend fou, il n'avait plus que ce mot… l'enfer, c'est rien que trois ou quatre mots qui ne peuvent plus sortir de la tête, un rat pris dans une nasse, il ne trouvait plus la sortie, Nanar.
Josiane devait bien sentir le changement, mais elle ne disait rien, qu'il rentre à 2 heures ou à 5, l'important était qu'il rentre, qu'elle se lève le matin et qu'il soit

dans le lit, que les enfants parlent bas pour ne pas le réveiller. L'important, qu'est-ce qu'on en sait ?
Pour Nanar, c'était peut-être de goûter à l'enfer, va savoir ! Mais pour nous, à l'Ambassy, on finissait par en redemander, oui, oui… parce que c'est pas rien de sentir un frisson qui vous redresse les poils, la petite arrivait avec sa peau de banane, elle la balançait, Nanar sautait dessus, il tombait, on se marrait. C'est bon de se marrer, les acteurs étaient bons, pourquoi donc on venait là, sinon pour s'en foutre plein les yeux, dis donc qu'est-ce qu'il lui a mis ce soir ! parce qu'un soir il l'a cognée, et le lendemain, elle est revenue, et les autres jours aussi… L'important pour elle, c'était quoi ? Ça se voyait que Nanar était un violent, il le portait sur sa tronche, il ne tricotait pas, il ne trichait pas, alors l'important…
Je ne devais pas encore être important pour Nina, mais j'attendais tranquille, des millions de vagues s'échouaient sur la plage, d'autres viendraient.
Les beaux jours tuaient le vent, on filait moins vite sur les planches, maintenant je m'aventurais au large, je n'étais plus le type qu'on oublie au bout du comptoir, c'était bien fini, et il m'arrivait de penser sur la planche, c'est très bon pour penser, aussi bien que la moto. On était une petite bande d'accros, toujours les mêmes, on se retrouvait sur la plage, j'aimais bien René, je lui ai guéri une tendinite qui ne passait pas dis donc ! Je n'en revenais pas, c'était ma première, et encore une fois, c'est lui qui m'a forcé la main, si je peux dire.
Il avait appris que je guérissais, vas-y essaye ma cheville. Non, je ne peux rien, c'est le tendon, tu lui fous la paix

pendant quelques jours, c'est tout. Essaie donc ! si ça marche je te paye un restau. On a mangé à Grasse, chez Chazaud.

Il y en a qui ne s'emmerdent pas ! je comprends qu'après ils jouent les délicats, on devient vite précieux à mastiquer des saveurs pareilles, on n'en chie pas plus fin pour autant.

Les jours passaient. *Vivons ! chantons ! tout est pur dans l'azur, tout est beau dans la lumière, tout vers son but, jour et nuit est conduit, sans se tromper le fleuve erre.*

Des milliards de vagues s'échouaient. Un soir, elle était là… je me suis approché. Tout de suite j'ai su, elle avait bu. Vous arrivez tard, ça fait plus d'une heure que je vous attends. Ne restez donc pas debout, asseyez-vous. Non, vous ne m'aurez pas comme ça, j'ai dit, on va sortir. Pour aller où ? On va trouver un taxi pour vous ramener chez vous.

Elle a baissé la tête, elle était d'accord. Mais d'abord, il fallait qu'elle finisse son verre, et puis qu'elle paye, et puis qu'elle se lève… asseyez-vous, cinq minutes, pas plus. Je me suis assis. Vous ne me prenez pas la main ? Je lui ai pris la main.

C'est dommage que vous soyez venu si tard… mais je suis contente de vous voir… quoi de neuf ?… on dit ça, n'est-ce pas, comme s'il pouvait y avoir du neuf sur cette terre !… vous voyez, je ne suis pas si saoule que ça, j'arrive à aligner deux mots, non ? Sa mauvaise humeur des premières secondes avait fondu, restait un besoin infini de… moi ! Un appel au secours.

Nanar est venu encaisser, il avait l'œil sauvage, la petite était sûrement passée. Nina s'est levée en s'agrippant à

mon bras, on est sortis. Ne marchez pas trop vite. Il faut marcher, ça va vous faire du bien. J'aimerais m'asseoir, vous savez où il y a un banc dans cette ville ? Il y a très longtemps que je ne me suis pas assise sur un banc…
Avait-elle peur que je la quitte ? elle serrait mon bras, je marche comme une vieille, elle a dit. J'ai vécu avec un homme plus vieux que moi, je l'obligeais à marcher moi aussi… il s'accrochait à mon bras comme moi maintenant, j'ai pris sa place, c'est curieux, vous ne trouvez pas ? je ne suis pas encore si vieille…
C'était votre mari ? En quelque sorte. Vous étiez sa maîtresse ? J'ai beaucoup aimé cet homme. Je devrais le détester, c'est lui qui m'a fait boire… bêtement, parce que lui buvait et moi, j'étais amoureuse. Vous êtes amoureux ?
Heureusement qu'elle ne m'a pas regardé. Votre ami de l'Ambassy, dites-lui de se méfier, la fille aime le malheur, il pourrait la tuer elle le provoquerait encore. Vous ne m'avez pas répondu, vous êtes amoureux ?
C'est peut-être tôt pour le dire.
Hum… vous ne seriez pas là si vous ne l'étiez pas, un peu… beaucoup… passionnément… ça, on ne le sait qu'à la fin, n'est-ce pas ? c'est encore loin votre banc ?
On a marché jusqu'au vieux port, elle a trouvé qu'il y avait trop de circulation, on est montés sur l'esplanade Napoléon, de là-haut, on pouvait voir toute la baie, les collines ressemblaient à des sapins de Noël, dommage les lumières ne clignotaient pas.
Je la regardais sans gêne, vous êtes belle, j'ai dit, le sentiment de pouvoir tout lui dire m'est revenu, m'a

visité, je devrais dire. Merci. Visité par la grâce qui nous enveloppait. Parlez-moi de vous, dites-moi ce que vous faites, ce que vous aimez, dites n'importe quoi… après tout, peu importe ce qu'on dit, non ? Depuis quand vous avez des crises d'épilepsie ? C'est douloureux ? Un trou ? Ah oui, vous m'avez déjà expliqué… et on n'en guérit pas ? c'est comme pour moi l'alcool, si je vous mords n'ayez pas peur… vous ne vous en rendez pas compte mais dans ma tête, c'est le tocsin ! je ne sais pas pourquoi je vous ai suivi, je suis folle, on va revenir en ville. Non. Alors, je vais vous mordre… Vous buvez tous les jours ? Quand on boit, c'est tous les jours, et la nuit, le jour et la nuit se confondent. Il faut vous soigner. Ne dites pas de bêtises, dites-moi plutôt que je suis belle, même volé, c'est bon à entendre… Vous êtes belle… Maintenant que vous l'avez dit, il faudra me le redire, n'oubliez pas… Le vieux vous le disait ? Ne dites pas le vieux, si vous l'aviez connu, vous l'auriez aimé vous aussi. C'est lui qui a fait ce que je suis aujourd'hui, il m'a dessinée, il m'a peinte des milliers de fois. J'ai pensé des milliers de vagues s'échouent sur le sable… Je me suis vue par ses doigts, j'ai vu ce qu'il voulait voir en moi et j'ai fini par céder, je suis devenue sa chose… elle a ajouté, c'était un monstre. Vous étiez son modèle ? Oui, il me regardait… restez trop longtemps au soleil, il vous brûle, c'est pareil avec un monstre, mais c'est si doux quand le soleil vous regarde. On va rentrer ou je vais devenir folle… aidez-moi, s'il vous plaît.
Elle est redevenue sévère, empoisonnée par le manque. Quelle heure est-il ? 10 heures. Seulement ! Elle ne

parlait plus, ne voulait plus rien entendre. On est entrés dans le premier café. Deux coupes…
Les secondes comptaient des siècles, le serveur lambinait, elle a lâché mon bras, elle a attendu seule, échevelée, livide devant le comptoir. L'enfer, elle y était, et je ne pouvais rien pour elle. La première gorgée l'a calmée, la seconde l'a détendue.
La petite voix intérieure me disait, va-t-en, laisse-la. Mais je ne peux pas la laisser dans cet état ! Va-t-en, laisse-la ! Je n'ai qu'elle dans la vie, cette voix, c'est avec elle que je partirai le jour où j'attendrai la fin sur mon lit de mort, c'est elle qui m'a fait dire à Bulle, vous tuez votre fille, et à Marie, il vous entraîne avec lui, je ne sais pas d'où elle me vient, je ne sais pas qui je suis, ni pourquoi ces mots me viennent. Va-t-en ! laisse-la !
Est-ce qu'elle les a lus dans mon regard ? Ne me laissez pas, elle a dit. Alors, je suis sorti. Et j'ai senti que je la tirais derrière moi, sa main accrochée à ma chemise. Continue, ne te retourne pas. Ne me laissez pas ! La voix était pure, débarrassée du monde, me laissez pas… Elle a pris mon bras, j'ai ralenti le pas. Où est-ce que vous m'emmenez ? Chez vous. Non, pas chez moi. Pourquoi ?
Jamais je n'avais autant senti qu'une vie pouvait dépendre de moi. J'ai dit qu'à la naissance de Lucie, je m'étais senti responsable, là j'avais sa vie dans mes mains. Ne me laissez pas… maintenant, elle parlait tout bas… Hugo aurait trouvé des raisons insensées, peut-être pour sortir de cette ombre où nous sommes, elle parlait, plus rien ne me guidait, la voix s'était tue, j'avançais, une

femme au bras. Est-ce que ce n'est pas moi qui le voulais, moi qui depuis quatre mille ans voulais sauver une femme ?

J'y revenais, j'étais sur mes terres avec Nina qui s'accrochait, j'aurais pu dire enfin ! Nina qui se détruisait, qui tombait, retenue in extremis, plus belle que Marie, Bulle, Josiane, la plus belle des femmes qu'on pouvait croiser dans la ville, qui mettait sa vie dans mes mains, j'en étais bouleversé, pour un peu anéanti, mais je n'en avais pas le droit. Si je la sauve, nous nous aimerons comme rarement deux êtres se sont aimés, je ne pensais pas abstrait, Hugo ne faisait pas que des phrases, il baisait la boulangère, je pensais baise, la caresser, la sucer, l'entendre gémir sous mes doigts, bondir, et puis la pénétrer, la rencontrer enfin, l'inonder et puis plus rien, le grand calme, *l'impénétrable est doux, le formidable est tendre... oh ! je voudrais saisir, arracher, tenir, prendre, oh ! je voudrais broyer l'étoile du matin.*

On est montés dans un taxi, le camping de la Godine, j'ai dit, d'habitude, je sors de l'hôpital quand je reviens en taxi. Nina s'accrochait toujours à mon bras, la tête sur mon épaule. C'est loin ? Non. Ça ne va pas ?

J'ai peur. De quoi ? Je l'entendais respirer, ne me laissez pas, elle a murmuré. Elle était en enfer, je pensais la baiser, pourquoi le cacher, j'ai décidé de tout dire...

J'étais fier de la ramener chez moi, même dans cet état, une femme que j'aimais. Oh ! beaucoup plus que ça... mais je n'avais pas le temps d'y penser, c'était là tout autour de nous, une sorte de grâce qui nous accompagnait toujours, un air pur, tout le contraire de celui que

laissaient derrière eux Nanar et sa gamine. Je rêvais, je me faisais un film ? Non. Déjà là, dans ce moment de merde, je savais. Je revenais avec un morceau de vérité. Le taxi est entré dans le camping, je l'ai arrêté devant le mobil-home, combien je vous dois ? Nina ne levait pas la tête, ici ou ailleurs, il faut des yeux pour voir, elle n'avait plus que ses mains pour s'accrocher à mon bras, ses pieds pour avancer et dans sa tête, l'enfer, le rat dans la nasse.
J'ai soif, donnez-moi de l'eau. Je l'ai regardée boire, assise là où s'assoient mes rendez-vous, évidemment, je voulais la guérir. Des pochards, j'en avais rencontré, mais je n'étais jamais entré dans leur drame, je glissais, je jugeais, je m'en foutais.
Elle s'est assise d'elle-même à cette place, est-ce qu'elle veut guérir ? Elle ne sait encore rien de moi. L'amour ne guérit pas, sinon je l'aurais déjà lavée, blanchie, sortie de la nasse, elle garde le regard bas, les yeux perdus dans un au-delà qui ne va guère plus loin que le lino.
Elle a sorti des cachets d'une poche, elle les a avalés, elle a encore bu. Ça va aller, elle a dit. Elle occupait tout l'espace, la pièce en devenait ridiculement petite. Vous vivez là ? Oui. Déjà elle s'en foutait, elle avait fait une apparition et elle était repartie. Je laissais durer les silences, je pensais à mes trous, elle est en crise elle aussi, j'ai aussi pensé aux hommes qui se cachaient dans les trous d'obus en 14, j'avais vu des images la veille chez Josiane, les obus continuaient à tomber, creusaient d'autres trous, envoyaient tout valser, hommes, terre, pas de différence, tout qui partait en l'air, c'était l'enfer là-bas aussi.

La lumière lui faisait mal aux yeux, j'ai éteint. La pénombre rajoutait au silence, la pièce qui tout à l'heure m'apparaissait trop petite s'était vidée, j'ai repensé aux trous d'obus, vides, on ne voyait plus les hommes tapis contre les parois, couverts de boue, ou de poussière, peut-être morts. Ils buvaient eux aussi, on leur pétait la gueule pour qu'ils aillent se battre. Des millions d'hommes, dans des millions de trous, des millions de vagues qui s'échouent. Les silences étaient si longs, est-ce qu'elle s'est endormie ? je me disais, elle ne bougeait pas, si je ne regardais pas dans sa direction je pouvais l'oublier, des hommes qui ne demandaient qu'à disparaître, qu'on les oublie, que la guerre se fasse sans eux, puisque rien ne pouvait l'arrêter, accrochés à la paroi d'un trou d'obus, quand ils cessaient de tomber ce devait être un grand silence aussi, quel fou aurait osé le rompre ?
Ne surtout pas bouger, attendre, le jour finira bien par se lever. Alors, une infinie douceur est montée comme une brume légère. Vous avez froid ? Peut-être. Allongez-vous sur le lit, je vais vous passer une couverture. Elle a lâché sa place, retiré ses chaussures, elle s'est allongée, je l'ai recouverte avec le duvet de Lucie et puis je suis sorti. Le ciel était au travail, ses étoiles lavaient la terre, chaque nuit ça recommence, pour qu'au matin les oiseaux aient encore envie de chanter.
Je suis allé pisser contre le poivrier. C'était une belle nuit, tout le camping dormait, à l'autre bout les lumières de la ville faisaient un halo blond, c'était encore du travail pour le ciel. J'ai marché jusqu'à la route, une bestiole est partie se cacher dans le fossé.

Demain ? Demain, je ne sais pas ce qui se passera et c'est très bien comme ça, j'ai fait ce que j'avais à faire, j'ai bâillé, je suis rentré me coucher, l'air fraîchissait. Nina dormait, je me suis allongé sur le canapé.
J'ai entendu arriver le premier rendez-vous, il n'était pas 9 heures, le moteur de la voiture s'est tu et puis plus rien… il devait attendre. J'ai eu le temps de tirer le rideau pour cacher le lit, Nina dormait toujours, et puis de boire mon chocolat, j'ai nettoyé la table, regonflé les coussins du canapé, on frappait, oui, entrez, asseyez-vous.
C'était d'autres enfers, d'autres misères, toujours il en venait, comme les vagues, l'eau quand elle repart a effacé tous les pas sur le sable, tous les châteaux, les hommes c'est différent, on ne sait toujours pas comment ça se passe entre eux, un jour un petit malin monte sur un tonneau, il déclame, il a trouvé, regardez-moi, écoutez-moi, ah oui ! c'est clair, on y voit mieux soudain, mais ça ne change rien, on chie toujours de la merde, un autre monte sur le tonneau, c'est ça nos vagues, et toujours il s'en trouve pour guetter, oh ! regarde la nouvelle là ! là, vois ça si elle est belle ! comme les autres elle est, un peu plus, un peu moins enflée, c'est toute la différence.
Nina a entendu, je n'ai pas eu à lui expliquer ce que je faisais. Entre deux rendez-vous, j'ai passé la tête, elle ne dormait pas. Vous voulez un café ? Je veux bien. Elle avait une tête de papier mâché. Avec du lait ? j'ai demandé depuis la cuisine. Non. Une tartine ? Oui.

Le dernier rendez-vous est parti à 13 heures. C'est bon vous êtes libre, j'ai dit, j'ai écarté le rideau, elle dormait. J'ai touché sa main pour la réveiller, alors son visage m'a fait peur. Que voyait-elle pour avoir cette tête ? Elle a ouvert les yeux, ah, c'est vous ? Il est tard, j'ai dit. Oui. Vous voulez prendre une douche, vous avez faim ? Je ne sais pas. J'allais trop vite. Prenez votre temps, je vais récupérer ma moto à l'Ambassy. Ah oui, la moto… Vous pouvez rester là, vous pouvez dormir.
J'ai traversé le camping, Nanar clopait sous la tonnelle. J'ai laissé la moto à l'Ambassy, tu peux m'accompagner ? Josiane entendait, je ne voulais pas expliquer. Ils avaient dû s'engueuler, ça sentait la friture, les mots ne sortaient plus, le système était bloqué. Josiane est sortie avec les clefs de la voiture, viens, au retour je passerai à Casino. Nanar s'accrochait à sa paroi.
Dans la voiture, j'ai dit, qu'est-ce qu'il y a ? Il est trop con, qu'il foute donc le camp, je suis mieux quand il n'est pas là. Où tu étais toi, hier soir ?
J'allais mentir, j'ai repensé au visage déformé de Nina. J'étais avec Nina, j'ai dit. C'est qui ? Je n'ai raconté que la femme et l'alcool. T'es dingue, l'alcool c'est la pire des saloperies. Mon père nous a pourri la vie, t'imagines pas… J'ai senti qu'elle pleurait, elle a reniflé, elle s'est essuyé les yeux. Qu'est-ce qu'il y a ? Quoi, qu'est-ce qu'il y a ? Si toi aussi tu me laisses tomber. Je ne te laisse pas tomber, j'ai dit. Ça puait, c'était clair, depuis que Martine est partie, je n'ai ramené aucune femme, alors elle pleurait, elle était seule, sa poitrine en devenait pathétique. Je ne supporte pas de voir pleurer une

femme, j'ai posé ma main sur sa cuisse, elle l'a retirée, elle voulait être seule. On n'était qu'à la mi-journée, cette nuit les étoiles auront du boulot, j'ai pensé.
La moto était à sa place. Je suis revenu par le bord de mer, à cette heure j'aurais dû être sur la planche à chercher le vent. Qu'est-ce que je cherche avec cette femme ? J'étais pressé de la retrouver.
Tous les jours se ressemblent et puis un jour une femme monte sur le tonneau… T'es con, ça n'a rien à voir ! elle n'a rien à vendre, tu l'attrapes en plein vol, elle tombe, elle m'entraîne, Josiane a raison. On tombe tous ! Non, c'est des conneries, des mots, des attrape-cons. Un spermatozoïde rencontre un ovule, les autres tombent… Si tu veux. Je rencontre cette femme, je lui prends la main, on ne choisit pas. Est-ce que les spermatozoïdes ou les ovules choisissent ? On n'en sait encore rien… Est-ce qu'elle s'est rendormie ? Est-ce qu'elle est sous la douche ? Cette femme me plaît.
Nina buvait un café, assise sur une marche. Elle avait pris une douche, ses cheveux, à la base du cou, étaient encore mouillés, elle avait retrouvé sa tête… je confirme, cette femme me plaît, je vais monter sur le tonneau et le gueuler à la ronde.
Ça change tout de revenir chez soi et de trouver une femme qui vous attend, qui vous attend pour rien, juste pour le plaisir d'être ensemble, on prend le vent et on file, c'est tout simple, il n'y a rien d'autre à faire qu'à tirer la voile, le vent fait le reste. Je la tirerais bien, j'ai pensé. T'es con ! oui, et je confirme, je la tirerais bien, elle me plaît. J'ai faim… j'ai envie d'une pizza, moi

aussi, elle a dit. J'ai repris mon casque pour filer à Casino acheter deux pizzas, d'habitude je fais ça. T'es con ! elles sont trop tristes leurs pizzas ! Je les ai vues tristes tout d'un coup.
Non, on va aller sur le port, j'ai dit, je connais un endroit où elles sont très bonnes. Vous voulez me faire monter là-dessus ? Vous ne voulez pas ?
Je confirme, elle me plaît quand elle se serre contre moi. Je ne roule pas vite, vous ne risquez rien. J'avais envie d'aller à droite à gauche, je suis allé à droite à gauche. Pourquoi vous faites ça ? Parce que vous me plaisez ! vous avez déjà vu les jeunes chevaux quand ils se mettent à courir, ils font comme ça. Vous n'êtes pas un cheval ! Si. J'ai henni pour lui prouver, et j'ai quinze ans, peut-être vingt, vous voyez l'effet que vous me faites.
J'ai senti ses bras se serrer un peu plus, je pouvais tout lui dire, je le savais mais ça me surprenait toujours... Quand les voitures sont arrivées, je suis redevenu sérieux. Je redeviens sérieux, mais j'ai toujours quinze ans, ou vingt, qu'est-ce que vous préférez ? Allez, choisissez... Elle a dit quinze. Ouah ! c'est formidable, j'ai poussé un grand cri, j'ai gueulé, j'ai quinze ans ! quinze ans ! et je vous emmerde tous ! j'ai quinze ans !
Elle riait, c'était la première fois. On peut dire que c'est une sorte de sueur, on rit parce que c'est trop ci ou ça, peu importe, et comme la sueur, ça plaît ou ça débecte. Voilà, tout me plaisait chez Nina, même la sueur... sauf l'alcool.
Elle a commandé deux coupes, non, pas pour moi, j'ai dit. Pour trinquer, elle a dit. On a trinqué, à quoi on

trinque ? elle a dit. À nos quinze ans. D'accord, à nos quinze ans. Qu'est-ce que vous faisiez à quinze ans ? Je ne sais plus, je crois que c'était pas drôle, et vous ? Elle a semblé réfléchir, pareil que vous...

En fait, ni l'un ni l'autre n'avions envie de revenir à nos quinze ans, j'aurais pu dire dix-huit ou dix-sept, mais quinze, ça sonne mieux. Et puis allez savoir, les spermatozoïdes ont envie de se marrer à quinze ans, les ovules aussi, et Nina me poussait à drôlement zigzaguer sur la route, à brailler, à lui prendre la main.

Je comprends qu'un peintre vous ait kidnappée, avec des mains pareilles... je connais un peu les corps moi aussi, je lui ai raconté mon passage au Mercure, j'y vais encore le jeudi après-midi... Pardon, c'est rien que l'orgueil, j'y connais rien aux corps... je suis jaloux de votre peintre, jamais je ne vous caresserai comme ses yeux l'ont fait... je n'ai que quinze ans, j'ai tout à apprendre.

Elle a commandé une margarita, moi une sicilienne. On a parlé de mes rendez-vous. J'ai mis longtemps à comprendre, je ne comprenais pas ce que vous faisiez. Je ne vous reconnaissais pas, votre voix change... Ah bon ? Oui, je vais vous décevoir, ce n'est pas la voix d'un garçon de quinze ans, et puis... là, c'est elle qui a pris ma main, n'espérez pas me guérir, vous n'avez aucune chance, elle a dit. C'est vous qui êtes en train de me guérir. Moi ? Oui, vous... faites comme moi, ne cherchez pas à comprendre, c'est au-delà, c'est l'au-delà qui le veut. Vous êtes croyant ? Non, il n'y a pas besoin d'être croyant pour savoir qu'il y a quelque chose au-delà de

ce qu'on voit. De quoi est-ce que je vous guéris ? De mon corps. Vous pensez que vous n'aurez plus de crise ? Ça, je ne sais pas… vous n'êtes pas la seule, il faut du monde pour guérir un corps, c'est tellement complexe, pareil pour vous, ce n'est pas l'alcool qui vous détruit. Je sais, c'est moi ! Non, je ne crois pas. Alors, c'est quoi ?
Depuis un moment, ce n'était plus moi qui parlais, les poètes sont inspirés, je l'étais. Vous êtes ce que votre peintre a fait de vous, vous m'avez dit. Oui. C'est vrai pour tout le monde, non ? Depuis la naissance… on est liés les uns aux autres, comme les planètes entre elles, comme les gouttes d'eau dans la mer… non ? Si vous étiez toute seule à vous détruire, ce serait assez simple de guérir. Ses yeux devaient s'ouvrir sur un au-delà, un monde qu'on ne voit pas mais qui est là, on le sent, à moins que ce soit nos yeux qui s'ouvraient, qui voyaient autrement, elle et ses yeux, l'au-delà, les milliards de vagues et d'étoiles. Ça vous plaît ? Oui, elle est très bonne. On mangeait, je pressais mon genou contre le sien, à quel âge avez-vous fait l'amour pour la première fois ? Quinze, seize, elle ne savait plus. Mais si vous le savez ! Quinze… et vous ? Beaucoup plus tard, dix-sept, je m'en souviens encore comme si c'était aujourd'hui et vous ? Elle aussi, bien sûr. C'était bien ? Je dirais que c'était ni bon, ni mauvais, je devenais un autre, j'entrais dans un au-delà, je suis rentré chez moi et je me suis mis à écrire. Vous vous rendez compte, moi, écrire !… au moins deux pages, je les ai cachées, je ne les ai relues que longtemps après, et je les ai déchirées, j'avais honte.

Je regrette, je ne saurai jamais, j'ai tout oublié, les mots, peut-être était-il déjà question de trou, de chute, je venais de pénétrer une femme et je me suis mis à écrire, la première fois de ma vie que j'écrivais pour… pour moi, pour rien, pour… je n'ai plus jamais écrit. Je voulais qu'elle me parle d'elle et je m'étalais, je voulais la guérir et c'est elle qui me guérissait, et pourtant je ne m'étais jamais senti aussi vrai, et je racontais que j'avais quinze ans.

Après le déjeuner, elle a voulu prendre un taxi, vous ne voulez pas que je vous raccompagne ? Elle a secoué la tête. Je veux vous revoir. Je sais. Pas vous ? Si. Ce soir ? Elle hésitait, je la voyais retourner dans son monde. Donnez-moi au moins un numéro de téléphone, que je puisse vous entendre.

Je n'avais rien pour noter, le temps que je prenais pour entrer le numéro dans mon portable s'étirait, il devenait lourd. Ce soir ? j'ai répété. Demain, elle a dit, on se retrouve ici pour déjeuner. Je savais qu'elle mentait. Elle m'a laissé caresser sa main avant de monter dans le taxi, une Mégane 4812 AEZ 83. J'ai entré le numéro dans le portable, le soleil était haut, moi aussi. Je suis retourné au camping.

14

Je laissais des messages, que dalle ! elle restait dans sa boîte. Je suis retourné manger du gâteau au chocolat chez Tatali, Émilie avait invité sa cousine, après cinq minutes, je faisais partie des meubles, les enfants avaient disparu, je n'intéressais plus. J'ai fait la causette avec la tante et j'ai filé. J'ai quand même appris que Bulle avait pété les plombs à la naissance d'Émilie, il avait été question de lui retirer l'enfant, de l'interner, psychose et cie, le sale truc, quant au mari, il demeurera un mystère, la tante ne veut rien dire, le couple a toujours été boiteux, dans la famille, on a un problème avec les hommes, elle a dit avec le sourire… je redeviens un étranger, voilà ! Émilie a raison de partir jouer dans sa chambre, je lui ramène sa mère, c'est trop. Alors merci, au revoir, revenez quand vous voulez, c'est promis… Je n'étais pas mécontent de reprendre la moto.
Josiane est revenue à de meilleurs sentiments, elle me voit à nouveau seul, tu es jalouse, je lui ai dit. Bien sûr. Comment bien sûr ? je ne te fais pas de scènes moi, quand tu couches avec Nanar. Tu pourrais… Ça changerait quoi ? Elle a haussé les épaules. De toute manière, elle n'a pas fini sa phrase. Un soir elle m'a dit, mais tu ne vois pas que je t'aime ! Mais non… tu me dis ça

parce que Nanar t'a envoyé une vacherie. Elle a haussé les épaules. Un mot revient souvent, au moins toi tu es tendre, une autre fois gentil, ou bien, tu me laisses parler, c'est pas comme l'autre con. Je revis avec elle les sales moments que j'ai connus avec Martine, avant qu'on se sépare, de l'autre côté de la barrière cette fois-ci, là où ça ne fait plus mal…

Si tu savais guérir cette maladie, tu serais millionnaire ! parce qu'elle a de plus en plus de douleurs et maintenant quand elle arrive c'est toujours, tu veux bien me masser le dos ? Elle s'allonge et je la masse, j'ai rapporté de l'huile du Mercure, mes mains la détendent et puis elle se retourne, je ne résiste pas, je caresse ses seins, elle sait choisir le moment, alors l'amour monte autrement, je connais bien son corps maintenant, il n'est que tendresse, oui Josiane, c'est toujours celui qui dit qui est ! Qu'est-ce que tu vas donner ta douceur à un Nanar que la violence excite ! tu ne l'excites plus, il ne peut plus te goûter, je le pense très fort, peut-être l'entend-elle, elle dit, je me demande ce que je fous encore avec lui ? Moi, qu'est-ce que je foutais avec Martine ?

Un soir, elle a vu mon Hugo, je venais de le refermer, tu lis ça toi ? *Ainsi mourut Jésus, et les peuples depuis, atterrés, ont senti que l'Inconnu lui-même leur était apparu dans cet Homme Suprême, et que son évangile était pareil au ciel.*

Elle s'est arrêté de lire, elle m'a regardé, t'es croyant ? Non, j'aime trop tes seins. L'un n'empêche pas l'autre. Alors pourquoi ils nous emmerdent avec leur chasteté, ils parlent d'amour, ils méprisent les femmes, ils font

la guerre, ils brisent les corps, ils rendent idiots, aveugles, méchants. Ne t'énerve pas !
C'est vrai, je m'énervais. Je lui ai raconté que deux fois pendant mes crises, je me suis adressé à Dieu. Pourquoi ? Je ne m'en souviens pas, ce n'est pas moi qui voulais, c'est comme si c'était un autre, tu te rends compte, un autre qui profite que je sois faible, inconscient... j'ai cru que c'était lui le vrai, l'autre, que je l'étouffais, que je l'empêchais de vivre en moi, alors que c'est peut-être lui qui me court-circuite le cerveau pour sortir ses conneries, un bernard-l'hermite qui s'est glissé dans ma coquille, et qui la veut pour lui tout seul... le don de guérir, j'ai cru que c'était lui qui me soufflait ce que je devais dire, ce que je devais faire avec mes mains, j'ai cru toutes ces conneries. Je m'enflammais pour de bon.
J'ai cru que parce que mon corps avait des ratés, je n'étais pas normal, qu'il fallait le laisser dormir, le mépriser, le tailler comme je taillais les arbres, en avoir peur parce que quand il devient sauvage, je disjoncte, eh bien non ! c'est tout des conneries, je n'ai jamais été aussi moi qu'aujourd'hui, jamais été aussi vivant que dans toi, je lui ai tout servi... Hugo s'il n'écrivait pas si bien, je lui chierais dessus, parce qu'il écrivait ses conneries mystiques et après il allait baiser sa boulangère. Quelle boulangère ? Une comme toi qui devait avoir de belles miches, je te jure, c'est vrai, une vraie boulangère, rue de la Cerisaie, qui devait sentir la farine et le bon pain.
Ça fait longtemps que t'as pas eu de crise, toi, elle a dit.
Elle avait oublié, on oublie vite les douleurs des autres.
Mais je m'en fous, maintenant je n'ai plus peur, je ne

lui ai pas dit, j'ai trouvé celle qui répare les trous, je n'ai pas eu à lui dire, elle avait compris que j'étais amoureux, elle a ouvert Hugo, elle a lu. *Je fus envieux, ce fut là mon crime, tout fut dit, et la bouche sublime cria, mauvais ! et Dieu me cracha dans l'abîme.* Il parle de la boulangère, j'ai dit, ou d'une autre, il se sent merdeux, lui aussi empoisonne son cerveau. *Oh ! je l'aime ! c'est là l'horreur, c'est là le feu ! que vais-je devenir, abîmes ? j'aime Dieu !* Non, la boulangère ! *Je suis damné ! l'enfer c'est l'absence éternelle, c'est d'aimer.*
Tu le connais par cœur ? Ce passage-là, oui. Alors, j'ai repris ses seins, ils étaient bons à sucer, contents, ils délivraient un délicieux nectar, non, ça c'est de la merde ! je ne peux pas écrire comme ça… j'adore ce petit goût qui leur vient, c'est ma rosée du soir, espoir. Je n'étais pas amoureux mais je l'aimais.
Les jours passaient. Un soir, Nina a appelé, j'ai besoin de vous, il faut venir tout de suite. La voix était terrible, c'était un S.O.S. Où êtes-vous ? Chez moi. Elle m'a donné l'adresse, expliqué deux trois trucs pour ne pas me paumer. Il fallait prendre la corniche et puis monter dans les collines… une vieille masure à un étage, cachée derrière des arbres. Je cherchais où sonner, j'ai poussé la grille, elle était ouverte.
Dans quel état est-elle, la voix était claire, elle n'était pas si saoule… J'ai frappé, derrière le bois, rien ne bougeait. C'était ouvert, je suis entré.
Y a quelqu'un ? j'ai dit. Les murs ont mangé ma voix, j'ai recommencé, ils ne supportaient que le silence. Je ne voyais aucune lumière, j'ai traversé un salon, un long

couloir et puis j'ai cru l'apercevoir sur une chaise longue, sous une véranda à l'arrière de la maison. Je ne voyais pas de drame, elle me laissait venir, pareille aux murs, elle ne donnait rien.
Je me suis approché, qu'est-ce qu'il y a ? Ça va mieux, elle a essayé un sourire, ça va aller, elle a dit. J'avais envie de la prendre dans mes bras, c'est con une chaise longue. Elle a fermé les yeux… c'est reparti pour un concours de silence, j'ai pensé. Je venais de l'extérieur, il me fallait un peu de temps pour me mettre à son niveau. La nuit n'était pas encore noire, il entrait, mais pas pour longtemps encore, des lambeaux de clarté.
Elle reposait, vêtue d'une robe droite, noire, qui la faisait paraître livide, une morte, j'y ai pensé, forcément. J'ai fini par poser une fesse près de ses pieds allongés, il fallait que je la touche, elle ne pouvait pas me laisser à l'écart… mais ça ne risque pas avec elle, elle n'a rien de Bulle, si, la mort peut-être, j'y revenais.
Je caressais sa cheville, là où la jambe finit pour se relier au pied, je me reliais à elle. Sa peau était fine, elle a ouvert les yeux, ça ne changeait rien au silence. Est-ce que je ne serais pas comme ça après une crise ? Jamais personne ne m'a tendu un miroir, je vois toujours les mêmes yeux étonnés de découvrir un être humain là où ils ont vu une bête. J'espère que je ne la regarde pas comme ça, j'ai eu envie de lui dire je vous aime, alors je lui ai dit, je vous aime… parce qu'avec elle il y a comme une sorte de règle, un dit tacite, rien ne doit rester derrière moi, pas un mot, aucun regret, je brûle tout, je le redécouvre, chaque fois que je suis avec elle j'avance un peu plus loin.

J'ai voulu mourir. J'ai dit, je sais. Elle me faisait trop penser à Bulle. Depuis combien de temps vous vivez seule ? Je ne sais plus, longtemps. Vous prenez des médicaments ? J'évite, avec l'alcool il vaut mieux. Pourquoi vous avez voulu mourir ? Je ne sais pas, je suis devenue folle... il faut que je sois au bord de mourir pour vous appeler, je suis folle.
Pourquoi j'aime un être pareil ? Pourquoi est-ce que vous m'aimez ? Peut-être que vous avez seulement voulu vous prouver que vous pouviez mourir. Je disais de ces choses ! Elle me les souffle, j'ai pensé. Maintenant, je sais que je peux mourir... Ce n'est pas la mort qui vous fait peur, j'ai dit, c'est ce qu'il y a autour de vous, ces murs, la solitude, le silence, le manque... c'est d'avoir à les supporter... ce n'est supportable que si vous savez que vous pouvez en finir. C'est ce que vous ont appris vos crises ? Que je peux en finir ? Oui. J'étais perdu devant cette énormité. Fallait-il que je me prouve et reprouve sans cesse que je pouvais mourir ? Et pourquoi donc ? Parce qu'on me rejetait... parce que... j'accusais mon corps alors qu'il ne faisait que réagir, lui était très sain au contraire.
On avançait chacun pour soi. Pourquoi vous ne pourriez pas m'aimer ? j'ai dit. Elle m'a regardé, ahurie, vous m'aimez et on vous en empêche, j'ai dit. Non, c'est moi, il n'y a personne d'autre que moi, elle a dit.
Depuis quand vous n'avez pas bu ? Je suis sortie de l'hôpital ce matin, je n'ai rien bu aujourd'hui. Est-ce que vous pourriez mettre le feu à cette maison ? j'ai dit. Vous êtes fou ! c'est tout ce que j'ai au monde. C'est elle

qui vous tue, on va y mettre le feu. Non, non, vous êtes fou ! si vous n'aimez pas cette maison, je ne pourrai jamais vous aimer, je suis folle de vous avoir appelé, je ne vais pas vous laisser faire. C'est vous qui allez le faire. Non. Si. Vous allez la brûler ! Vous comprenez que je parle sérieusement ? Non, si je mets le feu, je veux brûler avec. Je ne vous laisserai pas, j'ai dit. Alors, je ne le ferai pas. Vous êtes complètement fou ! Alors vous allez partir avec moi, on reviendra demain. Non, allez-vous-en. Non, je ne vous laisserai pas ici cette nuit. Elle s'était levée, elle n'avait plus rien d'une morte, je retrouvais la femme du café, beaucoup diraient la folle. Venez, je vais vous montrer, elle a commencé à allumer les lumières, une pièce après l'autre, très calme, venez... Elle voulait me convaincre. Je n'ai jamais vécu dans une vraie maison, avec de vrais meubles, des souvenirs, des murs à mémoire. Ici, ils étaient recouverts de tableaux, elle ne commentait pas, elle me laissait voir, sûre d'elle, elle m'attirait dans chaque pièce, l'une après l'autre.
Oui, on pouvait tout faire flamber. Je la voyais passer devant des toiles, ce devait être elle qui était là, souvent nue, elle s'éloignait, les toiles renvoyaient toujours la même image, rien à voir avec un miroir, il ne restait pas de trou, pas de vide. Alors, j'ai pensé aux miens de trous, mes crises, évidemment que tout peut flamber, mais dans quel état j'en sors chaque fois, il faut que je rencontre cette femme pour entrevoir ce que pourrait être une vie sans trou.
Tout brûler, mais je suis fou, j'ai pensé. Il n'y a pas que mes crises qui produisent des trous, mes pensées sont

folles. J'étais pris d'une sorte de vertige, une envie de m'anéantir, de disparaître pour conserver ces murs, ces toiles, cette femme, disparaître pour protéger cette femme, je me répétais ces mots, oui, parce que sinon, je vais tout brûler !

J'avançais dans un labyrinthe, une crise aurait tout réglé, Nina se serait occupée de moi, je renversais les rôles, c'est elle qui traversait une crise, qui était presque folle, et je le devenais, on va tout faire brûler, j'ai dit, vous êtes fou ! elle redevenait sensée, les pieds sur terre, maintenant partez ! laissez-moi ! non, je ne vous laisserai pas, si je pars, je ne vous reverrai plus et si je ne vous revois plus, là, je l'ai sentie venir, mes mâchoires et tout le reste...

On était redescendus au salon, je me suis assis sur le canapé, je devais avoir une tête à faire peur. Qu'est-ce qui vous arrive ? Tout devenait dur. Elle n'était plus folle, c'est moi qui l'étais. Je partais, comment lui dire qu'elle pouvait encore m'arrêter, l'idée de la perdre était insupportable, *j'aime ! Et Dieu me torture, et voici mon blasphème, voici ma frénésie et mon hurlement, j'aime ! j'aime à faire trembler les cieux !*

Je ne quittais plus ses yeux, si je meurs, je veux que ce soit ainsi, j'emporterai ses yeux, *l'œil était dans la tombe et regardait Caïn*... Arrêtez de me regarder comme ça ! elle a crié. Son cri m'a ramené en arrière, j'ai pu fermer les yeux, j'aurais fait tout ce qu'elle me demandait, je n'étais plus à moi. J'ai senti qu'elle prenait ma main, elle s'est assise près de moi, elle a posé l'autre main sur mon front, la crise était passée, je le savais, je n'allais pas la perdre.

Je me souviens de tout, chaque seconde, chaque détail, sa voix s'est faite douce, sa main encore plus. Était-ce donc ça ? Elle avait ce pouvoir, elle avait stoppé net ma chute. Sa voix, ses mains, ses yeux, il me les fallait là, à toucher, tout près de moi. Quand je l'ai vue la première fois, je me souviens, dans la pizzeria, mon premier mouvement a été d'aller vers elle, mais elle était trop loin. Trop loin…

J'étais épuisé mais je n'avais pas perdu conscience, et pas de trou derrière moi, pas de corps désarticulé, affreux pantin, et pas d'autre qui vient parler à ma place. J'étais épuisé mais moi, plein de moi.

Voilà, on est restés longtemps sans bouger, sans parler, saisis, le volcan avait grondé, il n'avait pas craché son feu. J'avais devant moi, sur le mur d'en face, trois portraits de Nina, je les imaginais dans les flammes. Quelle folie ! Ils ne me disaient rien, je n'y voyais qu'une étrangère. Évidemment, j'ai pensé.

J'ai soif, elle a dit, elle s'est levée. Il y a trop de lumière, j'ai dit. Elle a éteint, et elle est revenue avec une bouteille d'eau, vous voulez ? Je me suis rempli d'eau moi aussi.

Ici, vous serez toujours une étrangère, je ne pourrai jamais vous rencontrer. Pourquoi ? Vous ne le sentez pas ? Si. Pourquoi buvait-il ? Pour peindre. Et vous ? Je vous ai dit, pour être avec lui, pour le suivre. Par amour, j'ai dit. Elle n'a pas répondu. Vous l'aimiez ? Je vous l'ai dit.

Elle s'est tue… il était trop âgé pour que nos corps se trouvent, vous comprenez, et puis l'alcool n'arrangeait rien, et puis la vieillesse est un drame, vous vivez au milieu d'un champ de ruines, un jour il m'a appelée

Madame, pendant une demi-seconde j'ai cru qu'il plaisantait, non, il ne me reconnaissait plus, j'aurais préféré le voir mort.
Et puis il est devenu cruel, odieux, vous avez beau vous dire que le cerveau est malade, qu'il n'est plus lui-même, c'est tout de même lui qui est là en face de vous. Alors moi aussi j'ai voulu mettre le feu, moi aussi... chaque fois que je craquais une allumette j'y pensais. La seule chose positive, je ne buvais plus, lui par contre toujours plus, je le faisais boire, j'espérais que l'alcool l'emporterait, pas du tout, deux fois il est tombé dans le coma, trois heures après il se réveillait, l'alcool l'aidait encore, toute sa vie l'alcool l'a protégé du monde, de la méchanceté, de la haine qu'il portait au monde, aux autres, à moi aussi peut-être, j'en suis venue à le croire, un homme d'une extrême délicatesse, le plus féminin que j'aie jamais rencontré, devenu infect, à me faire vomir, deux fois j'ai couru aux toilettes, tout partait, pardon... je ne sais pas pourquoi je vous raconte ça.
Elle a cru qu'elle pouvait s'arrêter, mais il restait encore quelques centimètres cubes, tout partait, l'amour ne tient pas longtemps, je peux vous l'assurer, alors la haine se retourne contre vous, contre le monde, et vous n'espérez plus que la mort, et quand enfin elle vient, vous la haïssez elle aussi. Comment peut-on haïr un être qu'on a aimé ! vouloir sa mort, un être qui fait partie de vous ! il faut aimer la mort, je crois qu'on aime la mort, vous avez raison, elle seule rend l'horreur supportable.
Elle buvait, s'inondait d'eau, chacun sa crise. Je ne pouvais rien pour elle, sinon l'écouter et oublier...

parce qu'on ne sait jamais ce qu'on dit, parce qu'on ne comprend rien à rien et qu'il faut être fou pour penser que les mots ont un sens, ils en ont dix, vingt, trente, alors ? alors, il faut laisser les vagues s'échouer, elles non plus ne tiennent pas longtemps.

Elle a vidé la bouteille et elle a eu envie de pisser. Je vais faire pipi, elle a dit, c'était mignon, elle laissait tout ce qu'elle venait de dire derrière elle, et vogue vers l'abîme ! vidé de sens, l'envie de faire pipi a été la plus forte, on allait pouvoir se parler normalement. J'aurais aimé l'entendre redire cette phrase, je lui ai dit, vous pouvez me redire ? Quoi ? Je vais faire pipi… elle a redit et on s'est mis à rire. Je pouvais tout lui dire sans la blesser.

On avançait l'un vers l'autre, il faut en faire des pas et des pas pour se rencontrer, toujours il en restera un à faire, toujours… sauf quand on fait l'amour, mais comme les vagues on se retire et on efface tout, et le sable reste lisse, beau, pur, c'est peut-être rien d'autre que cela l'amour, la rencontre de la mer et de la terre, je dirais ça maintenant, tous les jours ça baise sur la plage, et depuis des milliards d'années, Hugo serait d'accord, oui. *Splendide, il aime, et c'est par reflux qu'on l'adore, tout en lui roule, il tient à la nuit par l'aurore, aux esprits par l'idée, aux fleurs par le parfum, et ce cœur dans son gouffre a l'infini, moins un.*

Nina écoutait surprise, de Hugo elle ne connaissait qu'échevelé livide… et puis *Les Misérables*, et *Notre-Dame de Paris*. J'avais faim, le frigo était vide, Nina a déniché une boîte de sardines, elle a fait cuire des pâtes, avalé

des cachets, on revenait de loin, vêtus de peaux de bête, l'œil de Caïn avait disparu.
Je lui ai pris la main, elle avait encore soif, elle s'abreuvait d'eau. Si vous n'étiez pas venu... Vous devriez manger, j'ai dit. J'avais arrêté de boire, je suis restée trois ans sans boire, et puis j'ai repris. Pourquoi ? Elle m'a regardé, elle a dit, parce que c'est bon... Il n'y a aucune explication qui tienne, le corps aime ça, alors l'esprit vacille, il se raconte mille histoires, enfin, moi, je vois ça comme ça.
Les moustiques sont devenus chiants, j'étais trop fatigué pour retourner au camping, vous allez dormir ici. Oui, avec vous. Non. Je n'avais pas la force d'insister, j'aurais dormi n'importe où, par terre, sur la table, quand le sommeil me prend, en dix secondes je suis réduit minable, elle m'aurait dit la chambre est à l'étage, je prenais le canapé, il ne fallait plus rien me demander, les pâtes m'avaient achevé.
Le lendemain matin, les oiseaux m'ont réveillé, je ne les reconnaissais pas. Évidemment, j'ai bien vu que je n'étais pas chez moi. Mon sexe aussi chantait, les draps étaient plus doux que d'habitude, parce que c'est bon, le corps aime ça, avait dit Nina.
Il devait être très tôt, peut-être 6 heures, chez moi je me lève à sept, sept et demie. J'avais envie de Nina, le corps avait envie. J'ai enfilé mon jeans et je suis parti à l'aventure, sans état d'âme, sans rien d'autre que l'envie.
Je suis monté à l'étage, j'ai ouvert une porte, la première, et je l'ai vue, elle dormait à demi découverte, cul et jambes à l'air, elle avait chaud, il n'y avait rien d'indécent, un corps gracieux n'est jamais indécent.

Je suis venu près du lit, elle pouvait m'entendre, je ne me cachais pas, elle avait de belles jambes fines, qui reposaient sans peser sur les draps, le peintre avait dû la dessiner dans cette position abandonnée, j'ai retiré mon jeans, je me suis collé à elle, c'est moi j'ai dit, elle était loin dans le sommeil, elle a bougé, c'est moi, j'ai répété. Ah, c'est vous… Je cherchais à épouser son corps, elle s'est dépliée, il est très tôt, elle a dit. Oui. On est restés comme ça, son corps était très chaud, de cette chaleur du matin que les femmes dégagent, les oiseaux chantaient, c'était parti, le jour montait, on ne reviendrait pas en arrière, moi non plus, mes lèvres effleuraient sa peau, j'ai envie de vous, j'ai dit. Je sais, elle parlait en dormant.

Je me suis écarté pour saliver mon sexe, j'ai déplacé sa jambe, j'ai cherché son sexe, je l'ai mouillé aussi, je pouvais tout avec cette femme, et je l'ai pénétrée parce que c'est bon et que les corps aiment ça, et son corps conservait toujours la même grâce, il lui prenait des envies lui aussi, il voulait sa part, et qu'on leur foute la paix, les corps savent, ils inventent, ils créent, il n'y a pas d'amour sans création, pas deux vagues qui explosent de la même façon. Et puis on a dormi.

Je me suis réveillé trop tard pour arriver à l'heure à mon rendez-vous, j'ai appelé Josiane pour qu'elle aille prévenir… trop tard pour goûter au réveil avec Nina.

J'ai repris la moto, l'air était plus transparent, le soleil plus doré, et plus doux dans ma tête, tout était plus, bien sûr, nimbé d'amour. Nimbé ! Ce mot ne me vient pas d'habitude, il va bien avec Nina, nimbée, sucrée, aimée.

On se dit, je suis amoureux, ci ça, et puis un matin on l'est, c'est plus pareil, c'est là, je n'y croyais plus, je ne savais pas, je n'imaginais pas que ce pouvait être aussi gracieux, aussi goûteux, aussi nimbé, aussi Nina. Ça change tout, je me répétais, et puis c'est à moi que ça arrive, j'avais fini par croire que c'était réservé aux autres. Nina à moi…
On voit la mer sur une photo ou à la télé et puis un jour on est devant, on l'a pour soi, c'est plus pareil, Nina, je n'en revenais pas, c'était ça qui me restait de l'avoir pénétrée. On ne s'était pas caressés, pas excités, préparés, je m'étais glissé en elle, on aurait dit qu'elle m'attendait, jamais je n'avais ressenti pareil, une évidence, je sais voir quand un arbre est bien taillé, mis en valeur, en harmonie, quand un carrelage est bien posé, quand la mer est lisse le matin, quand Hugo est inspiré, eh bien, je dirais ça de Nina, son corps est inspiré, le dieu qui l'a soufflée devait être amoureux, on dit que c'est le hasard, je n'y crois pas ! la grâce ne vient pas par accident, et quand elle se présente, on est comme la mer le matin, apaisé et sans ride, si j'avais eu une glace devant moi je me serais vu à quinze ans.
Josiane m'attendait avec un couple de retraités, elle leur avait fait un café, je me suis excusé, je me suis servi une tasse, alors ? j'ai demandé. C'est pour mon mari, il fait des gaz…
Lui, il s'en foutait, même ça l'aurait fait rire, c'est elle qui ne supportait plus. Chauffez-vous donc avec ! vous ferez des économies, j'ai pensé. Le gaz part quoi ! a dit le vieux, il voulait déconner pour effacer la honte. Ce

qui est sûr, c'est qu'il avait la vieille dans le pif, alors, il lui rendait la monnaie, c'est tout.

Voilà c'était reparti, j'en avais jusqu'au déjeuner, et puis la planche avec Lucie parce qu'on était mercredi, et puis un deuxième service jusqu'au soir, et puis… et puis je ne pensais qu'à l'après, qu'est-ce que je fais, je l'appelle ou bien j'arrive, j'ouvre la porte… je n'allais pas plus loin dans mes pensées.

À 13 heures, j'ai envoyé un message à Lucie, « Empêchement, peux pas venir. Bises, Papa ». Et puis j'ai filé chez Nina.

Rien n'avait bougé, la grille n'était pas fermée, je l'ai trouvée dans le salon, une bouteille d'eau à ses pieds, je ne vais pas tenir, elle a dit. L'idée lui bouffait le cerveau. Elle s'est levée, je l'ai prise dans mes bras, vous allez venir avec moi, cette maison est un poison pour vous. Oui. Vous êtes restée seule trop longtemps. Oui, toute seule c'est trop dur. Vous allez venir avec moi. Oui.

Je n'aimais pas ces oui, ils suaient la maladie. Non, c'est moi qui vais venir ici. Si vous voulez. Qu'est-ce que vous avez fait ce matin ? Je ne sais pas. Vous avez pris vos cachets ? Oui. J'ai eu un doute, un mauvais sentiment. Vous mentez ! Non. Si. Je l'ai écartée de moi pour voir ses yeux, vous mentez !

Dans l'excitation de la retrouver, je n'avais pas vu le voile, le poison agissait, dites-moi ce que vous avez pris. Rien. Je la secouais, Nina, il faut me dire. Rien… Nina ! Rien… elle devenait molle, je l'ai assise sur le canapé.

Je n'ai pas eu longtemps à chercher, elle avait tout avalé, les tablettes vides étaient encore sur la table de la cuisine.

J'ai appelé le 15, j'ai expliqué, donné l'adresse, faites vite.
Je suis revenu près de Nina, la saloperie de voile gommait ses yeux. Ça va aller, j'ai dit. Je l'ai serrée contre moi et on a attendu. Les secondes sont pénibles, je revoyais Marie, Bulle, je n'allais pas la perdre elle aussi ! si je la perds, je suis maudit, tout recommence sans fin, pourquoi ? si je la perds, je fous le feu à cette maison et je brûle avec, avec l'étrangère, si je la perds je ne veux plus vivre, je ne veux plus respirer de cet air, je le jure, je vous suis, je lui dis, on brûle ensemble. Non. Si, je vous jure que je le fais. Non.
Je devenais fou, après tout pourquoi pas ? Ce n'était que des pensées folles mais elles me traversaient. Je repensais à mon clochard, la fille retrouvée morte, égorgée dans son lit quand lui dormait dans la voiture… le mauvais œil me poursuit ! Je n'ai tué personne, je le jure, Caïn savait pourquoi l'œil le suivait ! qu'il se montre celui-là qui veut me perdre ! qu'il se montre ! qu'il me dise ce qu'il attend de moi !
Je rappelle le 15, alors, qu'est-ce que vous foutez ! On arrive, redonnez-nous l'adresse. Quoi, vous avez perdu l'adresse ! Je m'énerve, Nina est de plus en plus lourde dans mes bras. Est-ce que j'essaye de la faire vomir ? Non, vous savez ce qu'elle a pris ? Je vous l'ai déjà dit ! Les boîtes sont dans la cuisine, il faut que je laisse Nina. Vous êtes sûr que c'est important ? Oui. Si je la perds… Je reviens, elle a les yeux fermés, Nina, regardez-moi ! je la secoue une fois, deux fois, non pas ça ! je la reprends contre moi, je relève une paupière, Nina, regardez-moi !

je ne vois que le blanc de l'œil, Nina ! je panique, Nina, répondez-moi ! je la serre contre moi, ce ne sont plus des idées qui me traversent, c'est la mort, si je la perds je fous le feu ! cette pensée me calme, elle remplit les secondes, qu'est-ce qu'ils foutent bordel !
C'était trop beau, on voit la mer étale, un lac, le vent n'ose pas la toucher, on n'imagine pas la furie qu'elle deviendra, la tueuse, tous les hommes qu'elle a engloutis, des millions échevelés, livides. Je la serre comme une enfant, je devais serrer pareil mon nounours, ma peluche, Hugo ne me sert plus à rien, va baiser ta boulangère ! perds pas ton temps avec tes vers, plus personne les lit ! Je me suis mis à détester la vie, le monde comme jamais, et quand les autres sont arrivés, les clowns blancs, si j'avais eu un flingue, j'aurais pu faire feu, je n'avais plus que ce mot à l'esprit, faites ce que vous voulez, moi je fous le feu ! C'est pas grand-chose un cerveau, c'est vite fait de le déglinguer.
Je ne voulais plus lâcher Nina, donnez-la-moi, non, si, non, ne soyez pas stupide, vous voulez qu'elle vive, oui, alors lâchez-la, non, je fous le feu ! Le gars, je le connaissais, lui aussi m'a reconnu, le monde est petit, il m'a embarqué plus d'une fois, légume après une crise. Une crise ! j'y suis au bord, je la sens qui me tente depuis deux jours, elle s'approche, s'en va, non je ne lâcherai pas ! Si je lâche Nina, je sens que tout peut arriver, je fous le feu ! Lâchez-la, non, je m'accroche, je ne veux pas qu'elle parte, j'aime cette femme, je me répète ces mots, ils sont nouveaux pour moi, ils sont doux, j'aime cette femme… alors j'ai senti mes muscles se détendre.

J'aime… est-ce Hugo qui revient à mon secours ? J'aime… j'ai lâché mon étreinte et j'ai senti une part de moi se détacher, j'ai vu Nina passer dans les bras de l'infirmier. J'aime et je ne tombe pas…
L'infirmier a allongé Nina sur le canapé, il lui a fait une piqûre. Avec un autre, ils l'ont transportée sur un brancard, mis dans le camion, un corps inerte pareil à tous les corps, la grâce ne le touchait plus, la mort commence par tuer la grâce, après c'est plus facile.
J'ai fermé la maison comme si c'était la mienne, et j'ai suivi le camion rouge. Si elle meurt… je n'avais plus que ces mots à l'esprit, si elle meurt, je n'osais pas aller plus loin.
À l'hôpital, j'ai attendu dans un couloir jusqu'à ce que l'interne vienne me dire, elle est hors de danger, revenez demain, ce soir elle n'a besoin que de dormir, demain vous pourrez lui parler.
Je suis retourné à mes rendez-vous, des gens qui mettaient leurs espoirs dans un certain pouvoir que le ciel, ou l'épilepsie pour les athées, m'aurait donné. Tu parles d'un pouvoir !
Voilà, je broyais du noir, si elle meurt… pourtant l'interne avait dit, ne vous inquiétez pas.
À peine le dernier rendez-vous expédié, j'ai repris la moto, direction l'hôpital. Nina dormait, je me suis assis près du lit, j'ai pris sa main. Ça recommençait. J'avais beau savoir qu'elle ne risquait plus rien, je revoyais Daniel qui ne se réveillait pas, Marie, *j'étais traversé de courants terribles, un être s'est endormi et me coupe du monde ! de nouveaux jours brillaient, la terre était vivante, mais tout, comme autrefois, était plein d'épouvante.*

Voilà, j'ai appris ces vers, et ils reviennent malgré moi. Hugo m'agace, je ne le lirai plus, mais ses foutus vers sont là… *Un être s'est endormi et me coupe du monde!* un être aimé, peut-être un enfant, ou une femme, Nina… Ces mots sont un poison qu'il me faut chasser de mon corps, comme Nina le sien, j'ai pensé… une histoire qui ne serait pas mienne, qui se serait glissée dans mon cerveau, une femme, un enfant, malgré moi… J'ai posé un baiser sur le front de Nina, au revoir, je t'aime… je suis reparti. Retourner au camping ? Non, je ne pouvais pas, alors je suis allé chez elle.
Je n'avais plus aucune envie de mettre le feu, j'étais bien. Je me suis allongé sur son lit, il y avait un nu sur le mur de droite, je voyais plus le peintre que Nina, cet homme la faisait boire, il était en photo sur le guéridon, en vacances sans doute avec Nina, un homme âgé, on le croise dans la rue, on ne se retourne pas, ça ne veut rien dire, Nanar ne voyait pas Nina, sa gamine me les brise, alors je me fais des plans, Nina revient, je viens vivre ici avec elle, l'autre, l'âgé, après une semaine, je ne le verrai plus, ni ses toiles sur les murs, je glisse dans une rêverie, je la connais celle-là, je croyais m'en être débarrassé, en voilà une autre maladie, tu vis un pied ici, l'autre en suspend dans des mondes qui n'existent pas, je pensais en être sorti avec Nina, ce qui me troue, c'est de revenir si facilement en arrière, quand je prenais Nanar pour un mâle, qu'on m'oubliait au bout du comptoir, que Martine me méprisait, eh bien, c'est même pas que j'y suis revenu, je suis toujours celui-là, un nuage passe, une contrariété et bonjour me revoilà !

pas sûr que si je me regarde dans une glace, je ne voie pas une tête de renard.
Qui se joue de moi ? Qui me torture ? Moi, bien sûr… qui me raconte des vers appris par cœur, voilà, je me répète, je tourne en rond, depuis quatre mille ans, mais foutre le feu, c'est nouveau, si je vous perds, je vous suis… je… vous… suis… une part de moi s'est détachée…
Le lendemain à midi, je suis à l'hôpital, Nina est livide, échevelée, ta gueule Hugo ! Je ne sais pas si je dois la prendre dans mes bras, l'emporter loin de là. Tu te racontes encore ! Freddy reviens sur terre !
On s'est envoyé un sourire d'hôpital et puis des mots idiots, ça va ? Pourquoi je ne la sortirais pas de là, je l'emporte avec moi, ce n'est peut-être pas si idiot ! Quand est-ce que vous sortez ? Je ne sais pas. Qu'est-ce qu'ils vous font ? Elle ne savait pas, elle avait eu son lavage d'estomac, c'était tout sens dessus dessous à intérieur, des parts d'elle s'en étaient allées, des parts de moi. Je vous ramène chez vous, habillez-vous, je vais voir l'interne. Vous prenez vos responsabilités et patati, oui Marcel je les prends ! une femme qui est en sevrage et qui veut se supprimer, tu me gonfles Marcel ! le psychiatre n'était pas encore passé, il fallait attendre, c'est quoi ce monde ! t'as envie de pisser, il faut attendre l'urologue, je me suis énervé, l'autre a changé de ton, vous prenez vos responsabilités qu'il m'a recraché, mais oui Marcel, on ne te reprochera rien.
Je suis retourné dans la chambre, c'est bon, on peut y aller ! Je l'ai aidée à enfiler son jeans, son teeshirt, elle n'était qu'une pauvre chose, on est descendus à l'accueil

avec le bon de sortie, asseyez-vous, vous avez votre carte Vitale ? Non, elle est arrivée en urgence.
Là, c'est encore tout un bordel, la fille nous ferait presque une leçon de morale, c'est pas méchant, juste qu'on s'en fout de sa leçon, elle a sûrement raison, mais on veut voir le soleil, respirer l'air, regardez comme elle est pâle ! c'est du soleil qu'il lui faut, bouffer un peu de vie, j'ai pris la main de Nina sans m'en rendre compte, je parlais pour elle, allez fais pas chier Gisèle ! c'est moi qui vais payer, combien je dois ? mais oui, je paye ! j'ai déjà sorti ma carte de crédit, elle la tourne dans tous les sens, tu parles d'une histoire ! je ne peux pas croire que chez toi, t'es aussi conne ! pour faire cuire un œuf tu le casses dans la poêle, tu ne le retournes pas pendant cinq minutes dans tes mains ! vas-y insère, tu ne risques rien ! la peur est en train de gagner le pays, je suis aux premières loges, tous mes rendez-vous ont peur, Nina a sans doute peur, et moi j'ai peur de la perdre… Vous prenez vos responsabilités ! elle aussi. Oui, je les prends… pour le meilleur et pour le pire, c'est tout un grand bordel partout, tout qui se mélange, dépêchez-vous mademoiselle, on a envie de faire pipi, dépêchez-vous, des milliards d'années…
Ah oui, je comprends qu'on vienne me voir, on a tout essayé, rien qui marche, sauf le simple ! prenez ma main, posez-la où vous avez mal, et chut ! c'est tout… vous sentez la chaleur ? C'est depuis que j'ai la main de Nina dans la mienne que je suis revenu dans le monde, l'autre est resté à son bout de comptoir. C'est bon, vous pouvez y aller. Vous êtes sûre ? Elle me fusille, je plaisante Gisèle !

On a retrouvé l'air. On a repris la moto, Nina s'est serrée contre moi. J'ai fait un détour pour voir la mer, elle a voulu toucher l'eau. On a roulé nos pantalons et on a marché sur le sable vierge, l'eau était fraîche, et puis on a couru pour échapper à une vague plus grosse que les autres, j'ai pris Nina dans mes bras, on a ri. Les vagues rendent gamins, et quand on répète le gamin, ça va déjà beaucoup mieux.

On est retournés au camping, j'ai repris mes rendez-vous, Nina s'est endormie avec Hugo. Quand je passais la tête à travers le rideau, je la voyais reposer, la grâce revenait, un chat on aurait dit, seul le visage demeurait anxieux. Je lui ai apporté une bouteille d'eau, entre deux rendez-vous je l'ai vue débarquer, j'ai envie de faire pipi, elle a dit…

Après le dernier rendez-vous, on est partis chez elle. En chemin, on s'est arrêtés à nouveau pour toucher l'eau, elle voulait encore. Et puis on a mangé une pizza sur la plage, le vent était tombé, on entendait le ressac, rien qu'un souffle, comme un trait dans la nuit. J'avais posé ma main sur la sienne, j'avais encore à découvrir.

15

Maintenant, je dors chez Nina, le matin je pars, comme autrefois je partais au travail, elle me rejoint pour déjeuner, ensuite elle traîne, elle lit derrière le rideau et puis elle repart, ou bien elle m'attend, et on repart ensemble.
Elle a essayé la planche à voile, mais ça ne colle pas, du coup je n'en fais plus que le mercredi avec Lucie. Lucie ne vient plus le week-end, Martine roucoule avec un agent immobilier, elle lui laisse l'appartement, elle invite ses copines, elle ne sait rien de Nina, moi aussi, j'ai mes secrets.
Il n'y a que Josiane qui sait et mon père, et Karine… et aussi Nanar. Je ne le vois plus, il m'arrive de le croiser au camping, ça va ? Ça va… Mais ça n'a pas l'air d'aller, Josiane, pareil, un petit geste de loin et puis c'est tout, elle ne va pas fort elle non plus, pas besoin de jumelles, elle me tire la gueule, plusieurs fois le matin je suis passé la voir, rien à faire, la machine est cassée.
Est-ce que je suis heureux ? Oui. Est-ce que je suis amoureux ? Oui. Voilà, c'est dit, c'est clair, j'aime… et Nina ? Il lui vient toujours des bouffées, un air chargé de souvenirs qui soudain soulève sa poitrine, je la vois porter sa main, et je sais… la bouteille d'eau fait partie du paysage.

Ce que j'aime, quand on roule à moto, c'est sentir ses bras autour de moi, c'est toujours aussi bon que la première fois, alors je me sens léger, quinze ans, envie de zigzaguer. J'aime aussi me baigner avec elle, on va à pied depuis la maison. J'aime regarder son corps et puis prendre le frais, le soir sous la véranda, je lui prends la main et on reste comme ça. Ce que j'aime, c'est faire l'amour avec elle.

Le pouvoir de mes mains, si pouvoir il y a, ne vient-il pas de ce besoin d'être en contact avec une femme, corps à corps ? corps accord ?... l'accord ne peut venir que des corps... l'esprit fabrique faute de grives, depuis quatre mille ans il s'évertue, mais au bout du compte il crée surtout des désaccords, ce sont eux qui m'ont relégué au bout du comptoir, et mon corps qui à tout moment menaçait de partir pantin.

Un soir, Nina m'a fait la remarque, tu n'as pas tenu parole, je ne me suis pas méfiée, t'en as profité pour me guérir. Guérie ?... J'ai pas de parole, j'ai dit, à quinze ans on peut tout se permettre, non ? Avec Nina, je peux tout me permettre, c'est comme ça, la vie t'y comprends rien, depuis quatre milliards d'années...